KARFREITAGSZAUBER

DAS BUCH

Die Karwoche in Schweinfurt und Umgebung …
Beim Joggen in den Wehranlagen kommt Christian „Blacky" Schwarz, Moderator bei Main-Radio Schweinfurt, einer jungen Frau zu Hilfe. Noch ahnt er nicht, dass er damit erneut in einen mysteriösen Kriminalfall gerät. Sehr zum Unwillen des Leiters der Schweinfurter Mordkommission beginnt er wieder auf eigene Faust zu ermitteln. Während in der Schweinfurter Kirche St. Johannis der Chor für eine Aufführung der *Matthäus-Passion* von Johann Sebastian Bach probt, trifft sich auf Schloss Mainberg eine obskure Gesellschaft mit merkwürdigen Zielen. Im Lauf der Karwoche ereignen sich dort seltsame Dinge. Was hat es mit dem geheimnisvollen Karfreitagszauber auf sich? Und gibt es Zusammenhänge mit dem Tod von Laura Gabrieli – dem Mädchen, dessen Leiche in einem See gefunden wurde? Blacky erkennt, dass ein undurchsichtiger Amerikaner, eine seltene Maske, nordische Mythologie und der Heilige Gral vielleicht etwas miteinander zu tun haben. Oder sind es mehrere Fälle, deren Fäden sich nur scheinbar kreuzen? Unerwartete Hilfe bekommt Blacky wieder von seinem Freund Lothar, dem Kriminalschriftsteller, der in seinem Cottage an der irischen Westküste immer noch an seinem Schweinfurt-Krimi schreibt.

DER AUTOR

Lothar Reichel ist Radiojournalist und wurde in Schweinfurt geboren. Dort ging er auch zur Schule und hat sein Berufsleben bei den Schweinfurter Justizbehörden begonnen. Schon damals war er der Meinung, dass die Stadt am Main sich hervorragend als literarischer Tatort für Verbrechen aller Art eignet. Nun hat er den zweiten Schweinfurter Kriminalroman geschrieben – wie alle Romane ein Produkt der Phantasie und nur manchmal nah an der Wirklichkeit …

Lothar Reichel

KAR FREITAGS ZAUBER

Blacky macht weiter

Buchverlag Peter Hellmund

Wer ist der Gral?

Das sagt sich nicht;
doch bist du selbst zu ihm erkoren,
bleibt dir die Kunde unverloren.
Und sieh'!
Mich dünkt, daß ich dich recht erkannt:
kein Weg führt zu ihm durch das Land,
und niemand könnte ihn beschreiten,
den er nicht selber möcht' geleiten.

Ich schreite kaum,
doch wähn' ich mich schon weit.

Du siehst, mein Sohn,
zum Raum wird hier die Zeit.

Richard Wagner
Parsifal, Erster Aufzug

Wie dünkt mich doch die Aue heut so schön!
Wohl traf ich Wunderblumen an,
die bis zum Haupte süchtig mich umrankten;
doch sah ich nie so mild und zart
die Halme, Blüten und Blumen,
noch duftet' all so kindisch hold
und sprach so lieblich traut zu mir.
Das ist Karfreitagszauber, Herr!

Richard Wagner
Parsifal, Zweiter Aufzug

PALMSONNTAG

Tückisch grün schillerte das Altwasser des Mains in der Morgensonne. Im Frühdunst über den brackigen Tümpeln waren Insekten und Vögel längst in den gnadenlosen Kampf des Lebens verstrickt. Vier Schwäne strahlten makellos weiß Majestät und scheinbare Unschuld aus. Aber auch sie waren Räuber und Mörder, ständig auf der Suche nach schwachen, wehrlosen Opfern. Wie ein bedrohliches Relikt aus einer grausamen Urzeit ragten die halbverfaulten Überbleibsel eines umgestürzten Baumes todschwarz aus dem trüben Wasser.

Sie wandte angewidert den Kopf ab, als sie vorüberlief. Den Modergeruch, der in der Luft hing, konnte sie nicht ertragen. Sie konnte auch den Anblick des giftig grünen Wassers nicht ertragen. Sofort waren all die grässlichen Bilder wieder da. Die Bilder, die so grauenhaft waren, dass sie sich ihnen nicht aussetzen durfte. Dabei hatte sie das Schrecklichste gar nicht gesehen. Sie hatte es sich nur vorgestellt, wie man die Leiche ihrer kleinen Schwester, verschnürt in eine trübe, schmutzige Plastikfolie, vom Grund eines grünen Sees geholt hatte – zurück aus dem Totenreich in die Welt, wo es für Laura kein Leben mehr gab. Ihr Anblick im kalten Weiß der Rechtsmedizin war nicht besonders schrecklich, sondern einfach nur widerlich gewesen. Das formlose Etwas auf der Edelstahlbahre hatte nichts mehr mit Laura zu tun gehabt, es war lediglich ekelerregende Verwesung, Fäulnis und vernichtender Gestank.

Chiara Gabrieli konzentrierte sich auf ihren Atem und zog das Tempo an. Sie versuchte die schlimmsten Bilder gewaltsam wegzudrängen. Es waren keine realen Bilder, nur Fetzen von Albträumen, grauenerregende Vorstellungen, wie Laura ums Leben gekommen war, monströse Gespinste eines menschlichen Gehirns im Ausnahmezustand. Sie stammten aus den Tagen und Nächten vor sechs oder sieben Wochen, als ihre Familie unvermittelt mit der brutalen Wahrheit konfrontiert worden war, dass Laura nicht mehr zurückkehren würde.

Die Hoffnung der beiden Jahre davor, sie könne noch leben, war in einer einzigen Stunde zunichte gemacht worden. Und mit neuer Wucht der zermürbenden Frage gewichen, was ihr im Einzelnen zugestoßen war, was man ihr angetan hatte. Die Polizei hielt sich, was diese Details anbelangte, völlig bedeckt.

„Es ist besser für Sie, wenn Sie nicht alles wissen", hatte der Kriminalbeamte ihren Eltern gesagt, als er die Nachricht überbrachte, dass Lauras Leiche nach so langer Zeit gefunden worden war.

Die Eltern wollten es auch nicht wissen. Ihr Vater versank im Schweigen, ihre Mutter verbrachte Tage und Nächte in der Kirche. Nur Chiara Gabrieli hatte alles wissen wollen. Mit dem Scharfsinn und der Beharrlichkeit einer ambitionierten Jurastudentin im zehnten Semester machte sie sich daran, die Einzelheiten nach und nach in Erfahrung zu bringen. Dann begann sie damit, die Puzzleteile zu einem großen Ganzen zusammenzusetzen. Das Bild, das dabei entstand, war eine Studie des Schreckens. Und die Schlussfolgerung, die sie schließlich daraus zog, so ungeheuerlich, dass sie es mit der nackten Angst zu tun bekam.

Sie folgte dem Joggingpfad nach rechts, vom Wasserufer weg in den Wald. Die dichten Büsche zu beiden Seiten hatten die winterliche Dürre überwunden und begannen frühlingshaft grün auszuschlagen. Hier roch die Luft morgendlich frisch nach neuem Leben. Die Vögel sangen unbekümmert, von jenseits des Mains drängte sich klagend das Martinshorn einer Ambulanz dazwischen, unterwegs zum Schweinfurter Leopoldina-Krankenhaus. Chiara Gabrieli steigerte das Tempo noch einmal und sah den schwarzen Stiefel erst, als es schon zu spät war.

*

Noch achthundert Meter. Wenn er aufhörte. Wieder zwei Kilometer, wenn er die kurze Schleife erneut laufen würde. Oder vier Kilometer, wenn er die ganz große Tour in Angriff nahm. Aber die hatte er bisher erst einmal geschafft, gerade so, mit Müh und Not. Wenn Blacky sehr ehrlich war, musste er sich eingestehen: Joggen war nicht seine Welt, und er hatte in den letzten Wochen auch wenig Fortschritte darin gemacht. Okay, ganz so lahmarschig wie beim ersten Mal war er nicht mehr, aber das Desaster von neulich saß ihm noch in den Knochen und trieb ihm die Schamesröte ins unrasierte Gesicht, wenn er nur daran dachte.

Blöderweise war es seine eigene Idee gewesen. Nachdem er am Aschermittwoch damit begonnen hatte, nur noch Salat zu essen und stilles Mineralwasser zu trinken, waren ihm innerhalb von drei Tagen die drei abgespeckten Kilos und der Glaube an seine neue Männlichkeit zu Kopf gestiegen. In einem grotesken Anfall von Selbstüberschätzung hatte er

Kerstin Weiß gefragt, ob sie am Sonntagmorgen mit ihm joggen gehen würde. Die Pressesprecherin der Schweinfurter Polizei hatte erst ungläubig gelächelt und dann sehr ironisch gesagt: „Wir können es ja einmal versuchen", wobei die Betonung unüberhörbar auf dem Wort *versuchen* lag.

Schon auf den ersten fünfhundert Metern, in den Wehranlagen morgens kurz nach acht, hatte sich abgezeichnet, dass es eine dämliche Idee gewesen war. Kerstin Weiß, Polizeioberkommissarin, Mitte dreißig, gertenschlank, die flachsblonden Haare zum obligatorischen Zopf geflochten, lief mit tänzerischer Leichtigkeit voraus. Der Abstand zwischen ihnen wurde mit jedem Schritt größer. Sie drehte sich kein einziges Mal um. Er versuchte halbwegs mitzuhalten, verlor aber ständig an Boden. Bald begann er zu keuchen. Der Schweiß brach ihm aus allen Poren. In Sichtweite der Tausend-Meter-Markierung glaubte er bereits, sein letztes Stündlein habe geschlagen. Er japste nach Luft, erinnerte sich wieder an das Wort *Seitenstechen* und spürte schmerzhaft irgendwelche Muskeln in den Ober- und Unterschenkeln.

Erst nach weiteren fünfhundert Metern wurde sie langsamer, schaute zurück und trippelte schließlich ungeduldig federnd auf der Stelle.

„Geht's noch, Sportsfreund?", fragte sie mit einer Stimme, der nicht die leiseste Anstrengung anzuhören war. Nur eine ordentliche Portion Spott schwang mit.

„Klar", brachte er atemlos hervor. „Bin noch nicht ganz in Form, aber das wird schon."

„Na bestens", sagte sie und setzte sich wieder in Bewegung. Dann verlor er sie aus den Augen. Mit letzter Kraft erreichte er den Scheitelpunkt der großen Schleife, blieb stehen und schnappte nach Luft. Weitere zweitausend Meter bis zum Parkplatz. Er hätte nicht großspurig darauf bestehen sollen, den Vier-Kilometer-Kurs in Angriff zu nehmen. Als das Seitenstechen nachließ, trabte er weiter. Nach zweihundert Metern gab er auf. Er verfiel ins Schrittempo und trottete schließlich gemächlich den Weg entlang des Mains. Vielleicht konnte er ihr ja erzählen, dass er sich unglücklicherweise irgendwie den Fuß vertreten hatte.

Dann hörte er Schritte hinter sich. Er drehte sich nicht um, weil er glaubte, dass es ein anderer Jogger wäre. Zu seiner Verblüffung war es Kerstin Weiß, die neben ihm auftauchte.

„Wo kommst du denn her?", fragte er entgeistert.

„Das nennt man überrunden", zwitscherte sie und zog davon.

Das war nun fünf Wochen her, und seitdem war gemeinsames Joggen kein Thema mehr zwischen ihnen gewesen. Außer ein paar Telefonaten und ein oder zwei beruflichen Begegnungen fanden sie keinen Kontakt zueinander, was Blacky voller Selbstmitleid auf seine durch und durch lächerliche Figur zurückführte, die er an jenem Morgen abgegeben hatte. Verbissen ging er nun jeden zweiten Tag ins Fitnessstudio und eisern am Sonntagmorgen zum Joggen in die Wehranlagen. Allerdings war seine Kondition nach wie vor mäßig, und er hegte erhebliche Zweifel, ob er jemals Kerstin Weiß bitten würde, noch einmal eine Runde mit ihm zu laufen.

Der innere Schweinehund jaulte jetzt ziemlich laut. Die Frühlingssonne war um diese Zeit schon erstaunlich kräftig; er beschloss, es für heute gut sein zu lassen. Nach Hause fahren, duschen, ein opulentes Frühstück, danach den Tag gemütlich vertrödeln. Der Joggingpfad machte noch einen letzten weiten Bogen quer durch den Wald, beengt durch dichte Büsche links und rechts. Zuerst hörte er den Schrei, dann sah er, wie der Mann unter der schwarzen Kapuze mit dem Messer zustieß.

*

Amalia Renoldi war in ihrem ganzen Leben noch niemals später als fünf Uhr morgens aufgestanden. Wenigstens nicht in ihrem Erwachsenenleben, und wenigstens nicht, solange sie sich erinnern konnte. Sie machte auch sonntags keine Ausnahme von dieser eisernen Gewohnheit, und je älter sie geworden war, umso leichter war es ihr gefallen. Dass sie an diesem Morgen erst kurz vor sechs aufgewacht war, hatte sie bestürzt und fast aus dem seelischen Gleichgewicht gebracht.

„Das wird kein guter Tag", hatte sie der gelben Teekanne zugemurmelt, mit der sie regelmäßig sprach. Sie war sich der Schrulligkeit dieser Angewohnheit vollauf bewusst, fand aber, dass man mit achtundachtzig Jahren in begrenztem Umfang schrullig sein durfte. Vor allem dann, wenn der weitaus größere Teil des Lebens aus Disziplin, Tatkraft und Durchsetzungsvermögen bestand. Und das war bei Amalia Renoldi immer noch der Fall.

Um die verlorene Stunde wieder hereinzuholen, hatte sie ihr übliches Morgenprogramm rigoros gekürzt. Nur zehn Minuten Gymnastik statt der normalen halben Stunde, ein Eildurchlauf im Badezimmer, und anstelle eines ausgedehnten Schubertstücks zwei kurze Walzer von Chopin am Klavier. Dann war sie wie jeden Morgen kurz vor sieben Uhr mit der Teekanne in der Hand ins Büro hinuntergegangen.

Eine Stunde widmete sie sich konzentriert der Firmenkorrespondenz. Nach wie vor lief alles durch ihre Hände, und sie war über jedes Unternehmensdetail auf dem Laufenden. Vor mehr als fünfzig Jahren hatte der Vater ihr den Schwur abgenommen, für das Familienerbe verantwortlich zu sein, solange sie konnte. Sie hatte dieses Versprechen gehalten mit all der List und Dickköpfigkeit, zu der sie imstande war. Und sie war finster entschlossen, dies auch weiterhin zu tun, obwohl die Geschäfte schlechter gingen als je zuvor und die Zukunft wie ein tiefrotes Fragezeichen leuchtete.

Um acht Uhr sprang das Faxgerät an und warf mehrere Blätter Papier aus. Amalia Renoldi, mit dem Diktat eines Briefes beschäftigt, nahm sie erst mehrere Minuten später zur Hand. Was sie dann las, machte sie so fassungslos, dass sie das Fenster öffnen musste, um frische Luft zu atmen. Die Domglocken dröhnten durch die Würzburger Innenstadt und luden zur Palmsonntagsprozession ein. Vor dem tiefblauen Frühlingshimmel leuchteten die weißen Mauern der Festung Marienberg.

„Vielleicht wird das doch ein guter Tag", sagte Amalia Renoldi leise zu ihrer gelben Teekanne.

*

Es gab zwei Möglichkeiten: Entweder er stürzte sich auf ihn, oder er versuchte ihn in die Flucht zu schlagen. Aber der Respekt vor dem Messer war größer als das Verlangen, ein Held zu sein. Aus sicherem Abstand brüllte Blacky ein tierisch lautes „Hey!" und sah, dass es ein Fehler gewesen war. Der Mann drehte sich um, richtete sich auf, hielt das Messer in der Hand und kam auf ihn zu. War es überhaupt ein Mann? Von der Gestalt her ja; er trug schwarze Motorradkluft und Stiefel, eine Kapuze verdeckte den Kopf und eine eigenartige Maske das Gesicht. Blacky hatte so etwas noch nie gesehen, doch zum Wundern blieb wenig Zeit. Sie waren keine zwanzig Meter voneinander entfernt, und der Messermann machte große Schritte.

Fluchtreflex. Blacky spürte, welchen Sog ein solcher Urtrieb entwickeln konnte. Alles in ihm schien nur noch der Angst gehorchen zu wollen. Dann sah er, wie sich hinter dem Messermann das Opfer langsam vom Weg aufrichtete. Und er sah, dass es eine junge Frau war, im Joggingoutfit, dunkle Haare, blutverschmiertes Gesicht. Der Fluchtreflex wich schlagartig dem Beschützerinstinkt. Er konnte förmlich fühlen, wie neue Hormone die Überhand gewannen. Seine Muskeln spannten sich, der Rücken wurde gerade, die Füße stemmten sich gegen den Boden. Er atmete tief ein, wähnte sich plötzlich bärenstark und unüberwindbar. Supermanfeeling. Der Messermann schien zu zögern.

Dann machte er mit der Waffe eine tiefangesetzte Ausholbewegung und lief los, auf Blacky zu. Erneuter Fluchtreflex, stärker als zuvor. Schon halb abgewandt sah er aus den Augenwinkeln, dass die junge Frau auf den Beinen war. Sie rannte laut schreiend hinter dem Messermann her, mit ausgestreckten Armen. Er drehte sich um, stoppte seine Bewegung, geriet einen Moment aus der Balance. Die junge Frau wurde schneller, machte einen energischen Satz nach vorn, stieß mit beiden Händen gegen seinen Oberkörper. Er verlor das Gleichgewicht und taumelte in das struppige Gebüsch am Rand des Weges. Blacky nahm wahr, dass er das Messer immer noch fest umklammert hielt. Drei, vier Meter trennten ihn von dem Mann. Die junge Frau stand ungeschützt direkt vor ihm. Der Messermann versuchte sich aufzurichten, fand aber keinen Halt an den Ästen des Busches. Noch bevor Blacky irgendetwas tun konnte, trat die junge Frau dem Angreifer mit voller Wucht zwischen die Beine. Er stieß einen Schrei aus, sackte zurück, schnellte dann hoch, versetzte der jungen Frau einen heftigen Stoß mit der linken Hand und rannte quer durch den Wald in Richtung des Sennfelder Sees davon.

„Sind Sie so weit okay?“, fragte Blacky und holte das Handy aus der Innentasche seines Sweatshirts.

„Der Arsch hat mir ein Bein gestellt“, sagte die junge Frau. Sie tastete mit der Hand Stirn, Nase und Mund ab. Überall war Blut. „Ich bin voll aufs Gesicht geknallt.“

„Hat er Sie mit dem Messer verletzt?“

Sie sah an ihrem linken Arm hinunter. Aus dem Ärmel des T-Shirts quoll Blut.

„Nur ein bisschen“, sagte sie. „Als er zugestochen hat, habe ich mich zur Seite gerollt. Und dann haben Sie ihn abgelenkt. Ich habe noch gar nicht danke gesagt.“

Er sah ihr ins Gesicht und lächelte. Sie war wunderschön. Vielleicht Mitte zwanzig. Ein aparter, südländischer Typ. Die langen dunklen Haare hochgesteckt. Große Augen. Klasse Figur. Der Beschützerinstinkt wurde übermächtig.

„Ich kümmere mich um alles“, sagte er. „Wir müssen den Arm verbinden. Ich telefoniere nur gerade.“

„Wen wollen Sie anrufen?“, fragte sie, plötzlich sehr fahrig.

„Den Notarzt. Und die Polizei natürlich.“

„Nein, bitte … keine Polizei. Und auch keinen Notarzt. Es geht schon so.“

„Hören Sie … Sie sind eben überfallen worden. Sie brauchen unbedingt einen Arzt. Und wir müssen natürlich die Polizei verständigen.“

„Nein", sagte sie sehr bestimmt. „Das bringt doch nichts. Der Typ ist über alle Berge. Und ich habe keine Lust, jetzt stundenlang dumme Fragen zu beantworten."

„Okay, Sie stehen unter Schock und …"

„Verdammt, ich weiß schon noch, was ich will und was nicht. Sie können von mir aus die Polizei rufen, aber ich werde hier nicht warten."

Sie presste die rechte Hand auf den linken Oberarm und machte Anstalten, zu gehen. Blacky steckte resigniert das Handy weg.

„Meine Güte, Sie sind ganz schön stur. Darf ich mir die Wunde wenigstens mal ansehen?"

„Gehen wir erst zurück zum Parkplatz. Hier werden gleich wieder Jogger vorbeikommen. Ich will kein Aufsehen."

„Ich muss Sie jetzt nicht verstehen, oder?", sagte Blacky hin- und hergerissen. Einer attraktiven Frau massiven Widerstand entgegenzusetzen, gehörte nicht zu seinen Stärken. Sie gab keine Antwort und ließ ihn einfach stehen. Kopfschüttelnd folgte er ihr.

Auf dem Parkplatz beim Ruderclub ging sie zu einem knallgelben Fiat 500 und öffnete den Kofferraum.

„Oh, wir fahren dieselbe Automarke." Blacky wies auf seine Fiat Barchetta, die gegenüber stand. Sie ließ die Bemerkung ins Leere laufen und holte einen Verbandskasten aus dem Wagen.

„Wenn Sie noch wollen, können Sie es sich jetzt ja anschauen", sagte sie mürrisch.

Jetzt verkniff er sich eine Antwort, nahm ihren Arm und schob vorsichtig den Ärmel des T-Shirts nach oben. Aus einem langen, aber oberflächlichen Schnitt sickerte immer noch Blut.

„Ich glaube, es ist nicht allzu schlimm. Am besten, ich verbinde es provisorisch und bringe Sie dann zu einem Arzt oder in die Klinik. Sie müssen unbedingt die Verletzungen im Gesicht behandeln lassen."

Sie zog eine Art Grimasse und versuchte dabei zu lächeln. „Ich sehe wohl übel aus, oder?"

„Na ja, im Augenblick … Aber generell betrachtet …"

Verlegen brach er ab. „Ich heiße übrigens Christian."

Sie zögerte einen Augenblick.

„Chiara", sagte sie dann.

Er öffnete den Verbandskasten, nahm eine Mullbinde heraus und wickelte sie unbeholfen um ihren Oberarm.

„Ich kann das nicht besonders gut. Tut es weh?"

„Nein, nein. Das ist perfekt. Wirklich klasse. Vielen Dank."

„Was ist denn eigentlich genau passiert?"

„Er hat mir mitten im Laufen ein Bein gestellt. Dann hat er sich auf mich gestürzt und zugestochen."

„Haben Sie irgendeine Ahnung, wer das war? Und warum er das getan hat?"

Wieder zögerte sie einen Moment.

„Nein. Natürlich nicht. Vermutlich ein Irrer."

„Wir müssen unbedingt zur Polizei. Sie müssen das anzeigen."

Sie schüttelte heftig den Kopf.

„Okay, dann machen wir es anders. Ich habe eine gute Bekannte bei der Polizei. Sie ist Oberkommissarin und wahnsinnig nett. Ich kann sie anrufen, und Sie reden erst mit ihr."

„Kommt nicht in Frage. Danke fürs Verbinden. Ich muss jetzt los."

Sie schlug energisch den Kofferraumdeckel zu.

„Aber Sie können in diesem Zustand doch nicht Auto fahren", protestierte Blacky. „Ich bringe Sie, wohin Sie wollen, und wir holen Ihren Wagen einfach später."

Keine Chance. Sie öffnete die Fahrertür, stieg ins Auto und startete den Motor.

„Warten Sie! Kann ich wenigstens Ihre Handynummer haben?"

„Wofür denn?"

„Weil … Weil ich Sie noch einmal wiedersehen möchte. Fragen, wie es Ihnen geht. Wir könnten zusammen einen Kaffee trinken. Heute Nachmittag. Oder morgen."

„Nein", sagte sie und wollte die Tür schließen. „Vielen Dank für alles."

„Dann gebe ich Ihnen wenigstens meine Nummer. Sie können mich anrufen, wenn noch irgendetwas sein sollte."

Sie schien kurz zu überlegen.

„Also gut. Sagen Sie mir die Nummer."

Sie nahm ein Handy vom Beifahrersitz und tippte die Zahlen ein. Dann lächelte sie ihn an. Ihr Gesicht sah mittlerweile schlimm aus.

„Ich melde mich."

„Versprochen?"

„Versprochen."

Als sie davonfuhr, prägte er sich das Kennzeichen des kleinen Fiats ein. Er war in der Stadt Schweinfurt zugelassen. Blacky wusste nicht recht, ob er sich als Held oder als Esel fühlen sollte.

*

O Haupt voll Blut und Wunden. Thomas Antlitz improvisierte noch eine Weile über den Choral Nummer 63 aus der *Matthäus-Passion* von Johann Sebastian Bach. Er verlor sich in entlegenen Tonarten und rhythmischen Variationen. In d-Moll hatte er begonnen, nun endete er in F-Dur. Der letzte Akkord schwebte im Raum, wie so oft vermeinte er, in diesem allerletzten Verklingen, bevor die Stille einsetzte, etwas vom Geheimnis der Musik zu erahnen. Aber wie immer blieb es nur eine vage Idee, die er nicht greifen konnte. Er schloss behutsam den Deckel seines Bechstein-Flügels, ging zum Fenster und sah hinunter auf den Martin-Luther-Platz, wo Tauben gurrend die Sonntagsruhe störten.

Seit jeher hasste er diese Vögel, verabscheute ihre dumpfe Trägheit und die sentimentale Symbolik, die ihnen anhaftete, all den Quatsch von Friedens- und Turteltauben. Sie waren dummes Ungeziefer, überflüssiges Geschmeiß einer aufgeblähten Schöpfung, die jeden Unsinn zuließ, anstatt einer klaren, reduzierten Linie des Wesentlichen zu folgen. Die Musik Bachs, die er gerade gespielt hatte, bestand aus dieser kühlen Klarheit; sie war wesentlich und rein und enthielt keine blöd gurrenden Tauben wie die Machwerke vieler anderer Komponisten. Er sann darüber nach, ob er sich nicht vielleicht doch ein Luftgewehr zulegen sollte.

Die Tür seines Arbeitszimmers öffnete sich leise. Mit der hinterhältigen Mischung aus künstlicher Diskretheit und lauernder Berechnung, die er mittlerweile mehr verabscheute als alle Tauben dieser Welt, trat Susanne ein. Sie trug noch ihren grellgrünen Morgenmantel, war natürlich ungeschminkt und unfrisiert, sah müde und krank aus und hatte selbstverständlich bereits getrunken.

„Du bist ja da“, stellte sie überflüssigerweise fest.

„Ja, natürlich, wo soll ich denn sein?" sagte er, sofort gereizt.

„Du warst doch vorhin weg. Ich habe gehört, wie du gegangen bist."

„Red kein dummes Zeug. Ich war den ganzen Morgen hier und habe gearbeitet."

„Ich habe genau gehört, wie du gegangen bist", beharrte sie.

„Susanne, bitte, nicht ständig die gleiche Tour. Ich habe zu tun, ich muss mich konzentrieren, und ich bin nicht bereit, jeden Tag fünfmal dieselbe Leier zu diskutieren."

„Arschloch", sagte sie.

Er erwiderte nichts und wandte sich ab. Auf dem Schreibtisch begann das Display seines Handys zu blinken, das er wie immer stummgeschaltet hatte. Nach einem kurzen Blick steckte er es in die Hosentasche.

„Telefon", sagte sie aggressiv.

„Ja, es ist nicht wichtig. Nur einer der Tenöre wegen der Noten. Aber ich sehe ihn nachher sowieso."

„Oder eine der Soprane wegen persönlichem Gesangsunterricht. Die siehst du nachher sowieso", äffte sie ihn nach.

„Ach, lass es doch einfach", blaffte er sie an. „Vielleicht könntest du zur Abwechslung mal in die Küche gehen und schauen, ob eventuell ein Mittagessen möglich ist?"

Sie zog einen Schmollmund, und ihre Augen füllten sich mit Tränen.

„Dafür bin ich dann gut genug", sagte sie. „Es gibt im übrigen Rindsroulade mit Blaukraut. Drüben im Brauhaus. Kannst du ja hingehen."

Er wartete, bis sie die Tür hinter sich zugeworfen hatte und er hören konnte, wie sie die Treppe hinunterpolterte.

Dann nahm er das Handy aus der Tasche und rief die gespeicherte Nummer zurück.

Draußen auf dem Flur presste Susanne Antlitz, die auf Socken die Treppe wieder hinaufgeschlichen war, ihr Ohr fest an die Tür. Aber sie bekam kaum etwas mit, ihr Mann schien vor allem zuzuhören. Als er schließlich sagte: „Okay, ich bin in einer halben Stunde bei dir“, eilte sie leise zurück ins Erdgeschoss und lauerte dort hinter der Küchentür. Doch er blieb in seinem Arbeitszimmer, wieder tönte das Klavier durch das ganze Haus.

„Scheiß Bach“, fluchte sie. „Verdammter scheiß Bach.“

*

Der Widersinnigkeit, mit dem Auto zum Joggen zu fahren, war sich Blacky jeden Sonntag bewusst. Die Barchetta parkte in der Tiefgarage unter dem Museum Georg Schäfer, über die Maxbrücke waren es nur ein paar Meter bis in die Wehranlagen, und er schaffte es nie, zu Fuß zu gehen. Nachdem er sich dann über sich selbst geärgert hatte, verbuchte er das Ganze schuldbewusst unter die ungelösten Rätsel des modernen Lebens. Wenn man so aufgewachsen ist, ist man halt so, rechtfertigte er sich vor seinem inneren Ankläger. Es folgte der feste Vorsatz, nächsten Sonntag zu laufen, gefolgt von der dumpfen Ahnung, wieder zu scheitern.

Diesmal war er auf der Rückfahrt mit anderen Gedanken beschäftigt. Sie kreisten plötzlich um einen Namen: Chiara. Allein dieser Klang. Und dann die Seltenheit und Exotik dieses Namens. Schon das machte sie einzigartig, faszinierend. Ihr Aussehen, ihre Haare, die Stimme, der herbe Charme, diese verlockende Rätselhaftigkeit. Das alles hatte ihn innerhalb von ein paar Minuten durcheinandergebracht und diffuse Gefühle aufgewirbelt. Irgendwo piepste auch ein Warnsignal: Lass die Finger davon, das wird sowieso nichts, vergiss es, verrenn dich bloß nicht, diese Frau ist gefährlich. Aber viel lauter waren Echos von Emotionen, die er nur allzu gut kannte, die alle in der einen, übermächtigen Empfindung gipfelten: Was für eine Frau! Er wollte sie wiedersehen, und er wusste schon, dass dies keinen Sinn hatte. Vielleicht würde sie ihn tatsächlich anrufen, doch es würde zu nichts führen. Ihre irritierende Kühle war eindeutig gewesen. Aber was hieß schon eindeutig bei einer Frau? Er würde das Handy nicht mehr aus dem Auge lassen.

Auf dem Fußweg zu seiner Wohnung verwarf er den Gedanken endgültig, Kerstin Weiß anzurufen. Erst war es ihm ganz selbstverständlich erschienen, wenigstens ihr die Information über den Vorfall zukommen zu lassen, wenn schon keine Anzeige erstattet wurde. Außerdem wäre es vielleicht ein Anlass gewesen, mit ihr am Nachmittag einen Kaffee trinken zu gehen. Dann wurde ihm klar, dass sie eine solch schwerwiegende Sache nicht für sich behalten konnte. Sie würde den Polizeiapparat in Bewegung setzen, seine Bitte um Diskretion hin oder her. Im Gegenteil, je vehementer er im Sinne von Chiara darauf dringen würde, umso misstrauischer würde sie werden. Er kannte Kerstins sensible Antennen für Untertöne; sie roch jeden Braten meilenweit und neigte zu unvorhersehbaren Reaktionen. Es war in keinerlei Hinsicht eine gute Idee, die Polizeisprecherin hier miteinzubeziehen; Chiara würde es ihm übelnehmen, und das wollte er nicht riskieren, so unverständlich ihr Verhalten auch war. Vielleicht konnte er mit seiner Verschwiegenheit sogar noch punkten – immer vorausgesetzt, dass sie sich tatsächlich meldete.

In seinem Penthouse in der Frauengasse hoch über den Dächern der Schweinfurter Altstadt duschte er, frühstückte und setzte sich dann mit der Gitarre ans Fenster. Wie von selbst fügten sich die Griffe zu einer Melodie, die er lange nicht mehr gespielt hatte. Und wie von selbst fielen ihm auch die Worte eines Songs ein, den er eigentlich schon halb vergessen gehabt hatte. Er hatte ihn vor vielen Jahren geschrieben, in einer aufregenden Phase seines Lebens, als er unsterblich und über beide Ohren verliebt gewesen war.

*

Der ICE aus Hamburg lief mit fast zehn Minuten Verspätung im Würzburger Hauptbahnhof ein. Es war angekündigt worden, dass die Regionalbahn nach Schweinfurt und Bamberg auf die Fahrgäste warten würde. Dr. Baldur Hallgrimmson hastete mit dem Gepäck und seiner jungen Frau den Bahnsteig entlang und fühlte sich in alte Zeiten zurückversetzt. Nichts hatte sich geändert. Die Menschen waren ruppig, der Bahnhof war immer noch schäbig, die Treppen zu den anderen Gleisen eng und gefährlich steil. Und natürlich läuteten die Glocken. Es war zwölf Uhr, und aus der Stadt drang das Mittagsgeläute der vielen Kirchen herüber. Er hatte sich hier sehr wohlgefühlt, nur das Getöse der Glocken war in all den Jahren ein schändlicher Missklang in seinen Ohren gewesen. Sie kündeten unablässig und prahlerisch vom Sieg der römischen Priester über die alten Götter, die einst auch über das fränkische Land geherrscht hatten. Aber es war nur ein scheinbarer Sieg. Von nichts war Baldur Hallgrimmson mehr überzeugt, und er sandte halblaut in altisländischer Sprache einen grässlichen Fluch zu den Würzburger Glocken hinüber.

Unten im zugigen, verwahrlosten Verbindungsgang blieb er schweratmend stehen und stellte die Koffer ab.

„Los, weiter", drängte seine Frau mit dem Elan ihrer fünfundzwanzig Jahre. „Wir haben keine Zeit."

„Vielleicht sollten wir einfach einen Zug später nehmen und im Bürgerspital Wein trinken", sagte er gemächlich. „Einen jungen Riesling beispielsweise."

„Keine Chance", erwiderte Smilla Hallgrimmson energisch. „Du trinkst um diese Zeit noch keinen Wein, du brauchst heute einen klaren Kopf, und du wirst erwartet. Mach voran!"

Er folgte ihr widerwillig und murmelte auf Neuisländisch eine selbstironische Verwünschung seiner Idee, eine viel zu junge Frau geheiratet zu haben.

Die Fahrt nach Schweinfurt verbrachte Dr. Baldur Hallgrimmson, Germanistikprofessor aus Reykjavik, damit, fränkische Ortsnamen zu analysieren.

„Ach, Opferbaum", rief er entzückt aus und kramte in seinen Erinnerungen. „Natürlich eine uralte Kultstätte, wo unter einer Eiche oder einer Linde unseren Göttern geopfert wurde. Trank- und Speiseopfer, vielleicht auch Pferde. In ganz früher Zeit sogar Menschen. Ein Wunder, dass die Schranzen des Christengottes diesen Namen nicht ausgemerzt haben."

Smilla Hallgrimmson hörte nur mit halbem Ohr zu und genoss das frische Grün der Frühlingslandschaft, die vor dem Abteilfenster an ihnen vorüberflog. Sie hoffte, am Nachmittag wenigstens eine halbe Stunde Zeit zu finden, um ihr blasses Gesicht in diese warme Sonne zu strecken und die milde Luft auf der Haut zu spüren.

In Schweinfurt stiegen sie am Hauptbahnhof aus. Der

Taxifahrer Rudi Vollert, der eine kurze Fuhre ins *Hotel Ross* befürchtet hatte, grinste erleichtert, als er das Fahrtziel hörte, und beschloss, charmant zu sein.

„Is im Schloss Mainberg mal wieder Krimi-Dinner?", fragte er bereits in der Gunnar-Wester-Straße.

„Ich verstehe nicht ganz", sagte Baldur Hallgrimmson, der gerade über den offensichtlich schwedischen Namensgeber der Straße nachdachte.

„Krimi-Dinner", wiederholte Vollert. „Mördersuche bei Kerzenschein und gutem Essen. 'ne Art Schnitzeljagd mit Leiche vor'm Kamin und so'n Zeug."

„Ich verstehe nicht ganz", sagte der Professor. Mit dem fränkischen Volksmund hatte er schon früher seine Probleme gehabt. „Schnitzeljagd? Wer jagt ein Schnitzel?"

„Niemand", brummte Vollert und verdrehte diskret die Augen. „Das bedeutet etwas anderes. Wo kommen Sie denn her?"

„Aus Island."

„Echt? Da gibt's des bittere Bier, oder? Des Guinness mit dem komischen Schaum obendrauf."

„Sie verwechseln das mit Irland", meinte Hallgrimmson sanft. „Wir kommen aus Island."

„Is des net auch gleich da um die Ecke?"

„Na ja, gewissermaßen schon", räumte der Professor ein. „Wenn man von ein paar Kilometern Atlantischer Ozean absieht."

Rudi Vollert nickte befriedigt. In Erdkunde konnte ihm so schnell keiner was vormachen. Er nahm die scharfe Rechtskurve zum Fischerrain etwas rasant, so dass Smilla Hallgrimmson gegen ihren Mann geschleudert wurde. Sie stieß einen leisen Fluch aus.

„Wir sind in Deutschland, Liebes“, beruhigte er sie. „Hier fährt jeder wie der Teufel Auto.“

Am Rusterberg nahm Rudi Vollert den Faden wieder auf. „Des mit dem Krimi-Dinner is ja nur Theater“, erläuterte er. „Aber in Schweinfurt hats neulich echt Mord und Totschlag gegeben. Ä Leiche auf dem Rückert-Denkmal. Gleich jetzt hier links auf dem Marktplatz. Sie wissen schon, des Denkmal von dem Dichter Rückert.“

„Ja, natürlich“, sagte der isländische Professor. „Friedrich Rückert, deutscher Dichter, siebzehnhundertachtundachtzig in Schweinfurt geboren. Ich habe seine ‚Kindertotenlieder‘ gelesen.“

„Echt?“, sagte der Taxifahrer. „So heißt auch der neue Schweinfurt-Krimi. Also, jedenfalls, was ich sagen wollt … Die Leiche auf dem Rückert-Denkmal hab fei ich g'funden. Des war unser Faschingsprinz. Ä tragische G'schicht … Sie müssen sich vorstellen …“

Rudi Vollert begann ausführlich die Ereignisse der Faschingstage zu erzählen, während er vom Paul-Rummert-Ring in die Alte Bahnhofstraße einbog.

„Der Mord an dem Faschingsprinzen wurde ja aufgeklärt. Aber dann is da noch die annere Sach' mit der kleinen Laura. Ihre Leiche hat man auf dem Grund von 'nem See entdeckt. Und niemand weiß bisher, wer ihr Mörder is. Der Kerl läfft immer noch frei herum.“

„Wovon redet der Mann eigentlich andauernd?“, fragte Smilla Hallgrimmson genervt.

„Er erzählt Geschichten“, meinte ihr Mann. „Und er ist dabei genauso geschwätzig wie die Kerle in unseren alten Sagas, die ohne Punkt und Komma mit ihren Heldentaten prahlen.“

Als Schloss Mainberg in Sicht kam, machte Rudi Vollert eine weitausladende Geste.

„In diesem Schloss wurde übrigens Gunther Sachs geboren", sagte er triumphierend. „Der Playboy. War sogar mal mit Brigitte Bardot verheiratet. Is jetzt aber auch schon tot. Hat sich erschossen, die arme Sau."

„Das ist das Schöne an Deutschland", meinte Dr. Baldur Hallgrimmson versonnen. „Überall Geschichte. Selbst ein Playboy ist nach König Gunther aus dem Nibelungenlied benannt."

„Auch wir haben eine lebendige Geschichte", protestierte Smilla. „Und fast alle unsere Namen gehen auf die Helden der Vorzeit zurück."

„Das ist wohl wahr. Aber wir haben keine Playboys und keine Schlösser und Burgen."

„Dafür haben wir Vulkane, Geysire und Elfen", beharrte seine Frau.

„Auf dem Schloss soll es spuken", gab ihr Taxifahrer zum besten, während er den Wagen die steile Straße hinaufdröhnen ließ. „Die einen sprechen von einer weißen Frau, die anderen von einem schwarzen Ritter. Ich persönlich glaub aber, dass Gunther Sachs manchmal hierher zurückkommt."

„Wunderbar", sagte Baldur Hallgrimmson. „Wir werden uns bestimmt sehr wohlfühlen."

„Wenn es etwas einsamer wäre", sinnierte Smilla Hallgrimmson, „könnte es fast die Gralsburg sein."

„Deshalb sind wir ja hier", sagte der Professor. „Es liegen spannende Tage vor uns."

*

Unten an der Haustür verabschiedeten sie sich voneinander. Thomas Antlitz strich ihr behutsam und zärtlich über das aufgeschundene Gesicht.

„Kommst du heute Abend trotzdem zur Probe?"

„Natürlich. Ich lasse euch doch nicht im Stich."

„Sei bitte vorsichtig, ja? Ich habe Angst um dich."

„Du brauchst dir keine Sorgen zu machen. Ich komme klar."

Chiara Gabrieli hauchte ihm einen Kuss zu und wandte sich rasch ab. Er zögerte einen Augenblick, dann griff er noch einmal nach ihrem Arm.

„Und du hast wirklich keine Ahnung, wer das gewesen sein könnte?"

„Nicht die geringste", sagte sie und sah ihm in die Augen. Ihre Blicke begegneten sich, als wären sie sich völlig fremd.

„Ich verstehe das alles nicht", wiederholte er zum x-ten Mal an diesem Nachmittag.

„Was verstehen wir schon?", sagte sie ausdruckslos, ging ins Haus zurück und schloss die Tür.

Wie so oft war er irritiert und fasziniert. Sie war Enigma und Mysterium. Ein Rätsel in ihrer Unberechenbarkeit, ihren überraschenden Reaktionen und schwankenden Emotionen. Ein unergründliches Geheimnis, undurchschaubar, letztlich unnahbar und unzugänglich in ihren verborgenen Tiefen, die sie nie preisgab. Das machte sie für ihn anziehend, begehrenswert, aufregend und unendlich schwierig. Er konnte sich kein irgendwie geartetes Leben mit ihr vorstellen, und er konnte sich kein Leben mehr ohne sie vorstellen. Er wusste nicht, wohin diese Liaison führen sollte, aber die Ungewissheit und Ziellosigkeit hatte ihren eigenen Reiz, der ihn antörnte. Chiaras Drang nach Freiheit und Unabhängigkeit riss ihn mit und machte ihn jung wie nie zuvor – und war Quelle seiner großen Angst. Denn er wusste, dass einmal alles enden würde, weil das Ende bereits im Anfang grundgelegt war. Eine solche Romanze, ein solches Abenteuer, eine solche Eskapade konnte und durfte nicht von Dauer sein, nur ein Dummkopf würde sich dieser Illusion hingeben. Und ein Dummkopf war Thomas Antlitz nicht. Deshalb hatte er sich längst für den Fall der Fälle gewappnet: Das Ende würde wirklich ein Ende sein …

Er sah die Gestalt im blauen Jogginganzug nicht, die sich hinter einen Hausvorsprung drückte, als er den Durchgang vom Oberen Wall zur Krummen Gasse betrat. Die Altstadt war um die frühe Nachmittagszeit menschenleer, auf dem Kopfsteinpflaster trafen sich Sonnenlicht und erste Schatten. Als er die Obere Straße überquert hatte, kam ihm im schmalen Schlauch des Wenkheimer Gäßchens Bill Jenkins entgegen, dessen voluminöse Bassstimme hier besonders laut dröhnen konnte.

„Hi, Tommy, das ist aber eine Überraschung. Machst du einen Spaziergang?"

Sein Deutsch war alles andere als makellos und der Akzent ziemlich grauenhaft. Aber seine Stimme war göttlich. Thomas Antlitz konnte den Tag nicht genug loben, an dem Bill den Weg in seinen Chor gefunden hatte. Er gehörte der Glaubensgemeinschaft der Mormonen an und hatte in seiner Heimatstadt Salt Lake City im weltberühmten Tabernacle Choirs gesungen, daher kam seine vorzügliche Ausbildung. Was genau er in Schweinfurt tat, ließ er beharrlich im Unklaren, Soldat war er offensichtlich nicht. Er schien sich aber im Umfeld der US Army zu bewegen, und im Chor wurde einiges über ihn gemunkelt. Die einen wollten wissen, dass er Verbindungsmann der CIA oder des FBI sei, und waren wie elektrisiert von dieser Vorstellung. Andere tuschelten und spekulierten amüsiert ohne tiefere Kenntnisse über den angeblichen Brauch der Vielehe bei den Mormonen, aber keiner wagte Bill danach zu fragen. Alle mochten ihn, und keiner kannte ihn näher. Er war der Exot im Chor, doch wenn er ein Solo sang, konnte er jeden zu Tränen rühren.

„Nein, ich war nur kurz unterwegs. Und du machst dir einen schönen Sonntag?"

„Ich gehe einen Kaffee trinken." Der Amerikaner deutete auf Schweinfurts bekanntestes Café, neben dem sie standen. „Will ein bisschen Zeitung lesen."

Er setzte sich schon wieder in Bewegung. Freundlich, unverbindlich und aalglatt wie immer. „Wir sehen uns heute Abend", sagte er und hob lässig die Hand.

Thomas Antlitz drehte sich am Ende des Wenkheimer Gäßchens noch einmal um und sah, wie Bill Jenkins nicht das Café betrat, sondern die Obere Straße überquerte. Du Schwindler, dachte er und ging die paar Schritte über den Martin-Luther-Platz nach Hause. Zu seiner Überraschung und Erleichterung war die Wohnung leer. Susanne hatte wohl Durst bekommen.

*

Sie fand es immer noch seltsam, dass sie ausgerechnet an diesem Tag verschlafen hatte. Ein Tag, der ihrem ganzen Leben vielleicht die Krönung aufsetzen würde. Weil sich an ihm wie ein Donnerschlag ein Coup sondergleichen angekündigt hatte – ein Coup, mit dem die altehrwürdige Firma Renoldi wider jedes Erwarten noch einmal ganz vorn mitmischen konnte. Und wenn er gelang – was inzwischen fast außer Frage stand –, würde ein so ordentlicher Batzen Geld fließen, dass sie getrost alle drängenden Sorgen ad acta legen konnte. Trotz aller Schöngeisterei hatte Amalia Renoldi stets die Lehre ihres Vaters beherzigt: immer fest den Blick auf die Zahlen, die Einnahmen und den Gewinn zu richten. So hatte sie die Firma auch in schwierigen Zeiten halbwegs auf Kurs halten können – mit Ausnahme der letzten Jahre, die ihr heftig zugesetzt hatten. Aber der heutige Tag würde alles ändern, daran konnte kaum noch ein Zweifel bestehen. Der Profit, den sie herauszuschlagen gedachte, würde beträchtlich sein. Aber wichtiger war ihr letztlich der Ruhm, der dem Haus Renoldi so unverhofft zufiel.

Sie ging noch einmal mit jenen Luchsaugen, die ihre Mitarbeiter so fürchteten, durch die Ladenräume, rückte grummelnd ein paar Dinge zurecht und verließ dann Würzburgs renommierteste Antiquitätenhandlung durch den Hinterausgang. Das Taxi hielt schon vor dem Haus in der Karmelitenstraße, sie bat den Fahrer, ihr Gepäck zu holen, das im ersten Stock vor der Wohnungstür bereitstand. Während sie auf dem Gehsteig wartete, grüßte sie freundlich den älteren Herrn mit Hund, der vorbeischlenderte. Es war ein pensionierter Kriminalkommissar, der in der Stadt als *Schoppenfetzer* einige Bekanntheit erlangt hatte. Sie erinnerte sich, dass er kürzlich einen Fall aufgeklärt hatte, bei dem die Ursprünge der ganzen Geschichte bis zu Tilman Riemenschneider zurückreichten.

Die Miene des Taxifahrers wurde so hell wie der Frühlingstag, als ihm Amalia Renoldi das Fahrtziel nannte: Schloss Mainberg in der Nähe von Schweinfurt.

*

Thomas Antlitz saß über der Partitur der *Matthäus-Passion,* als Susanne ins Wohnzimmer polterte. Sie war wie an jedem Sonntag schlampig gekleidet, und sie roch wieder stark nach Alkohol.

„Wo bist du gewesen?"

Es interessierte ihn eigentlich nicht, aber er fühlte sich immer noch aus einem letzten Gefühl von Verantwortung heraus verpflichtet, wenigstens eine rudimentäre Konversation aufrechtzuerhalten.

„Draußen", sagte sie. „Es ist so schönes Wetter. Bin ein bisschen rumspaziert."

„Und hast ein paar Schlückchen getrunken." Eine völlig überflüssige Bemerkung, die ihm immer wieder herausrutschte, obwohl er schon lange beschlossen hatte, es zu ignorieren. Der ewige Kampf dagegen war sinnlos und ging seit Jahren über seine Kräfte.

„Na und? Zwei oder drei Aperol Spritz bei Cosimo. Man muss den Frühling genießen und begießen. Nicht nur rumhocken und Noten anstieren."

„Ich arbeite", sagte er, bemüht, geduldig zu bleiben. „Noch fünf Tage bis zur Aufführung. Willst du nicht auch noch ein bisschen üben?"

„Ich kann meinen Part", trumpfte sie sofort auf und begann mit glockenhellem Sopran ihre Stimme aus dem Eingangschor der *Matthäus-Passion* zu singen: *„Kommt, ihr Töchter, helft mir klagen …"*

Unvermittelt brach sie ab.

„Die Gabrieli ist überfallen worden", sagte sie. „Und auf die Fresse gefallen. Sie soll schrecklich aussehen."

Thomas Antlitz sah sie entgeistert an.

„Woher weißt du denn das?"

„Von Bill. Er war auch bei Cosimo."

„Und sie hat es ihm erzählt?"

„Ja. Offensichtlich. Mach den Mund zu, es zieht. Und tu nicht so, als ob du es nicht längst auch wüsstest."

„Ich habe nicht die geringste Ahnung."

„Ach, Tommy, wie lange willst du eigentlich noch Komödie spielen?"

„Jetzt fang nicht schon wieder damit an. Ich habe es satt, dieses Thema andauernd zu diskutieren. Bloß weil ich Chiara gesanglich ein wenig fördere, heißt das noch lange nicht das, was du dir in deinem Suff einbildest. Habe ich mich klar ausgedrückt?"

„Wie immer, Herr Professor, wie immer. Jedenfalls wollte der Gabrieli heute Morgen beim Joggen in den Wehranlagen offensichtlich einer an die Wäsche. Ist aber leider schiefgegangen."

„Das hat sie Bill so erzählt?"

„Mein Gott, was interessiert dich das denn? Hab doch mal ein bisschen Mitleid mit der jungen Dame."

Er wandte sich abrupt seiner Partitur zu. Susanne Antlitz grinste boshaft in sich hinein.

„Ein junger Mann hat sie übrigens gerettet", sagte sie beim Hinausgehen und betonte hämisch das Wort *junger.*

Thomas Antlitz wartete, bis er sie die Treppe hinaufgehen hörte. Dann griff er zum Handy und drückte Chiara Gabrielis Nummer. Doch er hörte nur ihre Stimme auf der Mobilbox.

*

Gegen jede Gewohnheit ging Blacky am frühen Abend spazieren. Eine für ihn untypische Beschäftigung. Er hatte noch nicht einmal das Wort Spaziergang in seinem aktiven Wortschatz. Doch an diesem milden Abend, der mit einer magischen Dämmerung begonnen hatte, spürte er den Drang, sich und seinen Gedanken Bewegung zu verschaffen. Er hatte Gitarre gespielt, ein wenig gedöst, sein Dauerprojekt vorangetrieben, endlich die 29 Episoden von *Twin Peaks* bis zum Schluss zu schauen. Aber wieder hatte er sich im Labyrinth der Story verirrt und erneut abgebrochen. Es würde noch dauern, bis er wusste, wer Laura Palmer ermordet hatte.

Er bummelte durch den Zürch, der zwar pittoresk ist, aber wenig zu bieten hat. In der Rückertstraße studierte er die Kinoplakate des *Weltbio,* mit dessen verschachtelten Sälen er Erinnerungen an vergangene Zeiten verband. Schräg gegenüber vom Rathaus konnte er der Versuchung nicht widerstehen und kaufte mit schlechtem Gewissen einen Döner. Der würde zwar jeden Erfolg der morgendlichen Joggingrunde wieder zunichte machen, aber man musste auch von etwas leben. Er ging hinüber zum Rückert-Denkmal, verscheuchte die Tauben und setzte sich auf die Stufen. Neuerdings war er öfters hier und dachte über die Sache mit der Leiche auf dem Denkmal nach, die vor einigen Wochen Schweinfurt in Aufruhr versetzt hatte. Heute schwirrten ihm andere Gedanken durch den Kopf; er biss in den Döner, der vor Knoblauchsoße triefte, und malte sich aus, wie es wäre, wenn Chiara plötzlich über den Marktplatz käme. Als er es sich lange genug vorgestellt hatte, schaute er angewidert auf den Döner. Barbarische Essgewohnheiten. Er wusch die Hände in einer der Brunnenschalen, schlenkerte die Wassertropfen von sich und schlenderte weiter.

Wo Chiara wohl jetzt war? Was tat sie? Wer war sie überhaupt? Leise bohrende Fragen. Und die naheliegende Antwort darauf: zuhause, in den Armen ihres Freundes, der sie den ganzen Tag über getröstet und ihre Wunden verarztet hatte. Blacky seufzte über seine Dämlichkeit und stapfte die Stufen zum Martin-Luther-Platz hinauf. Die Fenster der St.-Johannis-Kirche leuchteten in der anbrechenden Dunkelheit, aus dem Inneren der Kirche kam leiser Gesang, Männer- und Frauenstimmen. Er hörte kaum hin, solche Musik war nicht sein Ding, aber das Flair des Augenblicks, die mystische Silhouette der alten Kirche und die fast überirdischen Stimmen berührten ihn für einen Moment.

Dann sah er auf die Uhr. Es war an der Zeit, nach Hause zu gehen. Der Montag und die Hörer von Main-Radio Schweinfurt würden schon in aller Herrgottsfrüh auf ihren ausgeschlafenen Morning Man warten.

*

Wir setzen uns mit Tränen nieder … Thomas Antlitz ließ den Schlusschor der *Matthäus-Passion* von Johann Sebastian Bach zum Ende der Probe in der St.-Johannis-Kirche ohne Unterbrechung durchsingen. Dann legte er den Taktstock auf das Pult und sagte:

„Sehr gut. Hervorragend. Fast makellos. Damit können wir uns hören lassen. Da ich morgen und übermorgen nicht in Schweinfurt bin, sehen wir uns am Mittwoch zur Probe wieder. Es wird dann auch zum ersten Mal das Hochschulorchester aus Würzburg dabei sein, richtet euch also auf einen langen Abend ein. Gründonnerstag haben wir die Hauptprobe mit den Solisten, auch das wird kein Spaziergang. Karfreitagmorgen Generalprobe, am Abend die Aufführung. Das Konzert ist ausverkauft, die Erwartungen sind hoch, die Mühen dieser Woche werden sich also lohnen. Ich wünsche allen einen schönen Abend."

Der Chor zerstreute sich rasch, Thomas Antlitz vergewisserte sich, dass Susanne die Kirche verlassen hatte, packte seine Partitur in die Aktentasche und ging zum Seitenausgang. Dort wartete er im dunkelsten Winkel schräg gegenüber des Alten Gymnasiums, bis Chiara kam. Sie trug ihre Noten unter dem Arm und wirkte genervt.

„Du wolltest mit mir reden", sagte sie.

„Können wir nicht zu dir gehen?"

„Heute Abend nicht mehr. Ich bin todmüde. Was gibt es?"

„Ich bin doch etwas verwundert", sagte Thomas Antlitz, „dass du Bill die ganze Geschichte von heute Morgen in allen Details erzählt hast. Obwohl du mir dringend eingeschärft hast, kein Sterbenswörtchen darüber zu verlieren. Er hat dann zufällig meine Frau getroffen, ihr alles erzählt, und jetzt weiß es wahrscheinlich der ganze Chor. Wir hatten uns geeinigt, dein aufgeschundenes Gesicht mit einem banalen Unfall zu erklären. Dein Verhalten ist merkwürdig."

„Mag schon sein", erwiderte Chiara. „Ich bin eben ein merkwürdiger Mensch."

„Chiara, manchmal verstehe ich dich überhaupt nicht."

„Ich weiß, Thomas. Es ist spät, ich will jetzt nicht mehr viel reden, aber vielleicht sollten wir uns in nächster Zeit mal Gedanken machen."

„Worüber?"

„Darüber, dass wir uns gegenseitig nicht richtig verstehen. Und über die Konsequenzen, die daraus zu ziehen sind."

„Soll das heißen ...?"

„Nein, ich werde das jetzt nicht diskutieren. Lass uns ein andermal darüber sprechen. In Ruhe."

Er fühlte Panik in sich aufsteigen. Echte Panik. Seine Angst. Die große Angst.

„Chiara, bitte ..."

Sie hatte sich bereits abgewandt.

„Lass mich bitte einfach gehen. Ich will nach Hause."

Er atmete tief durch. Versuchte, der Panik Herr zu werden.

„Kann ich dich wenigstens bis zur Haustür begleiten?"

„Ich möchte jetzt gern alleine sein."

„Aber du bist in Gefahr. Das weißt du doch."

„Es sind ja nur ein paar Schritte. Ciao."

Sie löste sich aus dem Schatten der Kirchenmauer, winkte ihm kurz zu und ging schnell in Richtung des Wenkheimer Gäßchens. Er starrte ihr nach und wusste, dass er wieder einmal verloren hatte.

*

Das Messer traf sie direkt von vorn und drang sofort in ihr Herz. Sie wollte schreien, aber eine Hand hielt ihr den Mund zu. Mit äußerster Kraft versuchte sie den Kopf nach oben zu ziehen. Bevor sie in die Knie ging, sah sie einen einsamen Stern am Himmel. Den zweiten Stich spürte sie noch schwach, den dritten nicht mehr. Dann fiel sie nach hinten. Um ihren Körper quoll eine dickflüssige Blutlache über den Asphalt, die in der Dunkelheit wie ein schwarzer Tümpel aussah.

MONTAG

Zu Bett gehen kann jeder Narr, zum Aufstehen bedarf es eines ganzen Mannes.

Wie ein Mantra wiederholte Blacky jeden Morgen um halb vier im Dreiviertelschlaf diesen Satz so lange, bis er fast wach war. Der Rest war dann eiserne Willensanstrengung, Selbstüberwindung und zuletzt die blitzschnelle, akrobatische Bewegung, mit der er sich aus dem Bett katapultierte. Nach sehr ausführlicher Körperhygiene, die jeder Frau zur Ehre gereicht hätte, zwängte er sich mit der Hoffnung in die Jeans, dass sie etwas weiter als am Vortag wäre. Seit einer Woche stagnierte der Fortschritt, das Fitnessstudio am Abend würde unausweichlich sein. Der Gedanke daran machte ihm schon jetzt schlechte Laune, und er ging hinüber in die Küche, um sich zu trösten.

Der erotische Moment an jedem Morgen war, wenn er mit zärtlichen Fingern über das Prunkstück seines Haushaltes strich: die chromglänzende Kaffeemaschine der Edelmarke Saeco, die alles konnte. Sie hatte sündhaftes Geld gekostet, war eigentlich völlig überflüssig – und trotzdem unentbehrlich. Damit glich sie genau genommen einer Frau, fand Blacky in trüben Stunden; er hatte einmal bei zwei Tassen besten Cappuccinos Kerstin Weiß leichtsinnigerweise mit diesem Gedanken konfrontiert: Ihr verblüfftes Lächeln war sehr merkwürdig gewesen.

Er genoss den aromatischen Duft, den der Kaffee jetzt verströmte, setzte den Toaster in Gang und warf einen hoffnungsvollen Blick aufs Handy. Kein Anruf, keine SMS. Ein leiser Stich da, wo angeblich das Herz saß. Er hatte gehofft, dass sie ihm vielleicht am späten Abend, zum Abschluss des Tages, einen kurzen Gruß, ein kleines Danke schicken würde. Sie hatte doch versprochen, sich zu melden.

Enttäuscht saß er morgens um halb fünf in seiner Küche und kaute lustlos am Toast. Nur der Kaffee munterte ihn etwas auf. Draußen war es noch stockdunkel, und er musste jetzt los, um mit sanfter Stimme die Stadt aufzuwecken.

*

Kriminalhauptkommissar Wolfram Bayer, der Leiter der Schweinfurter Mordkommission, war längst auf den Beinen. Er war mitten in der Nacht alarmiert worden und stand gegen drei Uhr morgens neben der Leiche im Wenkheimer Gäßchen.

Ein später Passant hatte sie gefunden, es war dem erfahrenen Ermittler nach der ersten oberflächlichen Untersuchung sofort klar, dass sie bereits mehrere Stunden hier gelegen haben musste. Was einerseits merkwürdig erschien, weil es bedeutete, dass mitten in Schweinfurt eine Leiche stundenlang unbemerkt herumliegen konnte. Und andererseits auch wieder erklärlich war, weil der schmale Durchgang des Wenkheimer Gäßchens vom Martin-Luther-Platz zur Oberen Straße in der Nacht kaum frequentiert wurde.

Der abgebrühte Kriminalbeamte war beim ersten Blick auf die Leiche kurzzeitig erschüttert, dann stellte er fest, dass sich für ihn und sein Team eine erhebliche Schwierigkeit auftat: Die Leiche hatte keinerlei Ausweispapiere bei sich.

Und es gab etwas, das ihn irritierte. Aber er kam nicht darauf, was es war.

Der Gerichtsmediziner aus Würzburg traf erst um fünf Uhr ein, was Wolfram Bayer heftig erzürnte. In tausend Krimis wurden Gerichtsmediziner mittlerweile als die wahren Helden der kriminalistischen Arbeit dargestellt, aber für den Chef der Schweinfurter Mordkommission waren sie das, was alle Ärzte für ihn waren: schlicht und ergreifend Quacksalber.

Als vorläufig erstes Ergebnis verkündete der hagere Rechtsmediziner schließlich, was Kriminalhauptkommissar Bayer längst wusste: „Das Opfer ist weiblich und erstochen worden."

*

Um fünf Uhr in der Früh war Main-Radio Schweinfurt noch ein Zwei-Mann-Betrieb. Blacky saß im Studio und bereitete sich auf seine Sendung vor, Sören sichtete als Chef vom Dienst am Redaktionsschreibtisch die ersten Neuigkeiten des Tages.

„Irgendwas ist los", murmelte er und stand auf, um Blacky einen Stapel mit Meldungen hineinzureichen. „Da ist offensichtlich in der Nacht eine Leiche gefunden worden. Aber das wird nur mit einem Satz im Polizeibericht erwähnt."

„Du und deine Leichen", sagte Blacky amüsiert.

Mittlerweile konnte er Sören ganz gut leiden. Seine neueste Marotte nahm er mit Humor: Sören bildete sich seit einiger Zeit ein, dass er und nicht Blacky es gewesen wäre, der den Mord am Faschingsprinzen Hubert Rudloff aufgeklärt hatte. Das war zwar völliger Humbug, aber Sören stammte aus Ostfriesland, und wenn sich erst einmal eine Idee in seinem sturen Schädel festgesetzt hatte, war sie von dort nicht mehr wegzubekommen. So gierte er neuerdings nach Leichen und brannte darauf, Detektiv spielen zu können. Blacky, der die tragischen Ereignisse an den Faschingstagen als Erster und Einziger wirklich durchschaut hatte, ließ ihn gewähren und bedachte ihn nur manchmal mit mildem Spott. Eigentlich war Sören Eckenstade aus Wilhelmshaven ja ein netter Kerl, er hatte sich in Schweinfurt eingelebt und das Praktikum – bereits das achte zwischen der Nordsee und den Alpen – bei Main-Radio auf unbestimmte Zeit verlängert. Sogar seine Akne war sichtlich weniger geworden, was er interessanterweise auf den Frankenwein zurückführte.

„Ich bin bekehrt worden", erzählte er jedem, der es nicht wissen wollte. „Silvaner statt Jever. Bekommt mir einfach besser."

Um halb sechs startete Blacky den fröhlichen Main-Radio-Jingle und zog danach den Mikrofonregler hoch.

„Guten Morgen, Schweinfurt! Christian Schwarz ist bereits wach und wünscht allen einen schönen Montag. Der Wetterbericht verspricht auch für heute wieder Frühling, in ein paar Tagen ist Ostern und damit ein langes, langes Wochenende. Lassen Sie die Woche ruhig angehen, Hektik ist schädlich – und vergessen Sie nicht: Main-Radio macht das Leben lebenswerter, und Schweinfurt ist der Mittelpunkt der Welt."

Dann schickte er den ersten Titel durch den Äther: *Oh pretty woman* von Roy Orbison. Er schloss kurz die Augen und dachte an Chiara.

*

Um sechs Uhr wurde mit beginnender Dämmerung die Spurensuche rund um das Wenkheimer Gäßchen intensiviert. Der Abtransport der Leiche war verschoben worden, weil der Leitende Oberstaatsanwalt die Gesamtsituation in Augenschein nehmen wollte, sein Frühstück aber noch nicht beendet hatte. Kriminalhauptkommissar Bayer tigerte um den mit blauer Plastikplane abgedeckten Körper herum und zelebrierte seine legendäre schlechte Laune.

„Wir verlieren Zeit", schnaubte er. „Kostbare Zeit. So kommen wir keinen Millimeter vorwärts."

Kriminalkommissarin Marion Werner hielt gebührenden Abstand und versuchte trotzdem, beruhigend auf ihn einzuwirken. Sie war erst seit zwei Wochen bei der Mordkommission und hatte noch Ideale, was den Chef der Abteilung, Wolfram Bayer, betraf. Alle hatten ihr gesagt, er sei unbelehrbar, unverbesserlich und unerträglich, aber sie glaubte an das Gute im Menschen und hielt ihn für erziehbar.

„Was halten Sie davon", fragte sie aus drei Metern Entfernung, „wenn wir schon jetzt im Radio eine Beschreibung durchgeben? Um diese Zeit hören wahnsinnig viele Leute zu, und irgendwo wird sie ja wohl vermisst werden."

„Scheiß Radio", brummte der Kriminalhauptkommissar. „Die erzählen doch nur wieder irgendwelchen Mist. Wer macht denn da jetzt die Sendung?"

„Ich denke mal, Christian Schwarz. Wie immer. Er ist der Morning Man."

„Ach, du grüne Scheiße. Der hat mir grad noch gefehlt. Aber von mir aus. Wir müssen ja irgendwie vorwärtskommen."

„Okay", sagte Marion Werner. „Die Kollegin Weiß wird gleich da sein. Sie kann das anleiern."

Am Kornmarkt passierte ein gutgekleideter, schlanker grauhaariger Mann die Polizeiabsperrung. Der Leitende Oberstaatsanwalt Dr. Leopold Wurzer war eingetroffen.

*

Das Studiotelefon blinkte, zu Blackys Überraschung meldete sich Kerstin Weiß, die Pressesprecherin der Schweinfurter Polizei.

„Hey, guten Morgen“, sagte er und legte sein charmantestes Lächeln in die Stimme. „Was verschafft mir denn so früh dieses Vergnügen?“

„Leider kein guter Morgen und auch kein Vergnügen.“ Sie hörte sich sehr ernst an. „Wir haben eine Leiche, wahrscheinlich Mord. Und wir brauchen dringend eure Hilfe.“

„Ja, klar. Wie können wir helfen?“ Er schaltete das Lächeln ab.

„Am liebsten wäre es mir, wenn du mich gleich auf Sendung nehmen könntest. Ich gebe eine Beschreibung durch, weil wir das Opfer schnellstmöglich identifizieren müssen. Es sollten dann eigentlich ziemlich rasch Hinweise eingehen. Die ganze Angelegenheit ist nicht schön, sag ich dir.“

„Okay, kein Problem, ich geh mitten in den Titel rein, moderiere dich an, und dann kannst du loslegen.“

Blacky blendete Michael Jackson mit *Billy Jean* allmählich aus und bemühte sich um einen getragenen Tonfall.

„Aus aktuellem Anlass muss ich leider unterbrechen. Die Kriminalpolizei Schweinfurt bittet dringend um Ihre Mithilfe. Am Telefon ist jetzt Polizeioberkommissarin Kerstin Weiß mit weiteren Informationen.“

„In der Innenstadt wurde heute Nacht eine junge Frau tot aufgefunden“, begann die Polizeisprecherin kühl und sachlich. „Die näheren Umstände ihres Todes sind noch ungeklärt, aber wir müssen von einem Verbrechen ausgehen. Da die Tote keine Ausweispapiere bei sich trug, konnte sie bisher nicht identifiziert werden. Es handelt sich um eine etwa fünfundzwanzigjährige Frau mit langen dunklen Haaren. Südländischer Typ, schlank. Bekleidet mit einer schwarzen Jeans, hellen Turnschuhen, dunkelblauem Rollkragenpullover und einem schwarzen, halblangen Übergangsmantel. Besonders auffällig: Die Frau hat relativ frische Verletzungen im gesamten Gesicht, die eventuell von einem Sturz herrühren könnten. Diese Verletzungen sind allerdings wenigstens zwölf Stunden vor ihrem Tod entstanden …"

Es war, als kröche eine Faust vom Magen unaufhaltsam nach oben, um den Hals von innen her auszufüllen, den Atem zu blockieren, bis zum Mund vorzudringen, die Zunge zu lähmen, einen Würgereflex auszulösen. Er hörte die Stimme von Kerstin Weiß im Kopfhörer, sie sagte etwas von sachdienlichen Hinweisen an die Polizei und nannte eine Telefonnummer, aber das kam ihm weit weg vor, unwirklich, fremd. Dann war Stille. Eine unheimliche, bedrohliche Stille. Der Albtraum eines jeden Moderators.

Sendeloch.

„Herr Schwarz?", hörte er schließlich Kerstin Weiß fragen. Er kämpfte gegen den Würgereiz an, versuchte die Faust hinunterzuschlucken. Die Stille wuchs. Dann kam ein Gurgeln aus seinem Mund, mühsam fand er die Stimme wieder, dumpf und leise kam sie zurück, er erkannte sie nicht als seine eigene.

„Danke", hörte er sich sagen. „Das war Polizeioberkommissarin Kerstin Weiß von der Schweinfurter Polizei. Wir machen weiter mit Musik."

Das war der dümmste Radiomoderatorensatz, verpönt bis in alle Ewigkeit, mit Strafe von einer Flasche Sekt belegt. Jetzt war er froh, dass er ihm eingefallen war. Er zog den Mikrofonregler nach unten, nahm den Kopfhörer ab und griff zum Telefonhörer.

„Bist du noch dran?", krächzte er.

„Was war denn los?", fragte Kerstin Weiß besorgt. „Ich dachte schon, du bist ohnmächtig geworden."

„Diese Frau ...", stotterte er, „ist sie hübsch? Ich meine, sieht sie gut aus?"

„Blacky ..." Kerstin Weiß machte eine kurze Pause. „Sie ist tot. Du willst doch nicht im Ernst fragen ..."

„Nein, natürlich nicht. Es ist nur ... Die Verletzungen im Gesicht ... Wenn sie sehr hübsch ist ... war ... dann kenne ich sie ... vielleicht ..."

Kerstin Weiß schwieg. Es schien ihr die Sprache verschlagen zu haben.

„Sie war wohl wunderschön", sagte sie dann.

„O Gott! Wo ist sie jetzt?"

„Hier. Am Tatort. Im Wenkheimer Gäßchen zwischen Martin-Luther-Platz und Oberer Straße.

„Ich komme dahin", sagte Blacky. „Ich bin in ein paar Minuten da."

„Aber ...", wollte Kerstin Weiß noch einwenden. Doch er hatte schon aufgelegt.

*

Kriminalhauptkommissar Wolfram Bayer, der Leiter der Schweinfurter Mordkommission, hegte keine größeren Sympathien für den Leiter der Schweinfurter Staatsanwaltschaft, Dr. Leopold Wurzer. Er respektierte ihn als brillanten

Juristen und fand ihn als Menschen aalglatt, arrogant und affektiert. Außerdem verachtete er seine größte, stadtbekannte Passion: das Skatspielen. Bayer fand, dass ein Franke nicht Skat zu spielen habe. Dafür wusste er zwar keine Begründung, aber sein ausgeprägter Sinn für regionalspezifische Schicklichkeiten sagte ihm das einfach.

Wolfram Bayer ging mit vielen solcher Ansichten, Überzeugungen und Meinungen durchs Leben, und das machte ihn zu einem schwierigen Zeitgenossen. Dazu kam noch sein Talent für schlechte Laune, cholerische Anfälle und bissige Bemerkungen. Da er aber in Wahrheit ein dünnhäutiger, sensibler und sentimentaler Mann war, kollidierten seine Empfindungen und Empfindsamkeiten ständig miteinander – vor allem bei Mordfällen, die ihm besonders nahegingen.

Das hier war ein solcher Fall, und entsprechend diffus war seine Gefühlslage an diesem Morgen. Bei der Ankunft des Oberstaatsanwaltes wusste er nicht, was ihm gleich noch bevorstehen würde.

„Haben Sie gut gefrühstückt?", fragte er als Erstes sarkastisch. „Das arme Ding liegt schon viel zu lang hier."

Der Oberstaatsanwalt überging die unverhohlene Kritik ohne jeden Kommentar.

„Sie ist hier zu Tode gekommen? In dieser Gasse?"

Bayer nickte.

„In dieser hohlen Gasse. Zweifelsfrei. Der Auffindeort der Leiche ist auch der Tatort."

Auf sein Zeichen hin schlug der Gerichtsmediziner die blaue Plastikplane zur Seite. Dr. Leopold Wurzer nahm umständlich seine Brille aus einem Etui und setzte sie auf. Dann beugte er sich über die dunkle Gestalt in dem schwarzen

Tümpel aus geronnenem Blut. Wolfram Bayer registrierte verblüfft, wie kurz der Blick war, bei dem er es beließ. Für diese paar Sekunden hatten sie nun mehr als eine Stunde gewartet.

*

Blacky wählte einen extralangen Titel von Phil Collins, *I wish it would rain down,* und stürmte aus dem Sendestudio.

„Sören!", brüllte er, da der Praktikant nirgends zu sehen war.

„Komme gleich", drang es dumpf vom Ende des Ganges. Endlich öffnete sich die Klotür, und Sören schlenderte herbei, hektisch Wassertropfen von den Händen schleudernd.

„Was'n los? Kann man nicht mal in Ruhe aufs Klo gehen?"

„Pass auf", sagte Blacky, „es gibt jetzt keine Widerrede. Ich muss weg, und du übernimmst die Sendung."

„Was mach ich? Hör mal, du hast ja wohl 'ne Meise! Ich kann doch gar nicht moderieren."

„Keine Widerrede, hab ich gesagt. Du machst inzwischen das x-te Praktikum beim Radio und wirst das wohl für eine halbe Stunde auf die Reihe kriegen."

„Na ja, wenn du meinst", lenkte Sören ein, zwischen Stolz und Schreck schwankend. „Aber eigentlich kannst du doch nicht so einfach weg."

„Es ist ein Notfall", sagte Blacky. „Jetzt setz dich ans Mikrofon und laber nicht zu viel dummes Zeug."

„Nein, nein", beteuerte Sören. „Weißt du, eigentlich bin ich ja der geborene Moderator und froh, dass endlich mal einer meine Qualitäten erkennt."

„Davon kann keine Rede sein", murmelte Blacky und eilte aus dem Sender.

Als Patricia zehn Minuten später zum Dienst erschien, traf sie fast der Schlag. Sören saß im Sendestudio vor dem Mikrofon und erzählte gerade *on air* auf Plattdeutsch einen Witz, von dem man kein Wort verstand.

*

„Kommen Sie mit."

Oberstaatsanwalt Wurzer wandte sich von der Leiche ab und ging durch das Wenkheimer Gäßchen hinaus auf den Martin-Luther-Platz. Als sie außer Hörweite der Polizeibeamten waren, blieb er stehen. Kriminalhauptkommissar Bayer kam er ungewohnt nervös vor.

„Hören Sie zu, Bayer. Ich sage Ihnen das jetzt im absoluten Vertrauen. Es muss unter uns bleiben. Die junge Frau, die da liegt … Ich weiß, wer sie ist."

„Wie bitte?"

„Ja, ich kenne sie. Aber aus Gründen, die ich Ihnen nicht nennen kann, werde ich nicht derjenige sein, der sie offiziell identifiziert. Da müssen Sie sich einen anderen suchen. Es darf nicht an die Öffentlichkeit dringen, dass ich sie kenne und dienstlichen Kontakt zu ihr hatte. Das ist enorm wichtig, verstehen Sie? Ich verpflichte Sie auf Ihr Dienstgeheimnis."

„Verstanden", sagte der Kriminalbeamte und stellte im Kopf wie ein Schachspieler blitzschnell eine Reihe von unausgegorenen Überlegungen an. „Und wer ist es nun?"

„Chiara Gabrieli. Die ältere Schwester von Laura Gabrieli."

„Ach du Scheiße."

Kriminalhauptkommissar Wolfram Bayer war wirklich nicht leicht zu erschüttern, aber nun schloss er für einen Moment die Augen und rang nach Luft. „Die armen Eltern", sagte er dann. So leise hatte er noch selten gesprochen.

Er sah die beiden vor sich. Ältere, freundliche, etwas schlichte Leute italienischer Herkunft, die nicht gleich alles verstanden, was man ihnen sagte. Sie betrieben in Gerolzhofen eine Pizzeria, und er hatte sie vor sechs oder sieben Wochen aufsuchen müssen, um ihnen die Nachricht zu überbringen, dass die Leiche ihrer Tochter Laura gefunden worden war. Das zehnjährige Mädchen war seit über zwei Jahren vermisst gewesen, nachdem es an einem Winterabend auf dem Weg vom Volleyballtraining nach Hause spurlos verschwand. Kurz vor Fasching hatte man die Leiche zufällig während der Suchaktion nach der in jenen Tagen ebenfalls vermissten Hülya Demir in einem See unmittelbar beim Schweinfurter Kreuz entdeckt. Das Verschwinden von Hülya hatte sich als interne Angelegenheit eines türkischen Familienclans herausgestellt, und sie war wohlbehalten wieder aufgetaucht.

Das Verbrechen, das an Laura Gabrieli begangen worden war, bereitete der Mordkommission Schweinfurt noch immer Kopfzerbrechen: Ein riesiges Konvolut von Akten lag wie eine einzige Anklage auf dem Schreibtisch von Wolfram Bayer, und er war bei der Aufklärung keinen Schritt weitergekommen. Diese Schmach würde nun noch dramatischer werden. Das war dem Kriminalhauptkommissar sofort klar, als er den ersten Schock überwunden hatte.

Und er wusste jetzt auch, was ihn die ganze Zeit irritiert hatte: Bei einer erneuten Befragung der Familie Gabrieli vor ein paar Wochen, die eine Kollegin in seinem Auftrag durchgeführt hatte, war auch Chiara dabei gewesen. Er hatte sie damals flüchtig auf dem Gang gesehen und in diesem erbärmlichen Zustand heute nicht wiedererkannt. Der Tod verändert die Menschen innerhalb von Minuten. Das wusste er aus langjähriger Erfahrung, und er fragte sich, wie die Eltern den Anblick ihrer Tochter ertragen sollten.

Er sah dem Oberstaatsanwalt direkt ins Gesicht.

„Ich bearbeite auch den Mordfall Laura Gabrieli, Herr Doktor Wurzer. Offensichtlich haben Sie mir in dieser Sache etwas verschwiegen. Ich denke, dass ich auch auf die Informationen angewiesen bin, die Chiara Gabrieli betreffen."

„Lassen Sie uns bitte die Hierarchie genau beachten, Bayer", sagte der Oberstaatsanwalt eisig. „Sie sind ein Hilfsbeamter der Staatsanwaltschaft, die Gesamtverantwortung für die Ermittlungen trage ich. Es gibt in diesem Fall übergeordnete Interessen. Ich werde Sie zu gegebener Zeit davon unterrichten. Im Augenblick erscheint es mir nicht opportun, dass ich die Identität der Toten enthülle. Bitte nehmen Sie das zur Kenntnis und schauen Sie zu, dass Sie aus anderer Quelle erfahren, wer sie ist. Danke!"

Er wandte sich brüsk ab und stiefelte über den Martin-Luther-Platz davon.

„Drecksack", murmelte Wolfram Bayer. Dann ging er zum Wenkheimer Gäßchen zurück und sah dort den Mann mit Glatze, den er überhaupt nicht gern sah.

*

Er hatte etliche Verkehrsregeln krass missachtet und anderen Verkehrsteilnehmern gezeigt, was eine Fiat Barchetta zu leisten vermochte, wenn man sich nur traute, rasant zu fahren. Das letzte Rot der Linksabbiegerampel am Obertor hatte er völlig ignoriert, den Gegenverkehr rüde geschnitten, das empörte Hupen nicht einmal gehört. Er bretterte den Kornmarkt hinunter und fuhr, anstatt nach rechts in die Bauerngasse abzubiegen, entgegen der Einbahnstraße einfach geradeaus. Auf Höhe des Asia-Imbisses war Schluss. Ein uniformierter Polizist hob die Hand und stellte sich ihm in den Weg. Blacky bremste abrupt und ließ die Seitenscheibe hinunter.

„Geht's noch?", fragte der Polizist. „Was führen Sie denn hier auf?"

Blacky hielt ihm den Presseausweis unter die Nase.

„Polizeioberkommissarin Weiß wartet auf mich", sagte er. „Können Sie den Wagen für mich parken? Ich gehe zu Fuß weiter."

Der Polizeibeamte studierte den Ausweis.

„Ach, der Herr Schwarz", sagte er dann. „Blacky Schwarz. Vom Radio. Auch Sie haben hier keine Narrenfreiheit. Nur dass das mal gesagt ist."

„Das weiß ich", sagte Blacky, stieg aus und hielt dem Polizisten den Schlüssel hin. „Fahren Sie mir keine Beule rein, ja?"

Dann ließ er ihn stehen, schlüpfte unter dem quergespannten Absperrungsband durch und eilte die Obere Straße hinunter. Kerstin Weiß stand vor Schweinfurts bekanntestem Café und diskutierte mit dem Vertreter einer alteingesessenen Tageszeitung. Er nickte Blacky säuerlich lächelnd zu und verzog gequält das Gesicht, als die Pressesprecherin der Polizei sich von ihm abwandte.

„Da bist du ja tatsächlich", begrüßte sie Blacky. Ein knappes Lächeln huschte über ihr Gesicht. „Dann komm mit. Es ist kein schöner Anblick."

Sie betraten das Wenkheimer Gäßchen, und Blacky ging zögernd auf die blaue Plastikplane zu. Er spürte wieder die Faust im Hals, das Herz raste.

Von der anderen Seite her tauchte Kriminalhauptkommissar Wolfram Bayer auf.

„Was will der Radiofuzzi denn hier?“, bellte er erbost. „Er hat da überhaupt nichts verloren. Überhaupt nichts! Er soll die Mücke machen.“

„Wolfram, Herr Schwarz hat mir vorhin ermöglicht, eine Beschreibung der Toten durchzugeben“, sagte Kerstin Weiß ruhig. „Und er glaubt, sie eventuell zu kennen. Vielleicht erleichtert uns das die Identifizierung.“

„Na, das wär ja ein Ding.“ Wolfram Bayer wirkte plötzlich sehr besänftigt. „Also dann schauen Sie sie sich an. Ich hoffe, Sie können Blut sehen.“

Er zog Gummihandschuhe aus der Tasche, streifte sie über und schlug die Plane zur Seite.

Blacky hatte das Schlimmste erwartet und war nun fast erleichtert. Es war Chiara, und es war sie auch nicht. Ein grotesker Anblick von brutaler Deutlichkeit, der aber so gut wie keine Ähnlichkeit mehr mit der bezaubernden jungen Frau aufwies, die er vor knapp vierundzwanzig Stunden kennengelernt hatte. Das Gesicht, von wirren Haaren halb verdeckt, war verzerrt und ins Gelbliche verfärbt. Der Körper absurd verdreht, von getrocknetem Blut besudelt. Unheimlich war nur die starre Stille, die Chiara wie eine bösartige Aura umgab.

Er hatte bisher nicht gewusst, wie sehr der Tod den Menschen verändert.

„Ja, sie ist es“, sagte er schließlich.

„Sie können sie also identifizieren?“ Der Kriminalbeamte zog die Plane zurück über den Körper.

„Soweit ich weiß, heißt sie Chiara.“

„Was heißt: Soweit ich weiß?“

„Sie hat mir diesen Namen genannt. Ich habe sie nur einmal getroffen.“

„Ein One-Night-Stand, oder was?“

„Wolfram!“, protestierte Kerstin Weiß.

„Nein, aber eine merkwürdige Geschichte“, sagte Blacky. „Und vielleicht bin ich mit schuld daran, dass sie nun tot ist.“

*

Die Kriminalpolizei hatte mittlerweile Schweinfurts bekanntestes Café zur provisorischen Zentrale der Tatortermittlungen umfunktioniert. Blacky sah durch die großen Fenster düster nach draußen. Vier Mitarbeiter des Bestattungsunternehmens *Medich* waren dabei, Chiaras Leiche in einen grauen Transportsarg zu legen. Der Leichenwagen stand in der Oberen Straße zur Abfahrt bereit.

Er hatte den Kaffee nicht angerührt, den ihm Kerstin Weiß fürsorglich gebracht hatte. Erst jetzt spürte er den Schock und das Entsetzen.

„Sie kommen heute Nachmittag auf die Dienststelle, und wir nehmen Ihre Aussage dann schriftlich zu Protokoll“, sagte Kriminalhauptkommissar Bayer unwirsch. Es ärgerte ihn maßlos, dass er immer noch so tun musste, als ob ihm die Identität der Getöteten unbekannt wäre. Den Oberstaatsanwalt sollte der Teufel holen, und er brauchte jetzt dringend jemanden, der bestätigte, dass die junge Frau Chiara Gabrieli war. Dieser Schwarz hatte ihn dabei nicht wesentlich weitergebracht.

„Und Sie kramen bis dahin weiter in Ihrem Gedächtnis nach allen Details, die Ihnen zu dem ominösen Angreifer einfallen. Vor allem möchte ich eine genauere Beschreibung dieser Maske, die er getragen hat.“

„Okay“, sagte Blacky. „Ich bemühe mich.“

„Und dann noch was, junger Freund …“ Der Leiter der

Mordkommission beugte sich über den Tisch. „Kommen Sie bloß nicht auf die Idee, wieder selber Detektiv zu spielen. Sie machen Ihre Aussage und basta! Wenn ich Sie dabei erwische, dass Sie Ihre Nase da reinstecken, ist was los. Das garantiere ich Ihnen!"

„Alles klar", sagte Blacky, dem bereits erste Überlegungen durch den Kopf gingen.

Wolfram Bayer stapfte davon, und Kerstin Weiß legte ihre Hand behutsam auf Blackys Arm.

„Nimm ihn nicht so ernst", meinte sie. „Er ist im Grunde ein lieber Kerl, aber wenn er Ermittlungsstress hat, läuft er gern aus dem Ruder."

Blacky sah sie an. „Bin ich schuld?", fragte er. „Ich habe überlegt, dich anzurufen und dir die ganze Sache zu erzählen. Aber sie hat so vehement darauf gedrungen, die Polizei aus dem Spiel zu lassen, dass ich …"

„Schuld bist du natürlich nicht. Wer weiß, was da dahintersteckt? Vielleicht hat sie genau gewusst, was läuft, und das Ganze unterschätzt. Vielleicht war sie auch ahnungslos …"

Sein Handy klingelte schon wieder. Es hatte in der letzten halben Stunde andauernd geklingelt.

„Ich muss jetzt mal rangehen", sagte Blacky. Er meldete sich und hörte zu. Dann zog er eine Grimasse.

„Oje, im Sender gibt's richtig Ärger. Olaf Röder hat mitgekriegt, dass ich einfach gegangen bin. Und der Praktikant hat Scheiße gebaut. Ich glaube, ich muss los."

„Wenn Röder sich aufpissen will, soll er mich anrufen", sagte Kerstin Weiß. „Ich geb ihm eins auf die Hörner."

„Selbst ist der Mann", meinte Blacky. Er zögerte einen Augenblick. „Du, sag, was machst du heute Abend? Ich könnte einen Schluck Rotwein ganz gut vertragen."

„Eigentlich liebend gern." Sie lächelte. Dann wurden ihre grauen Augen schmal. Er kannte den Ausdruck und wusste, was kam. „Aber ich kann heute abend leider nicht. Sorry. Eventuell morgen, okay?"

Er nickte. Vielleicht war es ja auch besser so.

*

Kriminalhauptkommissar Bayer stand neben dem Leichenwagen des Bestattungsunternehmens *Medich* und sah zu, wie der graue Transportsarg verladen wurde. Die Obduktion im Rechtsmedizinischen Institut in Würzburg würde nähere Aufschlüsse über Tatzeit und Tathergang liefern. Mit den Ergebnissen war nicht vor dem Nachmittag zu rechnen. Bis dahin war es noch eine lange Zeit, und es gab für das Team der Mordkommission keinen einzigen Anhaltspunkt, von dem aus ein erster Ermittlungsfaden gesponnen werden konnte. Für Wolfram Bayer war dieser Faden zwar deutlich sichtbar, aber solange die Leiche nicht identifiziert wurde, half ihm sein Wissen, dass es sich um Chiara Gabrieli handelte, nichts. Erneut verwünschte er den Oberstaatsanwalt in Grund und Boden und schmiedete finstere Rachepläne.

Kriminalkommissarin Marion Werner stellte sich neben ihn.

„Irgendwelche Erkenntnisse hinsichtlich einer Person mit dem Namen Chiara?", fragte er.

„Nichts. Ich denke, sie könnte Italienerin sein."

„Ja, du lieber Gott … Das ist zumindest wahrscheinlicher als Chinesin."

Dann kam Bewegung in die Sache.

Ein uniformierter Beamter begleitete eine ältere Frau, der die Aufregung im Gesicht stand.

„Das ist Frau Husslein", sagte er. „Walburga Husslein. Sie glaubt, die Tote zu kennen."

Bayer gab den Männern des Bestattungsunternehmens ein Zeichen, kurz zu warten.

„Ich habe es im Radio gehört", sagte die Frau. „Um Himmels willen, es wird doch nicht Chiara sein."

Bayer bedeutete den Männern, den Sarg zu öffnen.

„Es ist kein schöner Anblick", warnte er.

Die Frau lachte kurz auf. „Ich war Krankenschwester. Ich habe schon alles gesehen."

Sie studierte die Leiche mit der Beharrlichkeit einer Expertin.

„Ja", sagte sie schließlich. „Es ist Chiara. Chiara Gabrieli. Gott sei ihrer Seele gnädig."

„Sind Sie sicher?"

„Natürlich. Ich kenne sie seit Jahren. Und diese Verletzungen im Gesicht, die hatte sie gestern Abend schon. Sie soll überfallen worden sein."

„Das heißt, Sie haben sie gestern Abend gesehen? Wann zuletzt?"

„Gegen zehn. Nach der Chorprobe."

Wolfram Bayer bat Walburga Husslein, den Ablauf des Vorabends zu schildern. Sie tat es mit der detailverliebten Ausführlichkeit einer Schweinfurterin, die bei jeder sich bietenden Gelegenheit ohne Punkt und Komma reden kann, kein Ende findet und doch nicht viel sagt.

„Sie haben also Chiara Gabrieli nach der Probe auf dem Martin-Luther-Platz noch einmal gesehen?", fragte er ziemlich erschöpft.

„Allerdings. Auch wenn sie nicht gesehen werden wollte. Sie drückte sich in einer dunklen Ecke herum."

„Und warum wollte Sie Ihrer Meinung nach nicht gesehen werden?"

„Na, weil sie nicht allein war."

„Wer war denn bei ihr?"

„Ja, wer wohl?"

Walburga Husslein sah den Kriminalhauptkommissar triumphierend an. Er wusste, dass ihm jetzt gleich der Geduldsfaden reißen würde.

*

Eigentlich stand Olaf Röder, der Redaktionsleiter von Main-Radio Schweinfurt, bei seinen Mitarbeitern im Ruf, selten Radio zu hören, und schon gar nicht frühmorgens. An diesem Morgen hatte er es offensichtlich getan und Sören Eckenstades plattdeutsche Witze nicht lustig gefunden. Er lehnte drohend wie ein Racheengel unter der Tür seines Büros – zu einer Zeit, zu der man ihn noch nie im Sender gesehen hatte.

„Du bist ein Deserteur", sagte er zu Blacky und streckte anklagend den Zeigefinger von sich. „Ein Moderator verlässt niemals während der Sendung seinen Platz. Niemals. Selbst dann nicht, wenn er tot ist."

„Du solltest nicht von Tod reden, Olaf", erwiderte Blacky leise. „Schon gar nicht heute. Es war ein Notfall."

„Papperlapapp. Die Leiche, die du unbedingt begutachten musstest, war schon tot. Es hatte also keine Eile. Nur weil du neuerdings den Drang verspürst, Detektiv zu spielen und dich in polizeiliche Angelegenheiten zu mischen, kannst du hier deine Pflichten nicht so grob missachten. Jetzt troll dich ins Studio, und wir sehen uns dann bei der Konferenz!"

Sören saß mucksmäuschenstill und mit hochrotem Kopf

hinter dem Mikrofon. Blacky schüttelte nur den Kopf, als er ihn sah, und deutete schweigend, aber unmissverständlich auf die Studiotür.

*

Im Roten Saal auf Schloss Mainberg erhob sich um Punkt neun Uhr morgens Dr. Baldur Hallgrimmson von seinem Stuhl und wartete geduldig, bis das Gemurmel um ihn herum verebbt war.

„Guten Morgen, ich begrüße euch alle an diesem wundervollen und inspirierenden Ort", sagte er mit seiner tiefen, etwas knarrigen Stimme. Er sprach nahezu akzentfrei, dennoch schwang der Klang einer fremden, fernen Welt mit. Etwa vierzig Personen, die an zwei langen Tischen saßen, richteten nun ihre Blicke auf ihn.

„Es wird sicher für uns alle eine anregende und interessante Woche werden", fuhr er fort. „Wie immer werden wir viel Neues erfahren, Bekanntes vertiefen und Unbekanntes näher erkunden. Wir werden diskutieren, und wir werden uns natürlich auch wieder streiten."

Leises Gelächter kam auf, und er wusste, dass er das erste Eis bereits gebrochen hatte.

„Noch sind nicht alle Freunde anwesend, es werden im Lauf der nächsten Tage einige dazukommen, deren Terminkalender es nicht anders erlaubt. Aber ich bin sicher, bis zu unserem traditionellen Karfreitagszauber werden wir dann hier so gut wie vollzählig versammelt sein. Leider ist es nicht möglich, dass alle auf dem Schloss wohnen können. Die meisten von euch sind deshalb in Schweinfurt untergebracht, aber der Shuttle-Service, den wir organisiert haben, wird dieses kleine Manko hoffentlich ausgleichen. Das Programm für die gesamte Woche liegt gedruckt vor euch, und jetzt freue ich mich auf unser gemeinsames Eröffnungsfrühstück in diesem stimmungsvollen Saal. Um zehn Uhr wird dann unser hochgeschätzter Freund Doktor Jaques Kung aus Genf seine neuesten Forschungen über Maria Magdalena, die Frau an der Seite Jesu, vorstellen. Ich danke euch für eure Aufmerksamkeit."

Er setzte sich, zwinkerte Smilla zu und griff zur nächstbesten Kaffeekanne. Das jährliche Treffen der nicht allzu bekannten *Kundry-Gesellschaft*, das diesmal auf Schloss Mainberg stattfand, hatte begonnen.

*

„Wie schön, dass unser lieber Baldur nun doch noch eine so reizende Frau gefunden hat", sagte Amalia Renoldi zu Smilla Hallgrimmson. „Ich finde, er war durchaus in Gefahr, etwas eigenbrötlerisch zu werden."

„Baldur?" Smilla lachte silberhell. „Da kennen Sie ihn schlecht. Er hat natürlich seine Macken als Gelehrter, aber in Bezug auf Frauen …"

Amalia Renoldi lächelte in sich hinein. Sie kannte Baldur Hallgrimmson seit vielen Jahren und wusste sehr wohl um seinen Ruf, ein notorischer Weiberheld zu sein. Es hatte sie nicht überrascht, eine junge blonde Dänin an seiner Seite zu sehen – aber dass ausgerechnet er sich auf eine Ehe eingelassen hatte, erstaunte sie doch. Sie hatte die erstbeste Gelegenheit beim Frühstück im Roten Saal genutzt, mit der Errungenschaft des isländischen Professors ins Gespräch zu kommen.

„Wo haben Sie sich kennengelernt?"

„In Kopenhagen. An der Universität. Wo sich unsereiner eben kennenlernt."

„Sie sind auch Wissenschaftlerin?"

„Ja, schon. Nicht so wie Baldur. Ich bin Kunsthistorikerin."

„Ach, wie schön." Amalia Renoldis Interesse schwand. Junge Kunsthistorikerinnen hatte sie in ihrem langen Leben so viele getroffen, dass sie jede Nuance eines weiteren Gesprächs hätte vorhersagen können. Sie sah auf die Uhr.

„Ich gehe noch ein paar Schritte an die frische Luft. Wieder so ein herrlicher Frühlingstag. Wir sehen uns dann beim Vortrag."

„Wohl nicht", sagte Smilla Hallgrimmson. „Ich werde am Programm kaum teilnehmen. Eigentlich bin ich nur mitgekommen, weil ich hier in der Gegend etwas zu erledigen habe."

„Tatsächlich?" Tief in sich hörte Amalia Renoldi ein kleines Alarmglöckchen klingeln. Die vielen Jahre im Kunst- und Antiquitätenhandel hatten sie mit einem sensiblen Warnsystem ausgestattet. Es kam immer darauf an, den Braten möglichst früh zu riechen. Sie würde mit der jungen Dame doch noch ein freundschaftliches Gespräch führen müssen.

Beim Hinausgehen lief ihr Baldur Hallgrimmson direkt in die Arme.

„Baldur, mein Lieber, ich muss mit dir schimpfen."

„Nicht doch, beste Amalia. Smilla ist wirklich wunderbar. Ich weiß, du denkst ‚blonde Dänin, großer Busen, typisch Baldur', aber so ist es nicht …"

Amalia Renoldi lachte schallend.

„Nein, Baldur, ich meine etwas anderes. Da gehören wir zu den Glücklichen, die in diesem herrlichen Schloss wohnen dürfen, und ich freue mich wie ein Kind darauf, mit dir einen Begrüßungsschoppen zu trinken – und wer ist gestern den ganzen Abend nicht auffindbar? Baldur Hallgrimmson. Wo warst du denn um alles in der Welt?“

„Oh, das. Ich hatte in Schweinfurt zu tun. Entschuldige, ich hätte mich bei dir melden sollen.“

„Was, bitte schön, hat man denn in Schweinfurt zu tun?“, fragte Amalia Renoldi entrüstet.

„Nichts Besonderes“, sagte der Professor. „Ich habe nur einen alten Bekannten getroffen.“

„Dann will ich dir großzügig verzeihen.“ Amalia Renoldi lächelte ihn an und ging hinaus in den von milder Frühlingsluft erfüllten Burghof.

*

Am Anfang der Redaktionskonferenz, die bei Main-Radio Schweinfurt immer um zehn Uhr vormittags begann, stellte Olaf Röder eine neue Praktikantin vor.

„Das ist Viktoria“, sagte er. „Viktoria macht gerade Abitur und wird jetzt in den Osterferien bei uns reinschnuppern. Ab Sommer beginnt sie dann hier als Volontärin. Das heißt, sie wird Radio von der Pike auf lernen – bei einem der besten, beliebtesten und erfolgreichsten Radiosender in Bayern. Vicky, herzlich willkommen bei uns.“

Viktoria hatte kurzgelockte Haare, Sommersprossen und war etwas pummelig. Sie nickte mit strahlendem Lächeln allen zu.

„Wieso kriegt Viktoria nach zwei Wochen Schnupperpraktikum schon ein Volontariat?“, rief Sören empört. „Ich mache bereits das achte Praktikum, schufte hier monatelang, und niemand fragt mich, ob ich auch Volontär sein möchte. Das ist ungerecht.“

Alle, außer Olaf Röder und Viktoria, schauten ihn mitleidig an.

Blacky, der seine obligatorische Tasse Darjeeling vor sich balancierte, sagte: „Das erklär ich dir später. Falls es Olaf nicht jetzt erklären will."

„Ich habe gar nichts zu erklären", erwiderte Olaf Röder gereizt. „Außerdem habe ich keine Zeit. Lasst uns zum Ende der Konferenz kommen."

„Wir haben doch noch gar nicht angefangen", sagte Patricia. Was ungewöhnlich war, weil sie Olaf Röder gewöhnlich nicht widersprach.

Der Redaktionsleiter beachtete sie nicht.

„Wir müssen uns natürlich um die Leiche kümmern", sagte er. „Wie es ausschaut, handelt es sich um Mord. Das interessiert die Hörer brennend. Sören, du gehst der Sache nach."

„Selbstverständlich", antwortete Sören, wieder halbwegs mit seinem Schicksal versöhnt.

„Aber …", wandte Blacky ein. „Sollte ich das nicht besser übernehmen? Ich war schließlich schon vor Ort."

„Für dich habe ich eine Spezialaufgabe. Auf Schloss Mainberg trifft sich in dieser Woche die *Kundry-Gesellschaft* – falls jemand von euch weiß, was das ist."

Er wartete, bis erwartungsgemäß alle den Kopf geschüttelt hatten.

„Ich weiß es auch nicht", gab er dann zu. „Ich war gestern mit einigen wichtigen Leuten beim Brunchen, und da hat mir der Stadtarchivar ein bisschen was gesteckt. Er tat so, als wäre er reichlich besorgt, weil er diese Gesellschaft für obskur hält. Allerdings hat mir der Kulturchef danach gesteckt, der Archivar sei nur gekränkt, weil er nicht eingeladen worden ist. Jedenfalls, der Kulturchef ist Mitglied in diesem Verein und meint, das Treffen sei eminent interessant und wichtig … na ja, für wen auch immer …“

„Und um was geht es da nun?“, fragte Blacky genervt.

„Keine Ahnung. Ihr wisst ja, wenn der Kulturchef etwas erklärt, versteht man kein Wort davon. Irgendwas mit dem Heiligen Gral oder so. Mach einen kleinen Bericht, dann haben wir auch mal wieder Kultur im Programm. Und nimm Viktoria mit. Da kann sie was lernen.“

Als er in seinem Büro verschwunden war und sich die Konferenz aufgelöst hatte, schlich Sören zu Blacky an den Schreibtisch.

„Du wolltest mir was erklären?“

„Eigentlich hast du es nicht verdient, du Plattfisch. Aber okay, lerne fürs Leben: Viktoria, die Röder vertraulich Vicky nennt, ist die Tochter eines reichlich prominenten Schönheitschirurgen aus dem Steigerwald. Und was ist dein Vater?“

„Fischhändler“, sagte Sören. „Wie schon mein Großvater und Urgroßvater.“

„Eben“, meinte Blacky lakonisch. „Und deshalb stinkst du nach Fisch und sie nach Geld. Rate mal, was Röder lieber riecht.“

*

Blitzschnell brachte der Leiter der Schweinfurter Mordkommission die Maschinerie der Ermittlungen auf Hochtouren. Kriminalkommissarin Marion Werner erhielt den Auftrag, mit einer Polizeipsychologin nach Gerolzhofen zu fahren, um den Eltern von Chiara Gabrieli die Nachricht vom Tod ihrer Tochter zu überbringen – eine Aufgabe, die den beiden Frauen so zusetzte, dass sie auf dem Rückweg kein Wort miteinander wechseln konnten. Über den Chef der Schweinfurter Dienststelle suchte Bayer beim Polizeipräsidium Würzburg um die sofortige Bildung einer Sonderkommission nach, weil sämtliche Mitglieder des Kirchenchores von St. Johannis vernommen werden mussten. Er selbst begab sich unverzüglich zur Wohnung des Chorleiters Thomas Antlitz am Martin-Luther-Platz und erfuhr von dessen Frau, dass ihr Mann wie jeden Montag an der Musikhochschule in Würzburg war, wo er einen Lehrauftrag innehatte. Bayer übermittelte daraufhin die Bitte an die Würzburger Kriminalpolizei, Thomas Antlitz von dort möglichst schnell zur Vernehmung nach Schweinfurt zu bringen.

Dann versuchte er Oberstaatsanwalt Dr. Wurzer zu erreichen, was ihm nicht gelang. Der Leiter der Staatsanwaltschaft befinde sich auf einer Dienstreise, hieß es. Wolfram Bayer fluchte ausgiebig, dann ließ er die Pressesprecherin der Polizei, Kerstin Weiß, zu sich kommen.

„Wir verhängen eine totale Nachrichtensperre", teilte er ihr mit. „Für den Rest des Tages und wahrscheinlich darüber hinaus. Das gilt im Übrigen auch für deine privaten Kontakte zu diesem Radiofuzzi Schwarz. Nur dass das zwischen uns glasklar ist, verstanden?"

Kerstin Weiß wurde rot im Gesicht und brachte vor Verlegenheit kein Wort heraus.

*

Von der Telefonvermittlung auf Schloss Mainberg erfuhr Blacky, dass sich sämtliche Mitglieder der *Kundry-Gesellschaft* bei einem Vortrag befanden und vor dem Mittagessen nicht erreichbar waren. Vielleicht sei es möglich, in der Pause danach mit dem Präsidenten, Professor Hallgrimmson, zu sprechen. Blacky hinterließ seine Handynummer und bat, sie an den Präsidenten wegen eines Rückrufs weiterzugeben. Dann wählte er den Anschluss von Udo Meier.

Der Leiter des Schweinfurter Stadtarchivs war sofort in bester Plauderlaune.

„Ja, die Kundry-Gesellschaft", lästerte er. „Das ist schon ein obskurer Verein. Letztlich alles esoterische Phantasten. Germanischer Firlefanz und so."

„Ah ja … Sind die irgendwie rechts einzuordnen?"

„Ach Quatsch. Damit haben sie nichts am Hut. Harmlose Spinner. Das Einzige, was man ihnen vielleicht vorwerfen kann: Einige, vor allem ihr Oberboss, führen eine Art Kampf gegen das Christentum. Zurück zu den alten Göttern und so. Na, und der Name ist ja schon Programm …"

„Kundry? Da kann ich mir, ehrlich gesagt, gar nichts drunter vorstellen."

„Ich bitte Sie!" Jetzt klang Udo Meier leicht entrüstet. „Kundry! Die interessanteste weibliche Figur, die Richard Wagner je geschaffen hat. In seinem Bühnenweihfestspiel *Parsifal* wird sie als die Frau geschildert, die Jesus auf seinem Kreuzweg am Karfreitag verlacht hat, hämisch verlacht. Zur Sühne ist sie dazu verdammt, ruhelos von einem Leben zum anderen, von einer Existenz zur nächsten zu wandern. Und jedes Mal wieder zerstört sie mit ihrem Lachen die Hoffnung auf ein Ende ihrer Irrfahrt. Sehr vielschichtig, sehr komplex."

„Und dieser Name ist ein Programm?"

„Natürlich. Einige von den Mitgliedern der *Kundry-Gesellschaft* – nicht alle wohlgemerkt – verlachen und verspotten die christliche Religion. Wie gesagt: reichlich obskur."

„Und was machen sie außerdem so?"

„Alles mögliche. Was Esoteriker halt so tun. Die einen wollen den Templer-Orden wiederbeleben, die anderen suchen den Heiligen Gral oder die Heilige Lanze."

„Ach?" Blackys Interesse wuchs. „So wie bei Indiana Jones oder Dan Brown?"

„Na ja, bei denen ist das ernstgemeint und nicht nur Kino. Aber was mich wirklich stört: dass sie dafür die Musik Richard Wagners missbrauchen."

Das störte Blacky nun weniger, aber er fand das Thema nun doch spannend.

„Wie man hört, soll auch unser Kulturchef Mitglied sein?"

„Das kommentiere ich nun gar nicht", sagte Udo Meier giftig. „Es muss jeder selber wissen, was er tut."

Blacky bedankte sich herzlich und ließ den Leiter des Stadtarchivs honigsüß wissen, dass er ihm sehr geholfen habe. Als er den Hörer aufgelegt hatte, schoss Sören auf ihn zu.

„Nachrichtensperre", maulte er. „Die Kripo lässt nichts raus. Kannst du nicht mal bei deiner Freundin Kerstin Weiß anrufen und fragen, ob sie nicht doch was sagt?"

„Erstens", sagte Blacky, „ist Kerstin Weiß nicht meine Freundin, sondern nur eine Bekannte. Zweitens wird Kerstin Weiß den Teufel tun, bei einer Nachrichtensperre trotzdem zu quatschen. Und drittens ist das nicht meine Angelegenheit, sondern deine, du Plattfisch. Und jetzt geh mir aus den Augen, ich muss den Heiligen Gral suchen."

Er ließ Sören stehen und verließ grantig den Sender.

*

Zwei seiner üblichen Rituale nach Dienstschluss schenkte Blacky sich heute. Weder ging er amerikanisch essen, weil er keinerlei Hunger verspürte und ihm allein der Gedanke an einen Burger Übelkeit bereitete. Noch verschwendete er einen Gedanken an irgendwelche Konsumtempel, wo er sonst zur Entspannung mit großer Leidenschaft sinnlose Einkäufe tätigte. Das, was er heute Morgen gesehen hatte, beschäftigte sein Inneres dermaßen, dass er am liebsten die Welt und das Universum laut schreiend angeklagt hätte. Er fuhr hinüber zu den Wehranlagen, vorbei am großen Springbrunnen, der seine virtuosen Wasserspiele so unschuldig in den strahlend blauen Himmel schickte, als ob nie etwas Böses geschehen sei.

Auf dem Parkplatz am Anfang des Joggingpfades standen Polizeifahrzeuge. Er begriff, dass er sich hier besser nicht sehen ließ. Offenbar war ein Einsatztrupp dabei, das Gelände nach Spuren abzusuchen, die der Angreifer gestern Morgen hinterlassen hatte. Wieder sah er die Gestalt in der schwarzen Motorradkluft vor sich; und wieder zermarterte er sich den Kopf über die seltsame Maske, die er mit nichts, was er kannte, in Verbindung bringen konnte. Vielleicht sollte er Lothar anrufen; er war in der ganzen Welt herumgekommen und kannte die absonderlichsten Dinge. Er sah auf die Uhr – zu früh; um diese Zeit würde sein Freund auf dem Golfplatz sein, falls das Wetter in Irland es zuließ. Am besten zu erreichen war Lothar gewöhnlich am frühen Abend, bevor er sich auf den Weg in den Pub machte. Er würde den Anruf also auf später verschieben.

Hier konnte er nichts mehr tun. Eigentlich hatte er den Ort noch einmal aufsuchen wollen, wo der Überfall geschehen war. Aber wenn der jähzornige Kripomensch Wind davon bekäme, dass er sich hier herumtrieb, würde es richtig Ärger geben. Erneut spürte er, wie die Faust aus dem Magen zum Hals emporkroch. Es war erst gestern Morgen gewesen, als er ihr an dieser Stelle den Arm verbunden hatte. Heute hatte er sie wiedergesehen, und sie war tot gewesen. Blacky wendete die Barchetta und fuhr langsam davon.

*

Er verkroch sich in die hinterste Ecke von *Viva Porcellino,* dem Kaffeemekka in der Judengasse. So wie noch nie empfand er heute den Trubel, das seichte Geschwätz und das Gegockel derjenigen, die gesehen werden wollten, als abstoßend. Joe, der tätowierte Barista, schien es zu spüren. Er kam mit zwei Tassen Cappuccino, stellte sich neben ihn an den Tisch und sagte: „Nicht gut drauf heute."

Keine Frage, eine Feststellung. Blacky schwieg.

„Scheiß Welt", sagte Joe. Dann, nach einer Weile: „Sie war noch so jung."

Blacky warf ihm einen überraschten Blick zu.

„Wer?"

„Na, die Tote vom Wenkheimer Gäßchen. Alle reden nur von ihr."

„Weiß denn jemand, wer sie ist?"

„Hey Mann, du bist doch vom Radio, oder? Jeder weiß inzwischen, wer sie ist. Oder wer sie war."

„Es gibt doch eine Nachrichtensperre."

„Ich lach mich tot. Entschuldigung, blöder Spruch … Wenn es etwas in meinem Laden nicht gibt, dann eine Nachrichtensperre."

„Ich weiß nur, dass sie Chiara heißt."

„Genau. Chiara Gabrieli."

„Hast du sie gekannt?“

„Kaum. Sie war nicht oft hier. Und wenn, war sie reserviert. Eine Italienerin und reserviert …“

„Gabrieli“, sagte Blacky. „Der Name …“

„Sag mal, du stehst ganz schön auf dem Schlauch, oder? Hey, es ist die Schwester der kleinen Laura, die sie vor ein paar Wochen aus dem See gefischt haben. Weißt du, was das bedeutet?“

„Ja“, sagte Blacky. „Ja, ich denke schon … Wohnt sie … hat sie hier in Schweinfurt gewohnt?“

„Keine Ahnung. Glaub schon. Sie hat im Kirchenchor gesungen. In Sankt Johannis. Der halbe Chor war heut' schon hier. Die sind alle fix und fertig.“

O Gott, dachte Blacky. Dann war er ihr gestern Abend vielleicht noch einmal ganz nah gewesen.

Sein Handy klingelte. Joe, der jeden Gast stehen ließ, wenn dessen Handy klingelte, verzog sich hinter seinen Bartresen.

Es war Professor Hallgrimmson, der Präsident der *Kundry-Gesellschaft.* Er entschuldigte sich formvollendet für den späten Rückruf und erklärte sich bereit, am Dienstagvormittag um elf Uhr für ein Interview zur Verfügung zu stehen. Blacky trug den Termin in seinen kleinen Kalender ein, dann bestellte er einen weiteren Cappuccino und dachte nach.

*

Am späten Nachmittag kam endlich der Mann auf Schloss Mainberg an, den Amalia Renoldi sehnlichst erwartet hatte. Er parkte den schwarzen Rolls-Royce im unteren Hof; sein Butler, der im dunkelgrünen Jaguar gefolgt war, begann sofort damit, das umfangreiche Gepäck aus den beiden Autos zu entladen. Baldur Hallgrimmson empfing ihn mit ausgebreiteten Armen und geleitete ihn durch das Schloss hinauf zur Loggia, wo die Welcome-Drinks schon bereitstanden.

Lord Hugo Earl of Henmountain blickte über das weite Maintal Richtung Westen. An einem dramatischen Himmel waren die Dampfwolken über dem Kernkraftwerk vom Licht der untergehenden Sonne blutrot koloriert.

„Das Land meiner Mutter“, sagte Lord Hugo mit Wärme in der Stimme.

„Wie das?“, fragte Baldur Hallgrimmson überrascht.

Der Lord machte eine halbe Drehung und zeigte mit dem Finger über den Main zum Reichelshof.

„Dort wurde sie geboren“, erklärte er. „In der Nähe von Sennfeld. Sie hat zeit ihres Lebens keine Gurkensandwiches gemocht. Was ihr natürlich den High Tea etwas verleidete.“

Baldur Hallgrimmson verstand die Anspielungen nicht, über die Lord Hugo nun herzhaft lachte. Er wusste aber, dass er in den kommenden Tagen noch häufiger an dem undurchsichtigen Humor des Engländers scheitern würde.

„Mein Vater war nach dem Krieg als Offizier in Deutschland“, fügte Lord Hugo hinzu. „Er hat unstandesgemäß geheiratet. Aber damit habt ihr Isländer ja keine Probleme.“

Der Professor aus Reykjavik war sich nicht sicher, ob er das als Spitze gegen sich und Smilla verstehen sollte. Lord Hugo lächelte hintergründig. Dann griff er zur Flasche mit dem Gin.

„Die Sonne steht tief genug“, sagte er. „Zeit für einen Drink.“

*

Zu Blackys Verwunderung erreichte er Lothar an diesem Abend nicht. In der Einsamkeit von Ballyluffininish an der irischen Westküste gab es eigentlich nur zwei Möglichkeiten, wo er um diese Zeit sein konnte: zuhause oder im Pub. Ans Handy ging er aus Prinzip nicht, blieb also nur der Festnetzanschluss im Cottage, aber hier lief über Stunden jeder Versuch ins Leere. Schließlich gab er es auf.

Als es dunkel geworden war, zog er seine Jacke an, nahm, was er auf dem Nachhauseweg gekauft hatte, und verließ die Wohnung. Der Abend war sehr mild, aber auf seinem Weg durch die Krumme Gasse begegnete ihm kein Mensch. Es kostete ihn Überwindung, die Düsternis des Wenkheimer Gäßchens zu betreten. Die dunklen Lachen ihres Blutes waren nur noch zu erahnen. Dort, wo sie gestorben war, legte er die weiße Rose auf den schwarzen Asphalt.

DIENSTAG

Kerstin Weiß saß in ihrer picobello aufgeräumten Küche, trank Kaffee und war mit ihrem Leben unzufrieden. Die Pressesprecherin der Schweinfurter Polizei hatte bereits die alteingesessene Tageszeitung gelesen und voller Respekt zur Kenntnis genommen, welche Leistung die kleine Redaktion wieder einmal vollbracht hatte: Trotz der Nachrichtensperre war es ihr gelungen, fast alle Details über den Mord an Chiara Gabrieli herauszufinden. Selbst die Todesursache, sieben Messerstiche im Brust- und Bauchbereich, war aus unergründlichen Quellen zu den Journalisten durchgesickert. Und natürlich hatten sie nicht nur die Identität der Toten in Erfahrung gebracht – kein großes Kunststück in einer Stadt wie Schweinfurt –, sondern warteten auch mit einer Fülle von Informationen, Spekulationen und Gerüchten aus dem einzigen persönlichen Umfeld auf, das die Ermordete hier gehabt hatte: dem Kirchenchor von St. Johannis. Erstaunlich zurückhaltend waren sie, was den äußerst rätselhaften Umstand betraf, dass Chiara Gabrieli die Schwester der kleinen Laura war, deren Leiche man vor einigen Wochen gefunden hatte. Trotzdem: Der Kollege Bayer würde toben und das ganze Journalistenpack zum Teufel wünschen, und sie würde den Segen abbekommen.

Das aber war ihr Alltag und nicht der Anlass ihrer Unzufriedenheit. Im Hintergrund lief das kleine Küchenradio,

Main-Radio erfreute seine Hörer gerade mit *High on Emotion,* gleich würde Blacky sich wieder zu Wort melden – er klang heute Morgen bei weitem nicht so aufgeräumt wie sonst. Und auch ihr ungeklärtes Verhältnis zu ihm, das zickige Spiel von Nähe und Ferne – mal ja, mal nein –, das sie seit langem mit ihm trieb, hatte nichts mit dem Frust zu tun, der sie plagte.

Kerstin Weiß hatte sich auf eine dubiose Geschichte eingelassen, und sie spürte immer stärker, dass sie nicht zu ihrem sonst so wohlgeordneten Leben passte.

*

Blacky saß im Studio und war mit seinem Beruf höchst unzufrieden. Er hatte längst die Zeitung gelesen und war nicht schlecht erstaunt gewesen über das, was die Kollegen am gestrigen Tag noch alles recherchiert und aufgetan hatten. Auch Sören hatte seinem Ärger und seiner Enttäuschung heftig Luft gemacht.

„Es gibt eine Nachrichtensperre. Wieso wissen die so viel, was ich nicht weiß? Die haben alles, und wir haben nichts."

Blacky hatte sich Zeit genommen und ihm geduldig das Dilemma ihres Metiers erklärt.

„Das hängt mit einigen grundlegenden Dingen zusammen. Die Zeitung gibt es hier schon ewig. Der Kollege, der das geschrieben hat, ist ein alter Hase. Er kennt in der Stadt alles und jeden und hört die Flöhe husten. Du bist ein Praktikant aus Wilhelmshaven und kennst hier keinen. Die müssen täglich ihre Seiten füllen und sind auf Inhalt angewiesen. Wir spielen hauptsächlich Musik und kümmern uns um Werbung. Wir könnten gut sein, weil Radio eigentlich schnell ist. Bei uns müsste man heute das hören, was morgen in der Zeitung steht. Aber ..."

Er hatte das Aber ... in der Luft stehen lassen, Sören aufmunternd auf die Schulter geklopft und seine Sendung vorbereitet. Und sich doch gefragt, ob sein Job als Morning Man in Schweinfurt tatsächlich die Erfüllung des Lebens war.

Um kurz nach acht ging er das Risiko ein, angepampt zu werden. Brigitte Scheuble, die an den Wochenenden das Programm von Main-Radio moderierte, war als notorische Langschläferin bekannt. Er musste das Telefon lange klingeln lassen, bis sich endlich eine kaum verstehbare Stimme meldete.

„Du, ich bin's, Blacky. Entschuldige, dass ich dich so früh ..."

„Sag mal, hast du sie noch alle? Es ist mitten in der Nacht ..."

Er entschuldigte sich mit allem Charme, den er aufbieten konnte, und wartete, bis sie halbwegs bei Bewusstsein war.

„Ich will dich nicht lange stören. Du singst doch auch im Kirchenchor von Sankt Johannis, oder?"

„Um diese Zeit nicht."

„Grundsätzlich aber schon?"

„Ein Ja auf diese Frage." Sie mobilisierte allmählich ihre bekannte Schlagfertigkeit. „Ein Nein auf die nächste und übernächste."

„Aha."

„Nein, ich kenne diese Chiara nicht näher. Und ich habe auch keine Ahnung, wer sie umgebracht haben könnte."

„Aber ein bisschen gekannt hast du sie schon?"

„Na ja, sie hat seit ein paar Jahren bei uns mitgesungen. War aber immer ziemlich zurückhaltend. Soweit ich weiß, hat sie in Würzburg Jura studiert. Keine Ahnung, warum sie so oft in Schweinfurt war. Vielleicht …"

„Vielleicht …?" Blacky wusste, dass Brigitte im vollwachen Zustand jeden Tratsch ausplaudern würde.

„Es gab Gerüchte. Männer halt. Unser Chorleiter zum Beispiel. Und dann war da ja noch die Sache mit ihrer kleinen Schwester. Jetzt, wo ich's sage, fällt es mir ein: Sie ist damals kurz nach dem Verschwinden ihrer Schwester in den Chor gekommen. Wir haben gedacht, dass sie Ablenkung sucht. Und vielleicht eine Art Trost. Mehr weiß ich nicht."

„Gibt es denn jemand, der sie näher kennt … kannte? Außer vielleicht diese … Männer?"

Etwas in ihm fühlte sich verletzt. Es war albern, aber so hatte er sie sich nicht vorgestellt.

„Klar", sagte Brigitte Scheuble. „Ihre beste Freundin."

„Natürlich", meinte Blacky, verblüfft über diese einfache Logik. „Ihre beste Freundin. Hast du die Telefonnummer?"

*

Am liebsten wäre er einfach gegangen, ohne ein Wort sagen zu müssen. Aber sie ließ ihm keine Chance. Mit den geschärften Sinnen einer am Leben längst abgestumpften Frau ahnte sie wie immer, was er vorhatte. Sie schlich den ganzen Morgen um ihn herum, ließ ihn nicht aus den Augen, beargwöhnte alles, was er tat.

„Du willst weg", sagte Susanne Antlitz schließlich.

„Und wenn", antwortete er. „Ich brauche meine Ruhe. Ich muss mich konzentrieren."

„Darfst du überhaupt weg?" Ein hämischer, lauernder Tonfall.

„Wie meinst du das?" Er wusste genau, was sie meinte.

„Du stehst doch sozusagen unter polizeilicher Beobachtung. Sie haben dich gestern stundenlang verhört."

„Ich habe ihnen alles gesagt, was ich weiß."

„Alles? Bestimmt nicht."

Susanne Antlitz lachte dieses rauhe, heisere Lachen, das im Lauf der Jahre immer hässlicher geworden war. Thomas Antlitz fragte sich, wann er sie das letzte Mal unbekümmert und herzlich hatte lachen hören. Es war eine der vielen Fragen, die seit langem wie Mehltau über allem lagen, was er fühlte und dachte. Aber sie waren nichts, rein gar nichts gegen den Abgrund an Sinnlosigkeit, dem er sich nun gegenübersah. Wieder einmal war er jenseits des Nullpunktes angekommen, wo nur noch die nackte Kälte der Verzweiflung zu spüren war.

„Ich komme dann morgen Abend zur Probe", sagte er und machte damit eines jener vagen Kompromissangebote, mit denen er immer sein schlechtes Gewissen beruhigte. Dann ging er, packte ein paar Sachen zusammen und verließ die Wohnung.

Als er die Tür geschlossen hatte, schüttelte Susanne Antlitz ein gemeines, hysterisches, verzweifeltes Gelächter.

*

Die Sonderkommission, die Kriminalhauptkommissar Wolfram Bayer unterstellt war, trug mittlerweile den Namen Wenkheim. Man hatte diese neutrale Bezeichnung, die vom Tatort herrührte, gewählt, um so wenig wie möglich von der Identität der Getöteten, ihrer Lebensumstände und damit eines möglichen Verdächtigenkreises preiszugeben – was allerdings längst durch die brodelnde Schweinfurter Gerüchteküche ad absurdum geführt worden war.

„Die Spatzen pfeifen doch bereits alles von den Dächern", sagte die Polizeisprecherin Kerstin Weiß vor der Lagebesprechung am Vormittag zu Wolfram Bayer.

„Das kann schon sein", brummte er. „Dennoch, das völlig unklare Bild, das wir bisher haben, verlangt Zurückhaltung, was die Öffentlichkeit angeht."

In der Lagebesprechung präsentierte der Leiter der Mordkommission noch einmal ausführlich die Fakten: Chiara Gabrieli, knapp 25 Jahre alt, Jurastudentin in Würzburg, wohnhaft bei einer Freundin, Sandra Gall, Am Oberen Wall in Schweinfurt. Leibliche Schwester von Laura Gabrieli, deren Leiche am Freitag vor Fasching in einem See gefunden worden war. Die Ermittlungen hinsichtlich der näheren Umtände ihres Todes gestalteten sich nach wie vor schwierig.

„Hier stehen wir längst nicht vor einem Durchbruch", räumte Wolfram Bayer ein.

Chiara Gabrieli war am Abend des Palmsonntags zwischen 22.15 und 22.30 Uhr durch sieben Messerstiche im Brust- und Bauchbereich getötet worden. Der Angriff im Wenkheimer Gäßchen war von vorn erfolgt. Bei der Tatwaffe handelte es sich aller Wahrscheinlichkeit nach um ein langes, scharfgeschliffenes Fleischmesser, wie es in jedem Haushalt vorhanden sein konnte. Unmittelbare oder mittelbare Tatzeugen gab es nicht. Es hatte sich niemand gemeldet, der etwas gesehen oder gehört hatte.

„Es muss blitzschnell gegangen sein", führte Bayer aus. „Gegen zweiundzwanzig Uhr hat der gesamte Chor von Sankt Johannis die Kirche verlassen. Es hat dann noch an die zehn Minuten gedauert, bis sich die fast fünfzig Mitglieder in alle Richtungen zerstreut hatten. Chiara Gabrieli wurde von mehreren Personen gesehen, wie sie um diese Zeit an der Nordseite der Kirche ein Gespräch mit dem Chorleiter Thomas Antlitz geführt hat. Er scheint vor dem Täter der Letzte gewesen zu sein, der das Opfer lebend gesehen hat."

Dann ging er ausführlich auf die Persönlichkeit von Thomas Antlitz und seine Beziehung zu Chiara Gabrieli ein.

„Antlitz ist als notorischer Schürzenjäger bekannt. Zu Chiara hat er seit mehr als einem Jahr eine intime Beziehung unterhalten. Er hat insoweit auch alles freimütig eingeräumt. Als Tatverdächtiger kommt er natürlich in Frage. Ein wirkliches Motiv ist aber nicht erkennbar. Außerdem hat er mehr oder weniger ein Alibi. Er ist nach dem Gespräch in die Kirche zurückgegangen und hat sich längere Zeit mit dem Dekan unterhalten. Es gäbe ein winziges Zeitfenster von vielleicht ein oder zwei Minuten, wo er sich im Wenkheimer Gäßchen aufgehalten haben könnte. Wir haben mit der Stoppuhr mehrere Rekonstruktionsversuche durchgeführt, sind aber zu keinem plausiblen Ergebnis gekommen. Es ist aufgrund der massiven Verletzungen des Opfers kaum vorstellbar, dass der Täter keine Blutspuren an der Kleidung hatte. Der Dekan hat in dieser Richtung nichts bemerkt, und Thomas Antlitz hätte definitiv keine Zeit gehabt, Kleidungsstücke zu wechseln. Aber wir werden ihn natürlich sehr im Auge behalten."

„Du sprichst immer von einem Täter", wandte Kriminalkommissarin Marion Werner behutsam ein.

„Oh, entschuldige bitte, dass ich mich wieder mal nicht feministisch korrekt audrücke. Natürlich, in diesem Fall gilt wie so oft: Cherchez la femme. Mehr als der halbe Chor besteht aus Frauen. Und sie alle waren an diesem Abend da."

„Ich meine natürlich eine bestimmte Frau."

„Selbstverständlich. Aber das gehört zum Problem. Wir

haben es mit rund fünfzig Personen zu tun, die sich alle für einen bestimmten Zeitraum gegenseitig Alibis geben. Sei es, dass sie noch gequatscht haben, zusammen in der Kneipe waren, gemeinsam nach Hause gefahren sind. Einige haben überhaupt kein Alibi. Das ist noch kaum abzugleichen und zu durchschauen. Wir arbeiten fieberhaft daran, ein zeitliches Raster zu erstellen, um genau sagen zu können, wer wo wann mit wem zusammen war. Auch bei Susanne Antlitz ist das noch nicht endgültig geklärt. Aber wie es scheint, hat sie ein Alibi: Sie ist wohl direkt nach der Probe mit Bekannten in den Weinkorken in der Bauerngasse gegangen."

Kriminalhauptkommissar Bayer referierte nun über die weitere Spur, die in eine ganz andere Richtung führen konnte. Aber nicht musste. Und das war ein weiteres Problem.

„Der mysteriöse Angreifer am Sonntagmorgen in den Wehranlagen. Dafür gibt es einen Zeugen. Den Radiofuzzi Christian Schwarz. Warum der seit Neuestem unsere Wege kreuzt, weiß ich auch nicht."

Einer der Beamten meldete sich zu Wort.

„Ist der denn koscher? Einen Angreifer kann man ja auch erfinden, um von sich abzulenken."

Bayer strahlte ihn an.

„Hochinteressanter Gedanke, Kollege. Und glaub bloß nicht, dass ich darauf nicht auch schon gekommen bin."

Kerstin Weiß musste sich schwer beherrschen, um nicht laut loszulachen.

„Aber ich befürchte", schoss Wolfram Bayer einen Pfeil ab, „dass wir eine Kollegin unter uns haben, die mit dem Einsatz ihres ganzen Körpers und ihres Lebens für ihn bürgen würde."

Kerstin Weiß beschloss, ihn für den Rest ihres Lebens zu

hassen. Zumal er durchaus ernsthaft fortfuhr: „Wir sollten den Radiostar dennoch in die Mangel nehmen. Davon abgesehen, stellt uns der ominöse Angreifer vor ein echtes Problem. Eventuell – oder sogar sehr wahrscheinlich – ist er der Mörder von Chiara Gabrieli. Unter Umständen – die auch recht wahrscheinlich sind – hat er mit dem Chor gar nichts zu tun. In diesem Fall könnten wir uns die Scheißarbeit mit der Alibiüberprüfung von fünfzig Leuten sparen. Aber wir wissen es nicht. Ich sage euch, Leute, das ist ein verzwickter Fall."

„Und was ist mit der wichtigsten Frage?" Es war wieder Marion Werner, die ihn ungeduldig ansah.

„Tja, die wichtigste Frage ..." Kriminalhauptkommissar Bayer schaute in die Runde. „Kann es sein, dass der Mörder von Laura auch der Mörder ihrer Schwester Chiara ist?"

*

Wie die meisten Schweinfurter kannte Blacky Schloss Mainberg nur von außen. Und wie sie hatte er nur Geschichten gehört, wusste aber nichts Genaues.

„Gunther Sachs wurde dort geboren", sagte er auf der Fahrt zu Viktoria. Die Praktikantin war mit einem geringschätzigen Blick in seine Barchetta gestiegen und fühlte sich darin sichtlich unter ihrem Niveau.

„Wer ist Gunther Sachs?", fragte sie desinteressiert.

„Der bekannteste Playboy der Welt. Er ist aber schon tot."

„Tote interessieren mich nicht", sagte sie. „Wahrscheinlich hat er gelebt, als alles noch schwarzweiß war."

„Er war mal mit Brigitte Bardot verheiratet."

„Wer ist Brigitte Bardot? Muss man die kennen?"

„Du bist doch die Tochter eines Schönheitschirurgen“, sagte Blacky. „Sie galt als schönste Frau der Welt.“

„Dann hat mein Papa sie bestimmt nicht operiert“, erwiderte Viktoria. Gelangweilt sah sie aus dem Fenster.

Blacky fuhr die kurvige Straße zum Schloss hinauf und hielt vor dem unteren Tor.

„*Das* ist ein Auto!“, sagte Viktoria und zeigte auf den schwarzen Rolls-Royce, der dort parkte.

Ein Mann in dunkelblauer Livree empfing sie im Torhaus.

„Ich habe den Auftrag, Sie zu Professor Hallgrimmson zu führen“, sagte er. „Wenn Sie mir folgen wollen?“

Sie durchquerten den Unteren Hof mit seinen Fachwerkbauten und folgten dem Livrierten durch einen Rundbogen in ein steil ansteigendes Gewölbe, das wie ein Tunnel in eine andere Zeit zu führen schien.

„Die Hölle“, sagte der Mann. Und fügte, als er Blackys und Viktorias verdutzte Gesichter sah, hinzu: „So nannte schon die Familie Sattler, die hier einst wohnte, diesen Durchgang. Sie wissen ja, dass in Dantes Inferno über dem Höllentor zu lesen ist: Der du hier eintrittst, lass alle Hoffnung fahren.“

Blacky und Viktoria wechselten einen Blick, in dem zum ersten Mal so etwas wie Übereinstimmung lag.

Der Mann öffnete eine Tür und ließ sie in den Oberen Schlosshof hinaustreten. Vor ihnen ragte der Bergfried massig in den Frühlingshimmel.

„Ich hatte als Kind eine Ritterburg“, sagte Blacky. „Die sah genauso aus.“

„Altes Gemäuer interessiert mich nicht“, antwortete Viktoria.

Aber als sie durch das figurengesäumte Portal das Innere des Schlosses betreten hatten und über steinerne Treppen nach oben gingen, entfuhr ihr doch ein leises „Boah!“. Und als der Mann sie dann durch eine Flucht von üppig dekorierten Räumen geleitete, schaute sie Blacky plötzlich mit glänzenden Augen an und sagte: „Echt geil hier.“

Irgendwann hatten sie die Orientierung verloren, bis sie endlich in einem noblen Zimmer mit holzgetäfelten Wänden, Wandgemälden und einer goldschimmernden Prunkdecke ankamen.

„Ich bin Baldur Hallgrimmson“, sagte der gutgekleidete Herr, der sich bei ihrem Eintritt von einem Tisch erhob, der jeden Antiquitätenhändler in Begeisterung versetzt hätte.

„Willkommen auf der Gralsburg.“

„Ja“, erwiderte Blacky verwirrt. „Hallo. Schön, dass Sie für uns Zeit haben. Das ist Viktoria, Praktikantin bei unserem Radiosender. Und mit mir haben Sie telefoniert … Christian Schwarz.“

Professor Hallgrimmson lächelte sie an. „Stellen Sie sich vor, Sie wären Parzival und würden zum ersten Mal die Gralsburg betreten. Was dürfen Sie nicht versäumen?“

Blacky taxierte ihn von oben bis unten und versuchte eine Einordnung: harmloser Irrer? Witzbold? Oder zynisches Superhirn, das ihn einer rätselhaften Prüfung unterzog? Er kam noch zu keinem Ergebnis.

„Ich weiß es leider nicht“, sagte er.

„Natürlich nicht.“ Der Professor lachte, und es klang nicht unsympathisch. „Ihr Deutschen habt die Quellen eures Lebens leider vergessen. Ich stamme aus Island. Da kennt jedes Kind noch die alten Sagas. Nun gut. Als Parzival zum ersten Mal auf die Gralsburg kommt, sieht er viele wundersame Dinge: Den Gral selbst, eine blutende Lanze, den schwerleidenden Burgherrn. Er versäumt es, nach all dem zu fragen. Vor allem versäumt er es, mitleidsvoll nach der Ursache des Leides zu fragen, das seinen Gastgeber quält. Als er am nächsten Morgen erwacht, ist die Burg leer. Und Parzival geht ein halbes Leben lang in die Irre und muss Abenteuer ohne Ende bestehen, bis es ihm gelingt, den Weg zur Gralsburg zurück zu finden und die Geheimnisse des Grals zu erfahren. Das alles nur, weil er versäumt hat, Fragen zu stellen. Ist das nicht ein wunderbarer Auftakt für ein Interview?"

Baldur Hallgrimmson strahlte sie voller Begeisterung an.

„Wie gut", sagte Blacky, „dass ich ziemlich viele Fragen habe."

Er holte sein Reportagegerät aus der Tasche, zückte das Mikrofon und legte los. Erst die üblichen Aufwärmfragen, bis er zum Wesentlichen überging.

„Die *Kundry-Gesellschaft* – das klingt geheimnisvoll. Sind Sie eine Art Geheimbund?"

Der Professor ließ wieder sein tiefes, wohlwollendes Lachen hören.

„Natürlich nicht. Wir sind ein Verein, dem jeder beitreten kann, der sich für unser Anliegen interessiert."

„Ich glaube, dieses Anliegen habe ich noch nicht verstanden ..."

„Ein Marktplatz zu sein. Wo man Gedanken, Ideen und Fragen austauscht. Ganz frei, ohne Scheuklappen, Angst oder Vorurteile. Wo man miteinander handelt und verhandelt ... Über Philosophisches, Theologisches, Spirituelles. Ich sage dir meine Gedanken, du stellst mir deine Fragen."

„Und wer sind die Mitglieder dieser Gesellschaft?"

„Sucher und Suchende. Die den Weg suchen. Den Weg des Lebens. So wie Parzival den Weg zum Gral sucht und dabei lange in die Irre geht. Weil die Antworten auf die großen Fragen so schwer zu finden sind: Wer bin ich? Was ist der Sinn? Gibt es mehr als unsere kleine Welt? Aber es gibt auch Menschen bei uns, die bereits Antworten gefunden haben. Und die bereit sind, diese Antworten anderen mitzuteilen."

„Das klingt ziemlich esoterisch."

„Finden Sie? Ich würde sagen, es ist das, was Philosophie und Theologie aller Zeiten und der ganzen Welt immer getan haben. Nur leider allzu oft eingeteilt und aufgeteilt in Schubladen: in Religionen, Konfessionen, Weltanschauungen, Ideologien, Lehren und Glaubenssätzen."

„Kundry, nach der Ihre Gesellschaft benannt ist, wurde verdammt, ruhelos von einem Leben zum nächsten zu wandern, weil sie Jesus auf dem Kreuzweg verlacht hat. Wieso haben Sie sich nach ihr benannt?"

Baldur Hallgrimmson lächelte nicht mehr.

„Ich sehe, Sie haben sich vorbereitet, junger Mann. Weil wir alle auf dem Weg der Kundry sind. Ruhelos, ungläubig. Weil wir alles verspotten, was wir nicht kennen und verstehen. Und Sehnsucht nach Erlösung haben."

„Und Sie? Woran glauben Sie selbst?"

„No comment. Es geht hier um unsere Gesellschaft, nicht um mich. Was jeder Einzelne von uns denkt, glaubt oder tut, ist seine Sache."

„Warum treffen Sie sich in der Karwoche?"

„Weil da viele frei von Terminen sind, Urlaub haben. Und weil es in gewisser Weise ja eine heilige Woche ist. Voll von Traditionen und Geheimnissen, voller Mystik und Symbolik."

„Was hat Sie bewogen, nach Schloss Mainberg zu kommen?"

„Ein schöner, geschichtsträchtiger Ort, der ebenfalls Geheimnisse birgt."

„Hier gibt es Geheimnisse?"

Blacky spürte, dass diese Frage zu überrascht und neugierig klang.

„Oh ja. Aber worüber man nicht reden kann, darüber sollte man schweigen."

Professor Hallgrimmson bedeutete durch eine Geste, dass Blacky das Mikrofon ausschalten sollte. Dann sagte er: „Sie sind herzlich eingeladen, an unserem Programm teilzunehmen. Heute Nachmittag hören wir einen hochinteressanten Vortrag über die verschlungenen Pfade, auf welchen die heilige Bundeslade ins Hochland von Äthiopien gelangte."

Blacky erinnerte sich undeutlich daran, dass schon Indiana Jones die Bundeslade gesucht und wohl auch gefunden hatte.

„Dann beschäftigen wir uns mit neuen Beweisen zur These, wonach Jesus die Kreuzigung überlebt hat und in Indien gestorben ist. Am Abend wird uns ein Freund aus Irland mit seinen Erkenntnissen über keltische Mythologie und frühes Christentum erfreuen."

Eine leise Ahnung beschlich Blacky, aber er musste sich noch einmal auf den Professor konzentrieren, der sich freundlich von ihnen verabschiedete.

„Kommen Sie zu uns, vielleicht erfahren Sie dann mehr über die Geheimnisse von Schloss Mainberg. Ich will noch nicht zu viel verraten, aber es könnte sein, dass im Lauf der Woche eine große Überraschung zu erwarten ist."

Viktorias gequälte Miene auf dem Rückweg durch die prunkenden Räume des Schlosses war unübersehbar.

„Ist dieser Job immer so ätzend langweilig?“, fragte sie endlich.

„Was hast du denn erwartet?“

„Stars. Promis. Glamour. Nicht solche alten Knacker, die nur unverständliches Zeug labern.“

Im Treppenhaus kam ihnen Lothar entgegen.

„Wo kommst du denn her?“, fragte Blacky entgeistert.

„Aus meinem Zimmer. Ich bin auf dem Weg zum Mittagessen.“

„Wieso bist du nicht in Irland?“

„Ja, weil ich hier bin.“

„Und wie ist das Wetter in Irland?“

„Keine Ahnung. Gestern hat es geregnet.“

„Was machst du hier? Warum hast du dich nicht gemeldet? Gehörst du etwa auch zu diesem merkwürdigen Verein?“

„Bisschen viele Fragen auf einmal, findest du nicht?“, sagte Lothar missbilligend. „Ich halte hier einen Vortrag. Ich hätte mich schon noch gemeldet. Ich gehöre auch zu diesem merkwürdigen Verein. Wer ist diese junge Dame? Hast du morgen Abend Zeit? Gibt es in Schweinfurt neue Verbrechen?“

„Das hier ist Viktoria, eine Praktikantin. Ich habe morgen Abend Zeit, unbedingt. Es gibt tatsächlich ein neues Verbrechen, und das ist nicht schön. Wo wollen wir uns treffen? Kommst du mit deinem Krimi voran? Wie lange wirst du bleiben?“

„Komm hierher aufs Schloss. Der Krimi gedeiht. Ich reise am Donnerstag zurück. Hast du etwa abgenommen?“

„Schön dass du es siehst. Hast du etwas zugelegt?"

„Nicht dass ich wüsste. Aber ich muss jetzt zu Tisch. Ich habe ein Irish Stew angeregt."

Viktoria hatte das rasante Pingpong mit abruptem Ende staunend verfolgt.

„Wer war das? Ist das bei euch immer so? Kennst du auch normale Menschen?"

„Das war Lothar, Schweinfurts bekanntester Kriminalschriftsteller aus Irland. Ja, es ist fast immer so. Was ist schon normal?"

Als sie das Schloss durch die Hölle verließen, dachte Blacky über die Fragen nach, die ihn weit mehr als diese Glasperlenspiele psychedelisch veranlagter Menschen beschäftigten. Fragen, auf die er unbedingt Antworten finden musste.

*

Kerstin Weiß zog ihre Uniform aus, schlüpfte in die engen Jeans und streifte den gelben Schlabberpulli über. Vorschriftsgemäß meldete sie sich beim wachhabenden Beamten der Dienststelle ab. Sie ließ ihr Auto auf dem Parkplatz stehen und ging zu Fuß die Mainberger Straße entlang Richtung Innenstadt. Bewegung, frische Luft und einen klaren Kopf – das war alles, was sie jetzt brauchte. Heute würde sie die klaren Worte finden, die nötig waren, und sich die Entscheidung nicht wieder mit der Poesie des Morgenlandes ausreden lassen. Als sie an der Fußgängerampel am Oberen Marienbach stand, spürte sie schon wieder dieses verdammte Gefühl, diese blöde Ungeduld, und sie wusste, dass es auch heute wieder so sein würde wie immer.

In der Rückertstraße, auf Höhe des Centrums, hielt ein

Wagen links neben ihr, den sie gut kannte. Sie verdrehte gequält die Augen. Blacky sprang heraus, lief um die Barchetta herum und lächelte sie an. Das junge Mädchen auf dem Beifahrersitz war mit dem Handy beschäftigt.

„Du darfst hier nicht parken", sagte Kerstin Weiß süßsäuerlich.

„Bin gleich wieder weg", flötete Blacky. „Hast du Mittagspause? Zeit für 'nen Kaffee?"

„Du bist doch schon in Begleitung."

„Nur eine Praktikantin. Sie will jetzt kurz shoppen. Ich habe eine halbe Stunde."

„Du, tut mir leid. Ich muss gleich zurück in die Dienststelle. Will nur grad was besorgen."

Er verbarg seine Enttäuschung nur halb und startete einen anderen, sehr schwachen Versuch.

„Sonst irgendetwas, was sich vielleicht zu wissen lohnen würde? Ihr könnt diese Nachrichtensperre doch nicht ewig durchhalten."

Sie schüttelte den Kopf.

„Ehrlich, kein Kommentar. Und ich muss jetzt los. Mach's gut."

Kerstin Weiß war sich bewusst, dass sie ihn wie einen dummen Jungen stehenließ. Aber seit ein paar Wochen war sie einer Macht ausgeliefert, die sie bis dahin kaum gekannt hatte: Ihr Körper und ihre Emotionen setzten Prioritäten, die ihren Verstand ständig ins Hintertreffen geraten ließen.

Sie eilte die Rückertstraße entlang, über den Marktplatz hinauf zum Martin-Luther-Platz, verschwendete keinen Gedanken an das Wenkheimer Gäßchen, gelangte vom Graben in die Bauerngasse und zögerte vor dem Eingang einen kurzen Augenblick. Dann betrat sie das Fotoatelier von Murat

Demir. Er kam ihr entgegen, und alle ihre kühlen Vorsätze schmolzen bei seinem unwiderstehlichen Lächeln zusammen wie der letzte Schnee des Winters. Wie immer ging er zuerst an ihr vorbei und verschloss die Eingangstür von innen.

*

Wenn Kriminalhauptkommissar Wolfram Bayer der Geduldsfaden riss, dann gleich richtig. Und oft genug ließ er sich zu Worten, Taten und Ausbrüchen hinreißen, die ihm Scherereien ohne Ende bereiteten. Von der Sekretärin des Leitenden Oberstaatsanwaltes war er den ganzen Vormittag mit der Auskunft hingehalten worden, der Chef vertrete beim Schwurgericht persönlich die Anklage, werde aber in der Mittagszeit zurückrufen. Als sich Dr. Wurzer gegen 14 Uhr immer noch nicht gemeldet hatte, platzte dem Leiter der Mordkommission der Kragen. Er fuhr zur Rüfferstraße, parkte den Wagen auf dem Gehweg und stürmte das Justizgebäude. Der Wachtmeister öffnete ihm widerstandslos die Sicherheitstür, er rannte die Treppe zum zweiten Stock hoch, fegte den Gang entlang und stand Sekunden später im Vorzimmer des Oberstaatsanwaltes, ohne angeklopft zu haben. Dr. Leopold Wurzer saß auf dem Schreibtisch seiner Sekretärin sehr nahe bei ihr, hielt eine Kaffeetasse in der Hand und fühlte sich offensichtlich überrumpelt und gestört.

„Sie haben keinen Termin, Herr Bayer“, sagte er. „Und Sie haben auch nicht angeklopft.“

„Scheißegal“, sagte Wolfram Bayer. „Und Sie lassen mich seit gestern auf dem Trockenen sitzen. Sie haben Informationen, die ich benötige. Wir kommen keinen Schritt voran.“

„Ich hätte Sie gleich angerufen", erwiderte der Oberstaatsanwalt und rutschte vom Schreibtisch. Bayer sah ihm an der Nasenspitze an, dass er log.

„Wunderbar", sagte er. „Dann haben wir ja Zeit gespart, und ich bin schon da."

Er folgte dem Juristen zufrieden grinsend in sein Büro. Dr. Wurzer schloss die mit altmodischem grünem Leder schallgedämmte Tür und begann zu toben.

„Was bilden Sie sich ein?", schrie er. „Was bilden Sie sich ein?"

Wolfram Bayer wartete geduldig, bis er sich beruhigt hatte.

„Na gut", sagte er dann. „Das wäre ja nun geklärt. Kommen wir zum Wesentlichen. Chiara Gabrieli, eine junge Frau, die vor etwa vierzig Stunden mit sieben Messerstichen getötet wurde. Vierzig Stunden, und wir treten auf der Stelle. Was wissen Sie über sie?"

Oberstaatsanwalt Wurzer lief im Zimmer auf und ab. Er schien mit sich zu ringen.

„Nun ja", sagte er schließlich. „Sie war eine bemerkenswerte junge Dame. Allerdings etwas kapriziös. Ich habe sie vor etwa einer Woche bei mir einbestellt, weil mir zugetragen worden ist, dass sie auf eigene Faust Ermittlungen angestellt. Ermittlungen, die den Tod ihrer kleinen Schwester betreffen."

„Was kann so ein Mädel denn schon groß ermitteln?", fragte der Kriminalhauptkommissar skeptisch.

„Das habe ich mich auch gefragt. Nun, sie war Jurastudentin und offensichtlich nicht auf den Kopf gefallen. Soweit ich es überblicken kann, hat sie allerhand zusammengetragen."

„Und was genau?"

„Tja, davon habe ich nicht viel herausbekommen. Sie war nicht sehr mitteilsam. Ich habe sie natürlich unter Druck gesetzt, aber das hat nicht viel bewirkt. Ziemlich clever, die junge Dame. Sie wäre eine glänzende Juristin geworden."

„Warum um alles in der Welt machen Sie so ein Geheimnis daraus? Das hätten Sie mir doch schon längst sagen können."

Der Oberstaatsanwalt blieb dicht vor dem Kriminalbeamten stehen. „Weil Chiara Gabrieli mir gegenüber doch zwei bemerkenswerte Andeutungen gemacht hat. Die eine ging in die Richtung, dass sie zu wissen glaube, wer ihre Schwester ermordet hat, und dass sie in den nächsten Tagen den nötigen Beweis dafür erhalten werde. Die andere Andeutung war so ungeheuerlich, dass ich auch jetzt noch nicht mit Ihnen darüber sprechen kann. Beides darf unter keinen Umständen bekannt werden, und ich verpflichte Sie darauf, dass diese Informationen hier im Raum bleiben."

„Sie machen es mir schwer, Herr Oberstaatsanwalt. Wie soll ich mit solchen dürftigen Informationen Ermittlungen führen?"

„Indem Sie Ihre normale Arbeit tun, Herr Bayer. Ganz normale kriminalpolizeiliche Ermittlungsarbeit. Sie haben eine Leiche, einen Tatort, Lebensumstände der Getöteten. Machen Sie es wie immer: Gehen Sie von dem aus, was ist, und verfolgen Sie die Fäden zurück zu ihrem Ursprung. Unser Gespräch jetzt ist dafür nicht relevant. Es hat eigentlich gar nicht stattgefunden."

„Aber ich muss doch nun davon ausgehen, dass Chiara herausgefunden hat, wer der Mörder ihrer Schwester ist. Und dass diese Person das wusste und Chiara deswegen zum Schweigen gebracht wurde. Der erste Versuch am Morgen in den Wehranlagen scheiterte, aber am Abend hat der Täter sein Ziel dann erreicht. Ich kann das doch nicht alles einfach ausblenden. Wie stellen Sie sich das vor?"

„Wer sagt denn, dass es so ist, Herr Kriminalhauptkommissar? Vielleicht konstruieren Sie Zusammenhänge, wo gar keine sind? Vielleicht war alles ganz anders? Es kann doch auch sein, dass der Tod von Chiara Gabrieli nichts mit ihren Entdeckungen über das Verbrechen an ihrer kleinen Schwester zu tun hat. Ich möchte Sie nur ermuntern, weiter nach allen Seiten zu ermitteln. Und jetzt entschuldigen Sie mich bitte …"

Als Wolfram Bayer durch die langen Korridore des Schweinfurter Justizgebäudes ging, stellte er sich verwirrt die Frage, ob hier ein Spiel mit ihm gespielt wurde, das er nicht durchschaute. Oder ob ihm eben die Regeln für ein Spiel erklärt worden waren, das er für den Oberstaatsanwalt spielen sollte, damit der in Deckung bleiben konnte. So oder so, er brauchte jetzt ein Bier und einen Schnaps.

*

Zu der weitgehend schlichten Lebensphilosophie von Männern gehört auch die Überlegung, weshalb die beste Freundin einer sehr attraktiven Frau in aller Regel bestenfalls mittelmäßig aussieht. Blacky war ein Anhänger dieser Theorie, und er fand sie bei Sandra Gall wieder bestätigt. Chiara Gabrielis beste Freundin war ein Mauerblümchentyp, pummelig und hypernervös. Sie rauchte eine Zigarette nach der anderen.

„Ist ja der Hammer, dass ich dich mal kennenlerne", sagte sie. „Ich höre dich jeden Tag, aber wann sieht man schon jemand aus dem Radio in echt."

„Ich hoffe, der Schock ist nicht allzu groß." Blackys üblicher Spruch in dieser Situation.

„Nee, das ist schon in Ordnung." Sandra Gall strahlte ungeniert jene charmante Schweinfurter Geradlinigkeit aus, die jeden Zugezogenen jahrelang vor den Kopf stößt. „Ich hab mir dich halt anders vorgestellt."

„Hat Chiara denn auch Radio gehört?"

Er überlegte kurz, was er sich letztlich von einer Antwort auf diese Frage erhoffte. Dass ihr seine Stimme gefallen haben könnte?

„Nee, dafür hat sie keinen Sinn gehabt. Chiara hat nur klassische Musik gemocht. Bach und so 'n Zeug."

Da hätten sie sich also unterschieden ... Blacky versuchte, solche Gedanken wegzudrängen und sich auf das Gespräch mit Sandra Gall zu konzentrieren. Über zwei Ecken hatte ihm Brigitte Scheuble ihre Telefonnummer besorgt. Sie war sofort bereit gewesen, mit ihm zu reden.

„Dann bist du also derjenige, von dem sie mir erzählt hat", sagte sie. „Der Gott sei Dank bei dem Angriff dazugekommen ist."

„Sie hat von mir erzählt?", fragte er.

„Na ja, sie hat gesagt, dass der Angreifer abgehauen ist, weil ein anderer Jogger in der Nähe war. Und dass der Typ ihr den Arm verbunden hat. Mehr nicht."

Ein kleiner Stich. Eindruck hatte er auf sie offenbar nicht gemacht.

„Hatte sie denn irgendeine Vermutung, wer dieser Angreifer gewesen sein könnte?"

Sandra Gall schwieg und zündete sich eine neue Zigarette an.

„Okay, Blacky", sagte sie dann, „ich erzähl dir, was ich

weiß. Eigentlich hat sie mich ja zu strengstem Stillschweigen verpflichtet. Und viel hat sie mir auch nicht gesagt. Aber jetzt ist sie tot, und ich sehe keinen Grund, warum ich den Mund halten soll. Außer gegenüber der Polizei. Denen hab ich kein Sterbenswörtchen verraten."

„Und weshalb nicht?"

„Weil Chiara mir das eingeschärft hat. Die Polizei darf nichts erfahren, hat sie immer gesagt. Sonst wird alles vertuscht."

„Das ist ja interessant."

„Also pass auf. Chiara hab ich kennengelernt, nachdem ihre kleine Schwester verschwunden war. Sie hat vorher in Würzburg gewohnt und wollte unbedingt nach Schweinfurt ziehen."

„Warum das?"

„Das hat sie mir lange Zeit auch nicht gesagt. Jedenfalls, ich habe ihr die zwei Zimmer im ersten Stock vermietet, und wir haben uns angefreundet. Sie hat zwar in Würzburg studiert, war aber viel in Schweinfurt. Irgendwann hab ich sie nach dem Grund gefragt. ‚Ich muss hier in der Nähe sein', hat sie gesagt. ‚Hier laufen alle Fäden zusammen.' Allmählich hat sie mir dann ein bisschen mehr verraten. Sie wollte unbedingt herausfinden, was mit Laura passiert ist. Und sie scheint dabei Stück für Stück vorwärtsgekommen zu sein."

„Was heißt das?", fragte Blacky.

„Das weiß ich nicht. Ein paarmal hab ich sie gefragt, aber sie hat nur geantwortet: ‚Das willst du gar nicht wissen. Das ist eine Studie des Schreckens.' Also, sie hat sich immer so gestochen ausgedrückt. Völlig ausgeflippt ist sie vor Fasching, als die Leiche ihrer Schwester in dem See gefunden worden ist. Da hat sie mir zum ersten Mal gesagt, dass sie wüsste, wer Laura auf dem Gewissen hat. Und dass es vertuscht werden soll."

„Du hast doch sicher gefragt, wer …"

„Natürlich. Aber du kanntest Chiara nicht. Ein Dick- und Sturkopf sondergleichen. Eine Eigenbrötlerin. Sie ließ sich kein weiteres Wörtchen herauslocken. Sie hat nur noch angedeutet, dass es für sie gefährlich werden könnte. Und das ist es ja dann auch geworden."

Sandra Gall legte die Zigarette weg und kämpfte mit den Tränen.

„Ich mache mir natürlich Vorwürfe", sagte sie. „Vielleicht hätte ich jemand ins Vertrauen ziehen sollen."

Blacky sah Chiara vor sich, wie sie vehement jedes Angebot abgelehnt hatte, ihr zu helfen.

„Ich weiß nicht", sagte er, „ob das etwas genutzt hätte. Zu wem hatte sie denn noch näheren Kontakt?"

„Gute Frage. Auch da hat sie sich bedeckt gehalten. Sie hat hier im Kirchenchor gesungen. Das war ihr einziges Hobby."

„Männer?" Die Frage fiel ihm schwer.

„Ja … schon. Sie hatte einen Lover. Tommy Antlitz, den Dirigent des Chores. Auch so eine typische Chiara-Kiste. Eine Beziehung zu einem fast dreißig Jahre älteren Mann. Muss man nicht verstehen. Na ja, und dann der Ami."

„Ami?"

„Bill. Bill Jenkins. Seltsamer Typ. Undurchsichtig. In der letzten Zeit war sie ganz dicke mit ihm."

„War das auch ihr … Lover?"

„Nee, nicht die Spur. Zweigleisig, das hätte sie nie gemacht. Ich glaube, er hat was mit der Sache zu tun. Es gibt Gerüchte, er soll bei der CIA sein. Wenn ich sie danach gefragt habe, hat sie nur gelächelt."

„Hast du seine Adresse? Oder die Telefonnummer?"

„Keine Ahnung. Er war gestern Abend noch mal hier. Wollte unbedingt in Chiaras Wohnung. Aber er ist zu spät gekommen."

„Weshalb zu spät?"

„Weil die Kriminalpolizei bereits alles mitgenommen hatte. Chiaras Laptop, alle Akten, Papierkram. Restlos alles. Nichts mehr da."

„Und dieser Bill wollte …?"

„Anscheinend."

„Es wäre ja unter Umständen auch interessant gewesen, da mal einen Blick draufzuwerfen", sagte Blacky vorsichtig.

„Unbedingt."

„Hast du vielleicht …"

„Natürlich", sagte Sandra Gall unbekümmert. „Gleich am Montag. Aber da war nichts Interessantes. Chiara war ja schließlich nicht blöd."

„Was willst du damit sagen?"

Sandra Gall lächelte pfiffig.

„Dass sie alles, was wichtig war, nicht hier in Schweinfurt aufbewahrt hat. Sie hatte ihr geheimes Hauptquartier, wie sie es immer genannt hat, in Würzburg. Bei einer alten Dame, die über fünf Ecken herum mit ihren Eltern verwandt ist."

„Hast du das diesem Bill gesagt?"

„Nein."

„Und der Polizei?"

„Hör mal, ich bin doch nicht bescheuert."

„Und wieso erzählst du es mir?"

„Keine Ahnung. Vielleicht, weil ich aus Schweinfurt bin und letztlich meinen Mund nicht halten kann. Oder weil du ein netter Kerl bist. Was weiß ich?"

Blacky verließ das kleine Haus von Sandra Gall am Oberen Wall und kehrte zur Oberen Straße zurück, wo er die Barchetta geparkt hatte. Zeit für den Cappuccino. Eigentlich hätte er von hier aus zu Fuß gehen können, aber er wollte den Wagen gleich in die Tiefgarage bringen, um sich den Rückweg zu sparen. Dazu musste er einmal um die Innenstadt herumfahren; er bog am Kornmarkt links in die Bauerngasse ein und sah kurz vor dem Zeughaus Kerstin Weiß zum zweiten Mal an diesem Tag.

Sie war immer noch in Zivil und küsste soeben einen Mann, der unter der Tür eines Fotostudios stand. Er unterdrückte den zornigen Impuls, lautstark zu hupen, gab Gas und ließ seine wütende Enttäuschung an der unschuldigen Barchetta aus. In der Tiefgarage unter dem Museum knallte er ihre Tür zu, murmelte „Mach's gut, altes Mädchen“ und marschierte in desolater Stimmung durch die Judengasse ins Viva Porcellino.

„Du hast auch gar keinen Spaß mehr am Leben, stimmt's?“, merkte Joe, der Barista, an, als er ihm den Cappuccino brachte. Als er keine Antwort erhielt, zog er sich, feinfühlig wie immer, rasch zurück.

Blacky brütete eine Weile vor sich hin, dann nahm er das Handy und ließ sich von der Auskunft mit der Antiquitätenhandlung Renoldi in Würzburg verbinden. Eine etwas blasierte männliche Stimme meldete sich; die Information, die er erhielt, erstaunte ihn nicht wenig. Er bedankte sich, überlegte kurz und beschloss, zum zweiten Mal an diesem Tag nach Schloss Mainberg zu fahren.

*

Nach den langwierigen Ausführungen des bekannten Survival-Experten und Hobbyarchäologen Rüdiger Stromberg aus Hamburg über seine letztlich doch nicht gelungene Entdeckung der Bundeslade im äthiopischen Hochland, die er altmodisch mit vielen Dias illustriert hatte, trat Dr. Baldur Hallgrimmson kurz an das Rednerpult im Waffensaal von Schloss Mainberg.

„Ich darf mit großer Freude feststellen, dass wir nun vollzählig versammelt sind", sagte er. „Um die Mittagszeit ist auch unser Freund Thomas Antlitz aus Schweinfurt zu uns gestoßen. Er hatte den kürzesten Weg und kam doch als letzter. Aber es sei ihm verziehen, da er mitten in den Vorbereitungen für die Aufführung der Matthäus-Passion am Karfreitag steckt. Er wird also am Karfreitagszauber nicht teilnehmen – aber davor drückt er sich sowieso gern, denn aus seiner Abneigung gegen die Musik Richard Wagners hat er ja nie ein Hehl gemacht."

Der Professor wartete, bis sich das leise Gelächter wieder gelegt hatte, dann fuhr er fort: „Dafür ist Thomas Antlitz ein großer Kenner der okkulten Zahlenmystik in der Musik Johann Sebastian Bachs, und es ist schade, dass er in diesem Jahr keine Zeit gefunden hat, uns mit dieser aufregenden Materie weiter vertraut zu machen. Aber beim nächsten Mal, lieber Thomas, bist du damit wieder an der Reihe. Ich mache schon einmal einen Vermerk in meinem kleinen Büchlein."

Zustimmender Applaus, und Baldur Hallgrimmson fügte noch an: „Nur zur Klärung, weil ich immer wieder darauf angesprochen werde: Meine Frau nimmt an unserem Programm deshalb nicht teil, weil sie beruflich in der Umgebung zu tun hat. Außerdem kommt unglücklicherweise hinzu, dass sie heute Morgen von einer starken Migräne befallen worden ist. Die milde Frühlingsluft in diesen Gefilden setzt offenbar einem weiblichen Wikingerkopf gehörig zu."

Wieder erntete der Professor Lachen und Beifall, dann zerstreuten sich die Mitglieder der *Kundry-Gesellschaft* zur Kaffeepause im gesamten Schloss. Thomas Antlitz ging auf Baldur Hallgrimmson zu und drückte ihm die Hand.

„Danke für die nette Begrüßung. Und du siehst mich erstaunt. Du hast mir verschwiegen, dass du neuerdings verheiratet bist."

„Stimmt, ich hätte es dir sagen sollen. Aber du wirst Smilla sicher im Lauf des Tages treffen. Sie tut furchtbar beschäftigt, und dann noch diese leidigen Kopfschmerzen. Es ist nicht immer leicht, eine Frau an der Seite zu haben."

„Smilla?", sagte Thomas Antlitz. „Du hast Smilla geheiratet?"

„Ich wusste, dass es dich erstaunen würde", sagte Baldur Hallgrimmson. „Und ich hoffe, du kannst es respektieren."

*

Es war Punkt drei Uhr nachmittags, als Amalia Renoldi an der Tür der Henneberger-Suite auf Schloss Mainberg klopfte. James, der Butler, öffnete und geleitete sie auf die große Terrasse mit dem imposanten Blick über den Main. Lord Hugo erhob sich, machte eine stocksteife Verbeugung und deutete einen Handkuss an.

„Meine Liebe", sagte er. „Möchtest du Tee?"

„Natürlich", erwiderte Amalia Renoldi. „Wann hat unsereiner schon Gelegenheit, mit einem englischen Lord den Tee zu nehmen? Ich hoffe, es gibt Gurkensandwiches?"

Lord Hugo lachte laut und gab James ein Zeichen. Er setzte sich wieder in den Korbsessel, kreuzte die Beine leger übereinander und schlug seinen ungezwungensten Konversationston an: „Dann schwänzen wir also beide den gewiss hochinformativen Vortrag meines Landsmannes Geoffrey Mash aus Glastonbury über die letzten Jahre Jesu in Indien. Was natürlich sehr bedauerlich ist."

„Ich kann auf diesen Unsinn getrost verzichten", sagte Amalia Renoldi ungeniert. „Wobei wir natürlich in gewisser Weise bei unserer Unterhaltung auch sehr nah am Thema sein werden. Meinst du nicht?"

„Natürlich", antwortete Lord Hugo. „Ich hoffe, mein Fax hat dich nicht allzu sehr geschockt."

„Ich fühle mich geschmeichelt, dass du an mich gedacht hast. Das ist nicht unbedingt selbstverständlich."

„Meine Liebe ... Du hast vorzügliche Verbindungen."

„Ich weiß. Aber die haben andere auch."

„Ja, aber es muss noch Vertrauen dazukommen. Und Stil. Was das anbelangt, kann ich mir bei dir sicher sein."

„Nun gut", sagte Amalia Renoldi. „Wichtig ist doch, dass du dir insgesamt sicher bist."

„Das bin ich, meine Liebe, das bin ich. Meine jahrelangen Forschungen haben endlich zum Ziel geführt."

„Wo ist sie also? Wann kann ich sie sehen?"

Lord Hugo Earl of Henmountain zelebrierte eine lange, kunstvolle Pause, bis James den Tee eingegossen hatte.

„Sie ist ...", sagte er schließlich, „... ganz in der Nähe."

„Was heißt das?", fragte Amalia Renoldi. Ein leiser Argwohn war in ihr wach geworden. „Ganz in der Nähe ...?"

„Nun, irgendwo in greifbarer Nähe. Ich werde sie finden."

„O nein", sagte Amalia Renoldi und stellte die Teetasse scheppernd zurück. „Du willst also sagen, dass du sie noch gar nicht hast?"

„Es ist nur eine Frage der Zeit. Einer sehr kurzen Zeit. Das darfst du mir glauben."

„Glauben, mein Lieber", sagte Amalia Renoldi resolut, „gehört einer Kategorie des Lebens an, von der ich schon lange Abstand genommen habe."

*

Es bedurfte einiger Überredungskraft, den livrierten Portier von Schloss Mainberg dazu zu bringen, sich auf die Suche nach Amalia Renoldi zu machen. Als er sich getrollt hatte und dann lange Zeit nicht mehr auftauchte, wanderte Blacky im Schlosshof auf und ab. Schließlich hatte er so lang gewartet, dass er sogar mit den Steinfiguren von Graf Wilhelm II. von Henneberg und seiner Gemahlin Margarete per Du war, die links und rechts des Eingangsportals standen und sich augenscheinlich im Alltag wenig zu sagen hatten. Endlich erschien der Portier wieder und bat ihn mürrisch, ihm zu folgen.

Die alte Dame saß in einem kleinen Zimmerchen am Fenster und sah verdrießlich drein. Mit ihrer strengen Frisur, dem topgepflegten Äußeren und der makellosen Kleidung strahlte sie von Kopf bis Fuß die disziplingestählte Energie einer Generation aus, die keine Gnade gegen sich und andere kennt. Blacky fühlte sich in ihrer Gegenwart sofort als Schlaffi, der ihr das Wasser nicht würde reichen können. Er stellte sich kurz vor und sagte mit möglichst teilnahmsvoller Stimme: „Ich weiß, dass es jetzt wahrscheinlich sehr unpassend ist, und ich möchte Ihnen zunächst meine Anteilnahme aussprechen."

Amalia Renoldi musterte ihn mit einem verwunderten Blick.

„Ich glaube, ich weiß nicht, wovon Sie reden, junger Mann."

„Äh … ja … von Chiara", stotterte er. „Soweit ich weiß, waren Sie doch mit ihr verwandt."

„Was ist mit Chiara?"

Er sah ihr erstauntes Gesicht, hörte das leichte Zittern in der Stimme und begriff, wie ahnungslos sie war. Dann wurde ihm bewusst, dass er zum ersten Mal im Leben eine Todesnachricht überbringen musste. Gehörte es jetzt dazu, sich zunächst betreten zu räuspern, um danach eine Pause zu machen, in der er nach Worten zu ringen hatte? Er entschied sich, es so schnell wie möglich hinter sich zu bringen.

„Sie ist tot", sagte er. „Seit zwei Tagen. Sie wurde ermordet. Haben Sie das noch nicht gewusst?"

Er hatte sich in ihr nicht getäuscht. Sie war die Selbstbeherrschung in Person. Einen winzigen Augenblick lang schwankte sie. Dann hatte sie sich völlig unter Kontrolle.

„Ach, deshalb hat sie sich nicht gemeldet", sagte sie.

Mehr nicht. Blacky suchte nach Worten.

„Sie haben es also noch nicht gewusst?", wiederholte er.

Amalia Renoldi schüttelte den Kopf.

„Wer hätte es mir sagen sollen? Wir sind ja nur sehr weitläufig verwandt. Und ich bin seit Sonntag hier auf Schloss Mainberg. Ich lese seitdem keine Zeitung, höre kein Radio."

„Aber sie haben Kontakt zu ihr … hatten Kontakt zu ihr?"

„Ja, natürlich. Sie hat ja bei mir in Würzburg eine Wohnung. Allerdings ist es nicht ungewöhnlich für Chiara, wenn sie sich über Tage nicht meldet. Sie ist sehr unstet, wissen Sie? Nicht unzuverlässig, aber sprunghaft. Eigenwillig – ja, das trifft es. Sie wurde ermordet, sagten Sie? Das ist unpräzise. Man wird erschossen, erstochen, erwürgt …"

Blacky berichtete ihr, was er von dem Geschehnis wusste. Sie hörte mit geschlossenen Augen zu. Reglos, unbeteiligt, als würde sie einem Nachrichtensprecher lauschen.

„Aber deshalb sind Sie nicht hergekommen“, sagte sie schließlich. „Sie sind doch nicht der Todesbote. Ich habe Sie unfreiwillig dazu gemacht.“

Knapp und präzise teilte er ihr sein Anliegen mit.

„Wozu soll das gut sein?“, fragte sie.

„Ich glaube, es wäre in Chiaras Sinn. Sie hat offensichtlich brisante Dinge herausgefunden. Vielleicht wusste sie sogar alles. Und sie hat befürchtet, dass die Umstände von Lauras Tod vertuscht werden könnten. Leider hatte sie recht mit ihrer Angst. Man hat sie zum Schweigen gebracht. Jemand muss da weitermachen, wo sie gestoppt wurde. Das sind wir ihr schuldig.“

Amalia Renoldi stand unvermittelt auf.

„Ich hole Ihnen den Schlüssel. Warten Sie hier auf mich.“

*

Am liebsten wäre er gleich nach Würzburg gefahren. Aber Amalia Renoldi hatte ihm eingeschärft, den Schlüssel nicht außerhalb der Öffnungszeiten ihres Geschäftes zu verwenden; er würde sonst unweigerlich die Alarmanlage auslösen. Für diesen Tag war es zu spät, und Blacky kehrte mit einem Gefühl nach Schweinfurt zurück, das er vor ein paar Wochen schon einmal verspürt hatte: Es bestand aus dem eigentümlichen Reiz, der Lösung eines Rätsels auf der Spur zu sein, und einer Art von Jagdtrieb – einem Jagdtrieb, in den sich diesmal Trauer und Wut mischten.

Er stellte das Auto ab und machte zum dritten Mal innerhalb von drei Tagen einen Abendspaziergang. In der Bauerngasse blieb er vor dem Schaufenster des Fotostudios stehen. Die ausgestellten Bilder kontrastierten heftig: sehr farbige Impressionen einer türkischen Hochzeit, glasklare Schwarzweißfotos aus aktuellen Kriegsgebieten und weichgezeichnete, ästhetisch gelungene Aktaufnahmen. Er las den Namen des Inhabers, Murat Demir. Ein nicht seltener türkischer Familienname; so hieß auch die kleine Hülya, deren Verschwinden für Aufregung an den Faschingstagen gesorgt hatte. Sie war wohlbehalten in Dubai bei ihrer Mutter wieder aufgetaucht, aber niemand hatte je erfahren, was eigentlich hinter der Geschichte steckte.

Blacky streifte die Aktaufnahmen mit einem verächtlichen Blick und ging missmutig durch die menschenleere Innenstadt zurück zu seiner Wohnung in der Frauengasse. Es war wieder einmal einer jener Abende, an denen ihm diese Adresse vorkam wie der nackte Hohn.

MITTWOCH

Patricia wollte die Redaktionskonferenz von Main-Radio Schweinfurt beenden, als Olaf Röder mürrisch hereinschlenderte.

„Ich habe noch Lob und Tadel zu verteilen", sagte er. „Lob für Blacky und seine Berichterstattung über diese ominöse Geheimgesellschaft auf Schloss Mainberg. Und vor allem Lob für Viktoria, die ihm bereits am zweiten Tag ihres Praktikums so hervorragend dabei assistiert hat."

„Danke", hauchte Viktoria.

Da Blacky schon zwei Tassen Darjeeling getrunken hatte, war er relativ entspannt und verzichtete auf die Frage, weshalb das Lob vor allem an Viktoria gegangen war, die außer ein paar dummen Bemerkungen nichts zum Thema beigetragen hatte. Röder nickte Viktoria wohlwollend zu und fuhr fort: „Der Tadel geht an Sören. Die Berichterstattung über den Mord an dieser Chiara – deren Namen wir noch nicht einmal offiziell wissen dürfen – ist eine Katastrophe. Außer dass wir ständig die Nachricht wiederholen, es sei eine Leiche gefunden worden und die Polizei tappe im Dunkeln, haben wir nichts auf Lager. Warum ist das so, Sören?"

„Weil das die Nachricht ist", sagte Sören muffig. „Die Polizei tappt im Dunkeln. Und weil sie im Dunkeln tappt, kann sie auch nichts herauslassen. So einfach ist das."

„Nein, so einfach ist das nicht", ereiferte sich Olaf Röder.

„Dann müssen wir eben tätig werden. Recherchieren. Investigativen Journalismus betreiben. Knallhart herumschnüffeln."

„Und wie stellst du dir das vor?", mischte sich Blacky ein. Er war erstaunt, dass Olaf Röder ein Wort wie investigativen Journalismus überhaupt fehlerfrei aussprechen konnte.

„Die Stadt ist voll von Gerüchten. Man muss sich nur umhören und mit den richtigen Leuten sprechen. Im Prinzip ist doch klar, wer der Täter ist."

„Ach ja? Und wer ist es?"

„Der Dirigent des Kirchenchores von Sankt Johannis. Thomas Antlitz. Er hatte ein Verhältnis mit dieser Chiara. Die Spatzen pfeifen es von den Dächern."

„Hör mal, Olaf", sagte Blacky, „das sind doch alles nur wilde Spekulationen und dummes Getratsche. Darauf sollten wir uns nun gar nicht einlassen."

„Zumal es ja noch eine ganz andere Spur gibt", rief Sören.

„Und die wäre?", fragte Olaf Röder. Seine Stimme nahm einen eigenartigen Klang an.

„Die tote Chiara ist ja wohl die Schwester der kleinen Laura, des Mädchens aus dem See. Warum macht die Polizei ein Geheimnis daraus? Warum wird diese Verbindung nicht thematisiert? Weshalb werden keine Fragen dazu gestellt? Weil etwas faul ist an der Sache. Und ich weiß auch, was."

Sören hatte sich richtig in Rage geredet. Olaf Röder sah ihn mit dem starren Blick einer Schlange an, die gleich zubeißen wird.

„Na, dann lass mal hören."

„Weil der Serienkiller wieder zugeschlagen hat. Der Mädchenmörder von Schweinfurt. Und wieder soll das verschwiegen werden, so wie vor ein paar Wochen schon einmal. Um die Bevölkerung nicht zu beunruhigen."

„Du redest Unsinn, Sören", meinte Blacky. „Es gab doch überhaupt keinen Serienmord. Das türkische Mädchen ist wieder aufgetaucht, lebend. Eine Leiche macht noch keine Serie."

„Zwei Leichen", beharrte Sören. „Aus der gleichen Familie. Vielleicht will der Serienkiller die ganze Familie ausrotten."

„Schluss jetzt!", befahl Olaf Röder. „Wahrscheinlich besteht da überhaupt kein Zusammenhang, sondern es handelt sich um einen bedauerlichen Zufall. So wird das im Übrigen auch von höchster Stelle gesehen."

„Ach, wirklich?" Blacky spürte, wie eine innere Radarantenne heftig vibrierte. „Von wem denn?"

„Ich habe gestern Abend mit dem Leitenden Oberstaatsanwalt Skat gespielt", sagte Olaf Röder stolz. „Und er hat mir gegenüber durchblicken lassen, dass es nach seinen Erkenntnissen keine Verbindung zwischen den beiden Todesfällen gibt. Dass es sich um Schwestern handelt, scheint nur ein merkwürdiger Zufall zu sein. Und er hält es nicht für opportun, wie er sich ausgedrückt hat, dass die Medien einen Zusammenhang herstellen."

Das fand Blacky nun wirklich hochinteressant. Nicht dass Olaf Röder neuerdings Skat spielte. Sondern dass hinter den Kulissen offenbar ein anderes Spiel gespielt wurde, das nicht für die Öffentlichkeit bestimmt war.

*

Viele Akten waren im Laufe des Berufslebens durch seine Hände gegangen, und er hatte sie alle gehasst. Nicht weil ihm Papierkram generell ein Greuel war, sondern der Geschichten wegen, die ihm daraus entgegenschrien. Furchtbare Geschichten aus den erbärmlichsten Abgründen des menschlichen Lebens, voller Blut, Leid, Brutalität und Niedertracht. Jedes Verbrechen war eine Tragödie, nicht nur für die Opfer, auch für die Täter. Kriminalhauptkommissar Wolfram Bayer, der Leiter der Schweinfurter Mordkommission, versuchte stets beide Seiten zu sehen – und vielleicht gingen ihm deshalb seine Fälle so gründlich an die Nieren. Er konnte erst dann befreit durchatmen, wenn eine Ermittlungsakte endgültig von seinem Schreibtisch verschwunden war, die Tragödie auf einer anderen Bühne verhandelt und zum Abschluss gebracht wurde.

Aus tiefster Seele aber hasste er jene Akten, die wie Blei dalagen, über Monate, über Jahre hinweg. Unaufgeklärte Fälle, abgeheftet in schmutziggraue Pappdeckel. Sie widerten ihn an, weil sie ihm wie bösartige Intriganten bei jeder Gelegenheit Gemeinheiten zuzuflüstern schienen: Du bist unfähig, Bayer … du hast schlampig gearbeitet … du hast etwas Entscheidendes übersehen … du bist zu blöd für diesen Fall …

Noch nie aber hatte Wolfram Bayer eine Akte so sehr gehasst wie die, mit der er sich seit ein paar Wochen beschäftigen musste. Sie gehörte noch längst nicht zu den Dauerbrennern, aber er wusste schon jetzt, dass sie ihm lange Kopfzerbrechen und Bauchschmerzen bereiten würde. Es war eine jener seltenen Akten, die ihr Geheimnis nicht preisgeben wollten.

Vor allem aber enthielt sie solche Ungeheuerlichkeiten, dass der Leiter der Mordkommission diese Akte nur mit Abscheu und Widerwillen in die Hand nehmen konnte –

Ungeheuerlichkeiten, wie sie Wolfram Bayer in seiner gesamten Laufbahn als Polizeibeamter nicht begegnet waren.

Es war die Akte über das Verbrechen, das an Laura Gabrieli begangen worden war.

*

Auf der A 7 quälte sich die erste Welle des Osterreiseverkehrs Richtung Süden. Blacky fluchte über seine Dummheit, nicht über die B 19 ausgewichen zu sein. Eine nervöse Unruhe hatte ihn erfasst. Innere Stimmen hörte er sonst selten bis gar nicht, aber seit Olaf Röders Bemerkungen sendete die Radarantenne von vorhin deutliche Alarmzeichen. Sie rieten ihm, die Dinge nicht mehr auf die lange Bank zu schieben.

Endlich erreichte er die Ausfahrt Estenfeld und ließ die Barchetta auf der vierspurigen Bundesstraße kurz zur Höchstform auflaufen. Das Nadelöhr am Greinberg stoppte ihn erneut; es dauerte noch einmal fast eine Viertelstunde, bis er den Wagen hinter dem Dom abgestellt hatte. Zu Fuß machte er sich auf den Weg in die Karmelitenstraße.

Die *Antiqitätenhandlung Renoldi* lag im Erdgeschoss eines imposanten Hauses, dessen restaurierte Fassade etwas vom barocken Glanz des alten Würzburgs zeigte. Drei Schaufenster stellten Möbel, Porzellan, Schmuck und religiöse Kunst aus; Blacky ging achtlos daran vorbei; sein Geschmack, was Einrichtung betraf, war stark vom Design und von den preislichen Dimensionen des schwedischen Teils der Möbelwelt beeinflusst.

Links vom Haus führte ein schmaler Durchgang zum Hinterhof, und dort war die gelbgestrichene Tür, von der Amalia Renoldi gesprochen hatte. Er öffnete sie mit dem Schlüssel, den sie ihm gegeben hatte. Innen führte eine altertümliche Holztreppe steil nach oben. Die Tür im ersten Stock war nicht verschlossen. Blacky betrat die Wohnung und begriff sofort, dass es tatsächlich Chiaras Sphäre war, auf die er stieß. So kompromisslos klar, wie er sie kennengelernt hatte, so kompromisslos klar war auch diese Wohnung. Hier herrschte die reduzierte Einfachheit eines buddhistischen Zenklosters; als er sich umschaute, sah er, dass dieser erste Eindruck völlig zutreffend war: Chiara hatte die weißgestrichenen Räume sparsam mit schwarzen Lackmöbeln ausgestattet, auf den Fußböden lagen Matten, die Wände des größten Zimmers waren auf kalligraphische Weise mit japanischen Schriftzeichen versehen.

Nur eines störte die strenge Geometrie dieses Zimmers: Der Boden war übersät mit umgeworfenen Kartons, Papieren, Karteikarten und Aktenordnern. Hier hatte jemand herumgewühlt und versucht, etwas zu finden.

Und plötzlich wusste Blacky, dass er nicht allein in der Wohnung war. Er drehte sich um und sah einen Mann, der eine schwarzglänzende Pistole auf ihn gerichtet hielt.

*

„Und so komme ich zu dem Ergebnis", schloss Robert Langdon, der weltberühmte Gralsforscher von der Harvard University in Boston, seinen Vortrag, „dass der Heilige Gral sowohl Mystifikation wie auch historische Realität ist. Ob beispielsweise die Reliquie im Dom von Valencia mit völliger Sicherheit als der Kelch des Letzten Abendmahles bezeichnet werden kann, bleibt meines Erachtens weiterhin fraglich. Keinerlei Zweifel habe ich aber, dass es den Gral in konkreter materieller Form, als verehrungswürdigen Gegenstand, gegeben hat und vielleicht noch gibt. Insofern ist die Suche nach dem Gral auch heute nicht abgeschlossen. Dass der Gral gleichzeitig aber ein Symbol ist für eine höhere Idee, für das Streben des Menschen nach Wahrheit, Glück und Erfüllung, sollten wir bei dieser Suche nie vergessen. Ich danke euch für die große Aufmerksamkeit."

Er nahm den langanhaltenden Applaus freundlich lächelnd entgegen und fügte noch hinzu: „Wenn man sich mit dem Heiligen Gral beschäftigt, gehört es zu den beglückenden Erfahrungen, dass er sich immer wieder wie von selbst zeigt – auch da, wo man ihn nicht erwartet hat. Und so ist es auch hier: In der Kapelle dieses wunderbaren Schlosses findet sich ein großes Glasbild, auf dem das eigentliche Gralswunder dargestellt ist – wie am Karfreitag eine weiße Taube vom Himmel herabkommt und den Gralskönig Amfortas samt seinen Rittern mit der Kraft der heiligen Hostie stärkt. Wer noch Geduld hat, kann gerne mit mir zur Kapelle kommen, wo ich das Bild etwas näher erläutern werde."

Der allergrößte Teil der Anwesenden folgte dem Gelehrten hinab in den ersten Stock zur Kapelle. Amalia Renoldi war zurückgeblieben und beobachtete verstohlen Lord Hugo, der den Waffensaal ebenfalls nicht verlassen hatte. Er sah sich mehrfach unauffällig um und machte dann mit der Hand ein heimliches Zeichen. Es galt der Frau, die Amalia Renoldi zunehmend misstrauisch beargwöhnte: Smilla Hallgrimmson.

Du Hexe, dachte Amalia Renoldi, du verdammte nordische Hexe.

*

„Nimm mal die Hände ein bisschen über den Kopf", dröhnte der Mann mit tiefer Stimme und einem breiten amerikanischen Akzent. „Und dann sagst du mir, was du hier machst."

Blacky fand die Frage unverschämt. Sie stellte die Dinge auf den Kopf. Er hatte einen Schlüssel, war mit Erlaubnis der Wohnungseigentümerin hier hereingekommen und hatte noch keinen Finger gerührt, um etwas zu durchwühlen. Die Pistole hielt ihn davon ab, diesen eindeutigen Sachverhalt spontan zur Diskussion zu stellen. Aber er wusste trotzdem, was er zu tun hatte.

„Hallo Bill", sagte er. „So heißt du doch, oder? Bill Jenkins."

Der Mann ließ die Waffe sinken. Er wirkte leicht verdutzt.

„Woher weißt du das?"

„Ich war bei Sandra Gall", sagte Blacky. „Chiaras Freundin."

„Okay." Bill Jenkins ließ die Pistole unter seinem Jackett verschwinden. Blacky sah mit Interesse, dass er dort ein richtiges Halfter trug – wie die Detectives in amerikanischen Krimis.

„Und wer bist du?"

„Christian. Christian Schwarz. Man nennt mich Blacky."

So stellte er sich so gut wie nie vor. Aber in dieser Situation fand er den Spruch einfach cool.

„Du hast Chiara auch gekannt?"

„Ich habe sie nur einmal gesehen. Leider. Am Sonntagmorgen, beim Joggen."

Er hatte seine Worte vorsichtig gewählt, um zu sehen, wie der Amerikaner darauf reagieren würde. Bill Jenkins war sofort im Bilde.

„Ah, jetzt verstehe ich", sagte er. „Du bist der Typ, der Chiara bei dem Überfall zur Seite gestanden hat."

„So kann man es ausdrücken", meinte Blacky. Zwei Dinge

fand er interessant: dass sie seine eher klägliche Rolle anscheinend recht positiv dargestellt hatte. Und dass dieser Bill offensichtlich von ihr ins Vertrauen gezogen worden war.

„Freut mich sehr, dich kennenzulernen", sagte der Amerikaner und hielt ihm die Hand hin. Blacky schüttelte sie und fragte sich dabei, mit wem er sich eigentlich gerade einließ.

*

Lord Hugo Earl of Henmountain schlenderte mit der Grandezza eines Mannes durch die Räume, der es gewohnt ist, sich in einem Schloss zu bewegen. Er ging vom Waffensaal hinaus in den langen Flur, inspizierte ausgiebig das Jagdzimmer und trat wie zufällig in das Fürstenzimmer. Dort saß auf einer Holzbank im Erker Smilla Hallgrimmson und schaute träumerisch aus dem Fenster.

Was für eine unverfängliche Begegnung, dachte Amalia Renoldi, die von der anderen Seite des Flurs her durch die halb geschlossene zweite Tür des Fürstenzimmers einen heimlichen, aber umfassenden Blick auf die Szene hatte. Wer das so geschickt arrangierte, hatte etwas zu verbergen.

Sie musste nicht lange warten, um zu erfahren, dass sie mit ihrer Annahme ins Schwarze traf und ihr Misstrauen gegenüber Smilla Hallgrimmson mehr als gerechtfertigt war. Die blonde junge Dame war nämlich dabei, ihr unter Einsatz aller Mittel das Wasser abzugraben.

„Ich bin so froh, auf Baldurs Rat hin den Mut aufgebracht zu haben, Sie anzusprechen", flötete sie mit silbriger Stimme und ließ dabei den Saum ihres roten Kleides durch eine geschickte Bewegung deutlich über das Knie hinaufgleiten. Lord Hugo konnte seine Augen kaum abwenden.

„Die Freude ist ganz auf meiner Seite", balzte er hemmungslos, „und ich muss sagen, unser Gespräch gestern Abend war so anregend, dass mir seitdem viele Gedanken durch den Kopf gegangen sind. Es wäre in der Tat ein gar nicht hoch genug zu würdigendes Verdienst, wenn die heilige Reliquie dort ihren Platz finden würde, wo einst König Artus und seine Tafelrunde den Gral gehütet haben."

„Unsere Zentrale in London hat heute Morgen den Auftraggeber noch einmal kontaktiert, und er ist bereit, auf der Basis der von Ihnen genannten Summe in die Verhandlungen einzutreten. Natürlich unter der Voraussetzung, dass unser Haus das Artefakt eingehend begutachtet und eine entsprechende Expertise darüber erstellt."

„Das versteht sich", sagte Lord Hugo. „Es wird keine Probleme diesbezüglich geben, glauben Sie mir. Meine Forschungen sind über jeden Zweifel erhaben."

„Ich würde natürlich gern so bald wie möglich einen Blick darauf werfen", fuhr Smilla Hallgrimmson fort. „Es muss ein erhebendes Gefühl sein, sie zu sehen."

„Auch darüber habe ich mir Gedanken gemacht. Der Bedeutung entsprechend würde ich gern einen symbolischen Zeitpunkt dafür wählen. Was wäre besser dafür geeignet als der Morgen des Karfreitag? Sie wissen ja, in Richard Wagners Bühnenweihfestspiel ‚Parsifal' …"

„So spät erst?", unterbrach sie ihn enttäuscht. „Ich hatte gehofft …"

„Wir haben doch keine Eile, oder?" Lord Hugo lächelte sie charmant an. „Vielleicht sollten wir beide uns erst auch noch besser kennenlernen …"

Du alter, durchtriebener Fuchs, dachte Amalia Renoldi, zeig der jungen Göre ruhig, wo's langgeht.

Dann zog sie sich leise in den gegenüberliegenden Damensalon zurück. Vorerst hatte sie genug gesehen und gehört.

*

Bill Jenkins deutete auf das Chaos am Boden.

„Wir sind zu spät gekommen", sagte er.

Blacky fragte sich, ob dieser Satz die ganze oder die halbe Wahrheit war. Er war zu spät gekommen, nur so viel stand fest.

„Sieht so aus. Wobei ich nicht weiß, wer diese Unordnung gemacht hat. Sie könnte auch von Chiara stammen."

„Von Chiara? Niemals. Sie war immer perfekt. Wie sagt man? Penibel. Außerdem, ich habe schon nachgeschaut: Es fehlen wichtige Dinge."

„Welche Dinge? Und woher weißt du, was fehlt?"

Bill Jenkins schwieg. Aber er hatte die gefährliche Glätte eines Pokerspielers im Gesicht.

„Hast du dann auch eine Ahnung, wer hier herumgewühlt hat? Die Polizei?"

„Natürlich nicht."

„Wer dann?"

Wieder keine Antwort. Blacky begriff, dass er von ihm so nichts erfahren würde.

„Na gut", sagte er. „Dann nehme ich die Sachen eben mit."

„Wieso du?", fragte Bill Jenkins und klang ehrlich erstaunt.

„Weil ich die Erlaubnis von Frau Renoldi habe. Sie ist eine Art Tante von Chiara. Ihr gehört diese Wohnung. Von ihr habe ich auch den Schlüssel. Wie bist du eigentlich hereingekommen?"

Bill Jenkins zog einen Schlüssel aus der Tasche.

„Damit. Chiara hat ihn mir gegeben. Für alle Fälle. Ich glaube, wir beide haben ein Problem."

„Das glaube ich auch", sagte Blacky. „Vor allem, weil ich nicht weiß, wer du eigentlich bist. Und weshalb du eine Waffe trägst. Außerdem frage ich mich, ob du das überhaupt darfst. Ich meine, wir sind hier doch nicht im Wilden Westen, oder?"

„Oh, das …" Der Amerikaner klopfte auf sein Jackett. „Sie ist nicht echt. Es ist nur ein Spielzeug."

„Ja, natürlich, ein Spielzeug …", erwiderte Blacky ironisch. Ein Spielzeug, das in einem professionellen Pistolenhalfter steckte. „Ich denke, wir beide sollten jetzt diese Wohnung zusammen verlassen, uns in ein Café setzen und miteinander reden."

„Okay", sagte Bill Jenkins. „Let's go."

*

Thomas Antlitz verließ das Turmzimmer von Schloss Mainberg, das er zu seiner Erleichterung kurzfristig hatte beziehen können. Eigentlich war er darauf eingestellt gewesen, sich im Dorf einzuquartieren – er brauchte Abstand von Susanne und hatte auf jeden Fall außerhalb von Schweinfurt übernachten wollen. Sein alter Freund Baldur Hallgrimmson hatte aber darauf bestanden, dass für ihn das Turmzimmerchen hergerichtet wurde, und ihm so die Annehmlichkeit verschafft, zusammen mit dem kleinen, exklusiven Kreis der Mitglieder der *Kundry-Gesellschaft* im Schloss wohnen zu können. Warum ihm Baldur diesen Gefallen getan hatte, war ihm eigentlich nicht klar; er hätte eher erwartet, dass ihn der Isländer jetzt etwas auf Abstand halten würde. Smilla hatte er bisher nur einmal von fern gesehen – vorhin beim Vortrag von Robert Langdon. Sie schien ihm mit Bedacht aus dem Weg zu gehen.

Thomas Antlitz durchquerte den Rittersaal und setzte sich an die kleine Orgel, die seit den Tagen Ernst Sachs' hier stand. Er schloss kurz die Augen, dann wählte er zarte, helle Register und begann eine Paraphrase über In Paradisum aus dem Requiem von Gabriel Fauré.

In paradisum deducant angeli ... chorus angelorum te suscipiat ...

Ins Paradies sollen Engel dich geleiten ... der Chor der Engel möge dich empfangen ...

Während er spielte, liefen ihm Tränen über das Gesicht.

Dann spürte er eine Hand auf seiner Schulter. Er brach ab und drehte sich um.

„Kein Bach heute?", fragte Smilla Hallgrimmson mit jener Stimme, die ihn einst so sehr verzaubert hatte.

*

Sie saßen im Café am Dom und belauerten sich gegenseitig. Blacky hatte wahrheitsgemäß erzählt, wie er Chiara Gabrieli kennengelernt, und weitgehend verschwiegen, was ihm Sandra Gall gesagt hatte. Zur Erklärung, warum er nach Würzburg gefahren und sich dort umgesehen hatte, behauptete er, dass ihn Amalia Renoldi darum gebeten habe. Es war Bill Jenkins nicht anzusehen, ob er ihm ein Wort davon glaubte. Umgekehrt setzte Blacky hinter jeden Satz des Amerikaners insgeheim ein dickes Fragezeichen.

„Ich habe mit Chiara länger im Chor gesungen, ohne sie näher zu kennen. Erst vor etwa einem halben Jahr ist sie auf mich zugekommen, um mit mir zu sprechen. Sie hatte gehört, dass ich zu den Mormonen gehöre, und wollte einige Dinge darüber wissen."

Blacky hatte nur eine sehr vage Ahnung von den Mormonen.

„Was für Dinge?"

„Sie interessierte sich für die seltsamsten Fragen. Zum Beispiel für die Totentaufe, die bei uns praktiziert wird. Und für unsere Erforschung der Ahnen, die damit zusammenhängt."

„Merkwürdig. Hat sie erklärt, warum sie sich dafür interessiert?"

„Erst gar nicht. Später schon. Sie hat mir gesagt, dass sie herausfinden will, wer ihre kleine Schwester getötet hat."

„Hat sie geglaubt, dass Mormonen das getan haben?"

Bill Jenkins sah ihn sehr verblüfft an. Dann lachte er leise, und es wirkte so, als ob er am liebsten laut gelacht hätte.

„Natürlich nicht. Auf eine so verrückte Idee wäre nicht einmal Chiara gekommen. Und sie hatte viele verrückte Ideen. Nein, sie interessierte sich sehr für religiöse Riten, die im Verborgenen stattfinden. Sie hatte gehört, dass unsere Kirche so eine Art Geheimreligion sei. Darüber wollte sie mehr erfahren. Aber ich durfte ihr nicht viel sagen. Wir sprechen über so etwas nicht."

„Und weshalb hat sie solche Dinge mit dem Tod ihrer Schwester in Verbindung gebracht?"

„Du stellst viele Fragen, Blacky", sagte der Amerikaner.

„Okay, um ehrlich zu sein, ich bin Journalist, also Reporter, und möchte einfach mehr herausfinden."

„Reporter? Für eine Zeitung?"

„Nein. Ich arbeite beim Radio."

„Beim Radio? Hey, was für ein Zufall. Ich habe in Salt

Lake City auch beim Radio gearbeitet. Was sagst du dazu?"

„Bei der Stimme", meinte Blacky, „warst du sicher der Star."

„Ich war jahrelang der Morning Man."

Blacky sah ihn prüfend an und entschied sich, hinter diese Behauptung ausnahmsweise kein Fragezeichen zu setzen.

„Und was machst du jetzt so? In Schweinfurt?"

„Ich bin in den Ledward Barracks für die Sicherheit zuständig. Im weitesten Sinn. Wenn du verstehst, was ich meine?"

„Ja, ich glaube, ich verstehe", sagte Blacky. Bill Jenkins kam ihm etwas vertrauenswürdiger vor. „Also doch keine Spielzeugwaffe."

Der Amerikaner lachte wieder sehr leise.

„Vielleicht nicht", sagte er.

„Aber Chiara konntest du nicht beschützen."

„Sie wollte sich nicht beschützen lassen, weißt du? Chiara hatte ihren eigenen Kopf."

„Hast du eine Ahnung, wer sie umgebracht haben könnte?"

„Das ist nicht die Frage", sagte Bill Jenkins. „Darauf kommt es nicht mehr an."

„Was soll das heißen: Darauf kommt es nicht mehr an?"

„Darüber möchte ich nicht reden. Es ist nicht wichtig."

„Nicht wichtig? Das verstehe ich nicht."

„Ich weiß. Aber glaub mir: Wichtig ist nur die Frage, wer ihre kleine Schwester auf dem Gewissen hat."

„Der, der auch Chiara ermordet hat. Das ist doch eigentlich klar, oder?"

„So einfach ist das Leben manchmal nicht, mein Freund", sagte Bill Jenkins.

„Du sprichst in Rätseln."

„Ich weiß. Aber das Ganze ist auch ein Rätsel."

„Über das du mehr weißt als ich."

„Nicht viel mehr. Leider. Chiara hat nur Andeutungen gemacht. Sie hat mich nicht wirklich ins Vertrauen gezogen."

„Und was waren das für Andeutungen?"

„Sie war überzeugt davon, dass Laura, ihre kleine Schwester, geopfert wurde."

„Geopfert", sagte Blacky konsterniert. „Was soll das denn heißen?"

*

Kriminalhauptkommissar Wolfram Bayer hasste die Presse, und deshalb hatte er für die Arbeit von Kerstin Weiß auch nicht viel übrig. Er hielt eine Pressesprecherin schlichtweg für überflüssig und bezog sie nicht gern in die Ermittlungen ein. Deshalb war sie überrascht, als er sie an diesem Nachmittag zu sich bat und die Freundlichkeit in Person war.

„Wie geht es dir, Mädchen?", fragte er jovial.

Oberkommissarin Kerstin Weiß hatte in ihrer Laufbahn bei der Polizei so viel Machogehabe, Frauenfeindlichkeit und Anmache erlebt, dass sie eine Bemerkung wie Mädchen gar nicht mehr hörte.

„Schon okay", meinte sie. „Wegen der Nachrichtensperre bin ich ja nicht allzu gefordert. Ich muss immer nur schön und brav ‚Keine Auskunft' sagen."

„Das wird sich schon noch ändern", brummte Bayer.

„Ach, gibt es Fortschritte?"

„Um ganz ehrlich zu sein: Nein – aber wir werden die Nachrichtensperre nicht ewig aufrechterhalten können. Und dann kannst du schauen, wie du die Pressemeute daran hinderst, uns zu zerreißen. Ein Mord mitten in Schweinfurt, und wir sind nach fast drei Tagen immer noch keinen Schritt weiter."

„Woran hakt's denn eigentlich?"

„An allem. Keine Zeugen, keine verwertbaren Spuren. Kein Motiv. Ein paar sehr vage Verdächtige. Die alle ein Alibi haben. Oder auch keines. Fünfzig Leute, die zur Tatzeit irgendwie zusammen waren oder auch nicht. Von denen jeder etwas gesehen oder gehört hat. Oder das zumindest meint. Dazu sind das alles Schweinfurter, verstehst du? Schweinfurter, die viel reden und wenig sagen. Klatsch und Tratsch, Vermutungen und Gerüchte – aber keine einzige heiße Spur."

„Was glaubst du ganz persönlich?", fragte Kerstin Weiß. „Du hast doch immer einen ziemlich ausgeprägten Riecher."

„Na ja, verdächtig ist sicher dieser Antlitz, der Liebhaber von Chiara Gabrieli. Aber es hapert mit dem Motiv. Er sagt, die Beziehung sei harmonisch gewesen. Wieso sollte er in seinem Alter sein junges Häschen schlachten? Außerdem hat er ein Alibi. Das gilt auch für seine Frau. Die hat übrigens zu Protokoll gegeben, wenn sie alle Geliebten ihres Mannes in den letzten dreißig Jahren hätte ermorden wollen, wäre sie gar nicht mehr zum Trinken gekommen. Eine fürchterliche Schnapsdrossel."

„Es soll auch einen Amerikaner im Chor geben."

„Hat ein wasserdichtes Alibi", sagte Kriminalhauptkommissar Bayer knapp.

„Bleibt also die Frage nach dem ominösen Angreifer in den Wehranlagen. Was ist mit ihm?"

„Ein Phantom."

„Ja, aber es muss ihn doch gegeben haben! Die prämortalen Verletzungen im Gesicht von Chiara Gabrieli bestätigen die Aussage von Christian Schwarz. Sie wurde am Morgen angegriffen."

„Das ist richtig."

„Es könnte sich um den gleichen Täter handeln, der ihre Schwester umgebracht hat."

„Das ist möglich."

„Wolfram, willst du mich veräppeln?"

„Nein, aber als Leiter der Ermittlungen werde ich dir nicht alles aufs Butterbrot schmieren."

Kerstin Weiß verengte ihre grauen Augen. Endlich wurde Wolfram Bayer wieder das, was er immer war: ein bärbeißiger Geheimniskrämer. „Was willst du dann von mir?", fragte sie kühl.

„Nun sei nicht gleich beleidigt, Mädchen", sagte er. „Ich kann dir einfach nicht alles sagen. Aber ich brauche deine Hilfe. Und zwar möglichst diskret. Du kennst doch diesen Christian Schwarz vom Radio ein bisschen näher?"

„Ja …", antwortete sie vorsichtig.

„Also, ich kann nicht mit ihm – und er auch nicht mit mir. Ich brauche noch einmal eine bis ins kleinste Detail gehende Schilderung von dem, was er am Sonntagmorgen gesehen hat. Er sollte mir ja auch diese Maske, die der Angreifer getragen hat, genauer beschreiben. Hat er bisher nicht getan. Ich habe mir gedacht, vielleicht könntest du bei ihm mal nachbohren – nicht offiziell, sondern bei einer Plauderei oder so. Unter Umständen erinnert er sich an mehr, als er bisher gesagt hat. Er war am Montag ja auch ganz schön durch den Wind."

„Ich habe zurzeit keinen richtigen Draht zu ihm. Von daher …"

„Komm schon, Kerstin, jetzt stell dich nicht an", knurrte der Kriminalhauptkommissar. „Es ist wichtig. Du würdest mir sehr helfen."

„Also gut", seufzte Kerstin Weiß. „Ich tue mein Bestes."

„Du musst ja nicht gleich bis zum Äußersten dabei gehen", fügte Wolfram Bayer trocken hinzu.

*

„Mehr weiß ich nicht", erwiderte Bill Jenkins. „Chiara hat gesagt, es sei so schrecklich, dass sie darüber nicht reden könne. Nicht, bevor sie alles herausgefunden habe und die Täter zur Verantwortung ziehen könne."

„Die Täter?", fragte Blacky. „Sie hat von mehreren Tätern gesprochen?"

„Einmal, ja. Neulich. Sie sagte, sie wisse jetzt, wer die Dreckskerle seien, und sie brauche nur noch die letzten Beweise dafür."

„Hat sie geglaubt, dass sie deswegen in Gefahr ist?"

„Ja. Aber sie hat das heruntergespielt."

„Sie hat dir einen Schlüssel für die Wohnung hier in Würzburg gegeben. Warum?"

„Na ja …" Der Amerikaner zögerte etwas. „Chiara meinte … für alle Fälle …"

„Hat sie gesagt, dass sie dort irgendwelche wichtigen Unterlagen und Beweise aufbewahrt?"

„Ja, hat sie."

„Und welche?"

„Sie hat keine Einzelheiten genannt. Sie hat nur gesagt, dass sich alles, was wichtig ist, auf einem USB-Stick befinde."

„Lass mich raten", sagte Blacky sarkastisch. „Genau der ist verschwunden?"

„Genau der ist verschwunden“, antwortete Bill Jenkins ausdruckslos. „Wir sind leider beide zu spät gekommen.“

Blacky ersparte sich die weitere Diskussion darüber, wer vor ihnen in die Wohnung von Chiara Gabrieli eingedrungen sein konnte. In eine Wohnung, die eigentlich niemand kennen sollte und deren Tür nicht aufgebrochen worden war. Er wusste, dass er das Pokerspiel im Augenblick verloren hatte. Es war nur nicht sicher, ob Bill Jenkins der Gewinner oder auch ein Verlierer war.

„Eine Frage noch“, sagte er. „Tragen Mormonen bei ihren Ritualen eigentlich Masken?“

Bill Jenkins sah ihn sehr verblüfft an. Dann begann er laut zu lachen.

„Nein, das tun wir nicht“, erwiderte er und schüttelte ungläubig den Kopf. „Und ich bin auch nicht der schwarze Mann, der Chiara beim Joggen überfallen hat.“

*

Was war es, das ihn so erregte? Natürlich wusste er die Antwort, weil er sich kannte. Dennoch musste er sie sich neu buchstabieren, wie jedes Mal, wenn er ihn diesen Zustand geraten war. Dazu tat er das, was er immer getan hatte, wenn die Gedanken von den Gefühlen überwältigt wurden. Er setzte sich ins Auto und fuhr ins Blaue.

Zuerst Richtung Schonungen, dann links nach Hausen und auf Waldwege, die ins Nirgendwo führten. Thomas Antlitz hatte noch eine Stunde, dann musste er zurück nach Schweinfurt, wo sein Chor und die Musiker auf ihn warten würden. Eine Stunde, um zu sich zu kommen.

Es war natürlich die Gier, die ihn erregte. Nie in seinem Leben war es anders gewesen. Seit der Pubertät war er gierig, unersättlich. Während seines Studiums hatten ihn Kommilitonen Don Juan genannt, scherzhaft. Sie hatten nicht gewusst, wie oft er da schon Mozarts Don Giovanni gehört und gesehen hatte. Wie sehr ihn diese Bühnenfigur faszinierte. Die Registerarie des Leporello kannte er in- und auswendig wie sonst nichts, diesen endlosen Katalog, den der getreue Diener über die amourösen Abenteuer und frivolen Eroberungen seines Herrn führt – *Purchè porti la gonnella, voi sapete quel che fa … wenn sie nur einen Rock trägt, ihr wisst schon, was er dann macht.*

Er teilte diese Lebensgier und hatte sich ihr immer hingegeben, hemmungslos, bedenkenlos, unzählige Male. Ein Register wie Leporello führte er darüber nicht, aber in besonders schrägen Stunden hatte er hin und wieder genüsslich die verschiedenen Nationalitäten Revue passieren lassen. Darin schlug er Don Giovanni allemal; der hatte es nach Mozart lediglich auf Röcke aus Italien, Deutschland, Frankreich, der Türkei und Spanien gebracht. Inzwischen war die Welt größer und bunter geworden, und Thomas Antlitz war leidenschaftlicher Kosmopolit.

In noch einem glich er Don Giovanni: Er wollte die Regeln bestimmen; er pflückte die Blumen und warf sie weg. Ohne Sentimentalitäten und Rücksichten. Immer dann, wenn seine Gier von einem anderen Reiz, einer neuen Chance angeregt und geweckt wurde. Aber es trieb ihn an den Rand des Wahnsinns, es machte ihn besinnungslos vor Wut, wenn er verlassen wurde. Wenn eine Frau sich von ihm abwandte. Das konnte er nicht ertragen. Es machte ihm Angst, es warf ihn aus der Bahn.

Und doch war es ihm einige Male passiert. Am schlimmsten war es vor fünf Jahren gewesen, als er einen Lehrauftrag an der Universität in Kopenhagen angenommen hatte. Er hatte freie Bahn, Susanne war wie immer bei solchen Auslandstätigkeiten in Schweinfurt geblieben. Die Liaison mit der jungen dänischen Kunsthistorikerin Smilla Jaspersen war heftig, aufreibend und beglückend schön gewesen. Er stand kurz vor seinem fünfzigsten Lebensjahr und fühlte sich immer noch wie ein junger Gott. Dann hatte sie ihn fallen lassen, von einem Tag auf den anderen, wie eine heiße Kartoffel. Er hatte reagiert wie immer: wütend, drohend, schließlich vor lauter Angst bettelnd. Da hatte sie zu lachen begonnen; sie hatte ihn ausgelacht auf kalte, hämische Weise. Und sie hatte ihn verspottet, ihn einen alten Sack genannt, einen triebgeilen alten Sack. Er war nie so gedemütigt worden, und sie war einfach gegangen, mit einem Grinsen auf dem Gesicht. Kurzzeitig tröstete er sich mit einer finnischen Geigerin, dann hatte er Kopenhagen verlassen.

Nach seinem fünfzigsten Geburtstag war es, als wäre ein Schalter umgelegt worden. Die Gier war noch da, aber es geschah etwas, das Thomas Antlitz nie für möglich gehalten hatte. Er verliebte sich wirklich, unsterblich, bis über beide Ohren. Chiara Gabrieli kam in seinen Chor, er setzte sein übliches Repertoire an Verführungs- und Umgarnungskünsten ein, und er hatte wieder einmal Erfolg damit: Eine kapriziöse junge Frau fühlte sich zu einem gutsituierten, weltläufigen Mann mit Lebenserfahrung hingezogen. Doch diese junge Frau war so aufregend, interessant und tiefgründig, dass sie seine Maßstäbe durcheinanderbrachte. Zum ersten Mal dachte er über Scheidung nach, einen Neuanfang, über Kinder. Es dauerte lange, bis er begriff, dass er sich da einer Illusion hingab. Den Hirngespinsten eines Mannes, der vom Lebenssommer auf den Herbst zuging. Von da an war er in

Panik geraten. Und er hatte begonnen, die tiefe Wahrheit des alten Mythos von Don Juan zu verstehen, der auf dem Gipfelpunkt seiner Männlichkeit vom Teufel geholt und von der Hölle verschlungen wird.

Hatte sich auch für ihn die Hölle schon geöffnet? Chiara war tot, und wie eine Schlange war heute plötzlich die blonde Urteufelin hinter seinem Rücken auf ihn zugekrochen: Smilla Jaspersen, die jetzt Hallgrimmson hieß – Smilla, die ihn gedemütigt hatte wie keine andere Frau.

Und doch hatte er keinen Hass, keinen Abscheu, keinen Schrecken empfunden. Er hatte nur gespürt, wie die alte Gier in ihm neu erwacht war.

*

Sie hatten sich vor dem Dom knapp und kühl voneinander verabschiedet, aber Blacky folgte Bill Jenkins unauffällig bis zum Paradeplatz, wo der Amerikaner in einen uralten Ford mit Militärkennzeichen stieg. Er sah ihm nach, bis er an der Residenz aus seinem Blickfeld verschwand. Natürlich konnte das eine Finte sein. Doch Blacky war sich ziemlich sicher, dass Jenkins das, was er gesucht, längst gefunden hatte und Würzburg tatsächlich verließ. Er machte sich zurück auf den Weg in die Karmelitenstraße, um sich dort noch einmal umzusehen.

Was er von Bill Jenkins halten sollte, wusste er nicht genau. Erst hatte er ihm nicht über den Weg getraut. Dann fand er seine Offenheit bemerkenswert. Zum Schluss waren seine Zweifel zurückgekehrt. Der Amerikaner hatte mit ihm wenigstens zum Teil ein falsches Spiel gespielt und ihm nicht alles gesagt, was er wusste. Aber warum sollte er auch? Er war schließlich die Vertrauensperson für Chiara gewesen, und sie musste ihre Gründe gehabt haben, ihn ins Vertrauen zu ziehen. Die Frage blieb: Wer war Bill Jenkins eigentlich und was hatte er vor?

Jetzt, auf den Abend zu, wirkte die Wohnung trist und abweisend. Es gab nichts Persönliches, nicht einmal eine Zahnbürste war in dem winzigen Bad zu sehen. Die wild auf dem Boden verstreuten Unterlagen erwiesen sich als Material für das Jurastudium: Exzerpte, Lehrbriefe, Kopien von Gesetzestexten und Kommentaren, handschriftliche Notizen auf Karteikarten. Kein einziges Blatt Papier schien etwas mit dem Tod von Laura Gabrieli zu tun zu haben. Und ein USB-Stick war auch nirgends zu finden, obwohl Blacky noch eine ganze Stunde mit der Suche danach verbrachte.

Die kleine Wohnung mit ihrer strengen Leere bot wenig Möglichkeiten für ein Versteck, er ging systematisch und akribisch vor und musste schließlich feststellen: Entweder gab es einen solchen Stick hier nicht, oder Chiara hatte einen sehr raffinierten geheimen Ort dafür gewählt – oder Bill Jenkins hatte ihn gefunden. Die vierte Möglichkeit bestand natürlich auch: Jemand war dem Amerikaner tatsächlich zuvorgekommen. Mit diesem ernüchternden Fazit verließ Blacky die Wohnung und ging durch die Würzburger Innenstadt zurück zu seiner Barchetta.

*

Der Nachmittagsvortrag auf Schloss Mainberg über die neuesten Geheimnisse von Rennes-le-Château war schwach besucht gewesen. Viele Teilnehmer hatten es vorgezogen, bei dem anhaltend schönen Wetter spazieren zu gehen. Amalia Renoldi war trotz ihrer achtundachtzig Jahre immer noch gut zu Fuß und hatte sich ebenfalls entschieden, endlich die

Umgebung des Schlosses näher zu erkunden. Sie war zum Kaltenhof gewandert und befand sich auf dem Rückweg, als ihr der dunkelgrüne Jaguar von Lord Hugo Earl of Henmountain entgegenkam. Rechts am Steuer saß der britische Edelmann mit einer karierten Tweedmütze auf dem Kopf, links auf dem Beifahrersitz thronte, ebenfalls recht sportlich gekleidet, Smilla Hallgrimmson.

Kurzentschlossen stellte sich Amalia Renoldi dem Wagen mitten auf der schmalen Straße in den Weg und breitete gebieterisch die Arme aus. Lord Hugo hielt an und ließ das Seitenfenster herunter.

„Meine Liebe", rief er. „Geht es dir gut? Oder bist du in Not?"

„Nein, du bist in Not", rief Amalia Renoldi zurück. „In der Not, dich zu erklären. Erklärungsnotstand nennt man das auf Deutsch. Wenn ihr beide in der Lage seid, dieses Wort zu verstehen."

„Ich fürchte, ich verstehe dich wirklich nicht, meine Liebe", sagte Lord Hugo. „Diese entzückende junge Lady und ich – wir befinden uns auf einer … Erkundungsfahrt."

„Ach ja? Und was wollt ihr … erkunden?"

„Meine Liebe, dein Tonfall indigniert mich etwas. Auch im Hinblick auf unsere langjährige Freundschaft …"

„Hugo, nun red nicht so viel", sagte Amalia Renoldi und trat nahe an das Seitenfenster des Jaguars. „Ich kann mir schon vorstellen, was ihr erkunden wollt."

„Ob es hier in der Gegend Rebhühner und Fasanen gibt. Wenn ja, werde ich morgen früh auf die Jagd gehen."

„Pass auf, Lord Spleen!" Amalia Renoldi hielt ihm drohend den Zeigefinger vor die Nase. „Du bist nicht auf deinem maroden Großgrundbesitz in eurem Königreich, deshalb kannst du hier nicht so einfach auf die Jagd gehen. Und außerdem ist jemand ganz anderes auf der Jagd. Diese junge Dame nämlich."

Amalia Renoldi schwenkte ihren Zeigefinger an Lord Hugos Nase vorbei und zeigte auf Smilla Hallgrimmson.

„Glaubt ihr wirklich, ich hätte nicht längst herausgefunden, für wen dieses entzückende blonde Geschöpf arbeitet? Für Sotheby's in London – und damit für einen der ältesten Konkurrenten der Firma Renoldi."

Natürlich war sich Amalia Renoldi bewusst, dass diese Aussage die tatsächlichen Größenverhältnisse zwischen den beiden Unternehmen etwas überspitzte. Aber wenn sie das Gefühl hatte, ausgebootet zu werden, kannte ihre Rage keine Grenzen mehr.

„Und du, mein Lieber!" Der Zeigefinger wanderte wieder zurück zu Lord Hugo Earl of Henmountain. „Glaubst du wirklich, ich hätte nicht längst gemerkt, dass du mich verar… für blöd verkaufen willst? Ausgerechnet mich, die ich im Lauf der Jahre treu und brav den ganzen Krempel aus deinem Schloss verkauft habe, nur damit die Lordschaft weiterhin halbwegs standesgemäß leben kann! Und jetzt, wo es einmal interessant wird, treibst du ein doppeltes Spiel. Du hattest mir Exklusivität zugesichert, mein Lieber!"

Lord Hugo in seinem Jaguar senkte schuldbewusst den Kopf. „Was willst du also?", fragte er.

„Zunächst müssen die Fakten auf den Tisch. Glasklare Beweise. Nicht diese schwammige Geheimnistuerei wie bisher. Und dann wird verhandelt. Alle an einem Tisch. Hinter meinem Rücken geschieht gar nichts mehr."

Lord Hugo in seinem Jaguar dachte nach.

„Nun gut", sagte er schließlich. „Die Dinge haben sich

allerdings verändert. Aber ich bin bereit, für gleiche Bedingungen zu sorgen. Wir treffen uns morgen früh um neun Uhr vor dem Schloss. Macht euch bereit für eine Ausfahrt."

Smilla Hallgrimmson zog einen Schmollmund, und Amalia Renoldi hob noch einmal warnend den Zeigefinger. Dann kletterte sie resolut auf den Fond des Wagens und verkündete: „Wir fahren jetzt zurück zum Schloss."

*

Vor der Hahnenhügelbrücke klingelte sein Handy. Blacky sah auf das Display. *Kerstin Weiß ruft an* leuchtete ihm entgegen. Er zögerte, dann nahm er das Gespräch an.

„Hallo?" Knapp, kühl, reserviert.

„Hier ist Kerstin. Stör ich dich?"

„Nein."

„Du klingst etwas ... kurz angebunden."

„Alles in bester Ordnung."

„Okay. Weshalb ich anrufe ... Ich glaube, ich habe dich zweimal ziemlich abgebügelt. Stress und so. Also, wenn du heute noch Lust hast ... Wir könnten ja bei mir einen Rotwein trinken."

„Tut mir leid", sagte Blacky. „Ich bin schon verabredet."

„Ach so? Na ja, dann ... Wie wär's mit morgen? Vielleicht könnten wir mal wieder zusammen Mittag essen?"

„Ich dachte, du verplanst deine Mittagspausen inzwischen anders."

Schweigen in der Leitung. Blacky konnte hören, dass sie getroffen war. „Keine Ahnung, was du meinst", sagte sie dann. „Aber ich würde einfach gern mit dir reden."

Er beschloss seinen Widerstand aufzugeben. Vielleicht war ja doch noch nicht aller Tage Abend.

„Okay. Wann und wo?"

„Was hältst du von der *Grünen Ente?* Passt zum Tag morgen. Gründonnerstag. Um halb eins?"

Er stimmte ohne große Begeisterung zu. Die *Grüne Ente* war eine Polizistenkneipe. Wenn sie sich dort mit ihm treffen wollte, hatte sie mindestens einen halbdienstlichen Grund dafür.

„Also dann", sagte sie. „Schönen Abend noch."

„Dir auch", antwortete er. „Vielleicht findest du noch jemand anderen für einen Rotwein. Oder für einen Saft. Es soll ja auch Menschen geben, die keinen Wein trinken."

Sie trennte die Verbindung ohne ein weiteres Wort. Blacky ahnte, dass er sich diese letzte Bemerkung besser hätte verkneifen sollen.

*

Lothar hatte im kleinen Herrenzimmer auf Schloss Mainberg einen Tisch festlich decken lassen; die flackernden Kerzen auf silbernen Leuchtern trieben mit den dunklen Schatten des neugotischen Raumes ein groteskes Spiel. Blacky ging beeindruckt umher und betrachtete die Porträts hoch an den Wänden über den Paneelen aus Zirbelholz.

„Du speist heute in illustrer Gesellschaft", sagte Lothar, der einen schwarzen Abendsmoking trug.

Blacky hatte ihn bei der Begrüßung in der Diele fassungslos angeschaut. „Ich wusste ja nicht …", stammelte er und sah hilflos an sich herunter: Schlabbersweatshirt und Uraltjeans, mittlerweile etwas zu weit.

„Ich kann mich hier in diesem Rahmen abends nicht anders sehen lassen", meinte Lothar. „Aber wir essen ja entre nous, von daher nur die Ruhe."

Jetzt stand er neben Blacky und deutete auf die lange Reihe der Porträts ringsum.

„Die Ahnengalerie des Schlosses. Der Herr von Wildberg. Graf Berthold von Henneberg. Gräfin Margarete von Henneberg. Würzburger Bischöfe. Catharina und Wilhelm Sattler. Geheimrat Ernst Sachs. Wir werden fürstlich dinieren."

„Eigentlich bin ich ja auf Diät", sagte Blacky. „Vor allem abends."

„Sind wir nicht alle immer irgendwie auf Diät", meinte Lothar gelassen. „Ah, hier kommen die Horsd'œuvres."

Eine junge – wie Blacky fand – ausnehmend süße Kellnerin in perfekter Montur mit langer Schürze und Häubchen brachte eine große Silberplatte.

„Natürlich Austern", sagte Lothar. „Die besten gibt es übrigens bei mir in Ballyluffininish. Absolut frisch. Musst du unbedingt mal probieren."

„Du lädst mich ja nie ein", konterte Blacky und sah der Kellnerin hinterher.

„Stimmt. Und das hat auch seine Gründe. Aber darüber reden wir heute nicht."

Sie schlürften die Austern, tranken einen Schluck eines sehr trockenen französischen Weißweins dazu und plauderten über alte Zeiten. Nach der Suppe – einer Consommé mit hauchdünnen Scheibchen von bretonischem Weideochsenfleisch – sagte Lothar theatralisch und mit weitausholender Geste: „Was für ein Ambiente. Was für ein Schloss. Hier spürt man den Atem der Geschichte. Die Kreuzzüge, der Heilige Gral, das Mittelalter, der Bauernkrieg. Renaissance und Barock. Das Ende der triumphalen Kirche. Die Phantasien des neunzehnten Jahrhunderts. Industriemagnaten und Spießbürger. Die Nazis. Dann die Möchtegerns der modernen Zeit. Was für ein Panoptikum. In diesen Räumen wabern der Glanz und das Elend Deutschlands."

„Und jetzt wabern hier ganz schön viele Spinner herum", meinte Blacky. „Ich nehme dich vorsichtshalber davon aus. Obwohl …"

„Ach, die Kundry-Gesellschaft", lächelte Lothar. „Nimm sie nicht so ernst. Wir sind Glasperlenspieler, weißt du? Die ganze Geschichte, die ganze Wissenschaft – sie sind so trocken, so langweilig. Aber in ihren Ecken und Ritzen, an ihren Rändern – da gibt es so viele farbige Details, unerhörte Geschichten, Rätsel, Fragen, Geheimnisse, Schicksale und Skurrilitäten. Lauter bunte Perlen. Mit denen spielen wir. Naiv wie Kinder. Aus reiner Lust am Spiel. Doch manchmal finden wir unter diesen Glasperlen eine echte Perle … oder ein Körnchen Gold. Das ist dann ein Stück der Wahrheit … der Wahrheit hinter den Dingen … Ah, da kommt der Fischgang: gedünsteter Saibling auf edlen Gemüsen!"

Beide lächelten sie um die Wette der Kellnerin zu, die ihnen gekonnt vom Fisch vorlegte. Sie wünschte mit ausdrucksloser Miene „Guten Appetit" und zog sich zurück.

„Wir haben keine Chance", meinte Lothar, „lass uns trotzdem von den Frauen sprechen."

„Kein gutes Thema", sagte Blacky. „Wie sieht es bei dir aus?"

„Na ja, ich denke, ich bin jetzt fest liiert. Ich habe Linda Morata erfunden, sie ist Profilerin bei der Kripo Schweinfurt und löst gerade ihren ersten Fall. Ich komme gut voran, und ich hoffe, im Herbst wird mein erster Schweinfurt-Krimi fertig sein."

„Ist ja auch endlich mal an der Zeit."

„Wir in Irland schreiben eben insgesamt etwas bedächtiger. Aber weil wir nun schon beim Stichwort sind: Ich habe gehört, in Schweinfurt hat es einen Mord gegeben?"

„Ja."

„Wer ermittelt?"

„Ich", sagte Blacky. „Unter anderem."

„Dann lass hören. Das Lamm wird noch auf sich warten lassen."

Blacky begann mit seinem Abenteuer am Sonntagmorgen und setzte Lothar, der konzentriert zuhörte, über alles in Kenntnis, was er unternommen und herausgefunden hatte. Als die Kellnerin erschien und fragte, ob sie das Lamm servieren dürfe, beschied ihr Lothar, noch zu warten.

„Bemerkenswert", sagte er schließlich. „In mehrfacher Hinsicht. Es war tatsächlich von einer Studie des Schreckens die Rede?"

„Ja. Laut Sandra Gall hat Chiara das so gesagt."

„Wirklich interessant."

„Könntest du mich vielleicht an deinen Gedankengängen teilhaben lassen?"

„Aber natürlich, mein lieber Watson. Es hat vielleicht nichts zu bedeuten, aber der erste Kriminalroman von Sir Arthur Conan Doyle, in dem Sherlock Holmes auftritt, trägt den Titel *A Study in Scarlet – Eine Studie in Scharlachrot.*"

„Ja und?"

„Nun ja, in dem Wort *scarlet* steckt natürlich auch das englische Wort *scar* für Narbe oder Schandmal. Interessant, oder?"

„Holst du da jetzt nicht etwas von sehr weit herbei?"

„Vielleicht. Aber es kommt noch etwas hinzu: In dem Buch von Conan Doyle geht es auch um die Mormonen und ihre Geschichte."

„Holla!“

„Nicht wahr? Wie gesagt, vielleicht hat das nichts zu bedeuten. Aber lass es mich dennoch bemerkenswert finden.“

„Ich hätte eigentlich eher gedacht, dass dich die Aussage, die kleine Laura sei geopfert worden, interessieren würde“, meinte Blacky. „Dieser Satz wühlt mich auf.“

„Natürlich, auch das ist bemerkenswert. Aber darüber muss ich noch nachdenken. Sollen wir nun zum Lamm schreiten?“

„Eine Frage noch … Ich wollte dich deswegen auch schon anrufen. Du hast doch überall auf der Erde die sonderbarsten Dinge gesehen … Diese Maske, die ich dir beschrieben habe: Fällt dir dazu irgendetwas ein?“

Lothar schüttelte den Kopf.

„Gar nichts. Vielleicht, wenn ich sie sehen würde. Deine Beschreibung ist sehr vage.“

„Schon klar. Ich habe sie ja auch nur einen Moment gesehen. Sie schien mir völlig ungewöhnlich.“

„Geh zu Ole Brocken. In Kronungen. Er sammelt Puppen und Masken aus der ganzen Welt. Die Koryphäe in Europa. Wenn einer was weiß, dann er.“

„Was es bei uns alles für Leute gibt.“

„Tja, Unterfranken, der Mittelpunkt des Universums. So, aber wo bleibt die junge Dame denn nun mit unserem Lamm? Das wird der Höhepunkt des Abends.“

*

Viel zu spät kehrte Blacky in der Nacht nach Schweinfurt zurück. Es war die Todsünde eines Morning Man, ins Bett zu gehen, kurz bevor er aufstehen musste. Als er den Wecker stellte, sah er, dass er nur noch zwei Stunden hatte. Er fragte sich, wie er den morgigen Tag überstehen sollte. Und nahm sich vor, am nächsten Abend alles nachzuholen und voller Genuss ewig in das lange Osterwochenende hineinzuschlafen.

GRÜNDONNERSTAG

Susanne Antlitz schlurfte kurz nach acht Uhr zur Tür, weil es geklingelt hatte. Sie war im Morgenmantel und hatte bereits etwas getrunken. Gerade deshalb war sie hellwach, lebenszornig und aggressiv. Draußen stand eine Frau, an die sie sich dunkel erinnerte.

„Wir kennen uns bereits", sagte die Frau. „Marion Werner von der Kripo Schweinfurt. Ist Ihr Mann da?"

„Nö", sagte Susanne Antlitz.

„Wissen Sie, wo er ist?"

„Nö."

„Darf ich reinkommen?"

„Ja."

Sie führte die Kriminalbeamtin ins Wohnzimmer und zeigte aufs Sofa.

„Wollen Sie was trinken?"

„Nein, danke. Wann haben Sie Ihren Mann denn zum letzten Mal gesehen?"

„Gestern Abend. Bei der Chorprobe. Matthäus-Passion. Sie wissen schon …"

Sie begann zu singen … „*Kommt, ihr Töchter, helft mir klagen …*" … und brach unvermittelt wieder ab.

„Schön, oder?"

„Ja", sagte Marion Werner. „Ist Ihr Mann dann nicht mit nach Hause gekommen?"

„Nö. Er ist schon die ganze Zeit weg. Keine Ahnung, wo er sich wieder rumtreibt."

„Frau Antlitz, ich müsste auch mit Ihnen noch einmal reden. Wir haben die einzelnen Aussagen über den Sonntagabend inzwischen minutiös überprüft und verglichen – und wir sind, was Sie anbelangt, auf einen Widerspruch gestoßen."

„Aha."

„Sie haben uns gesagt, dass Sie mit Bekannten – zwei Ehepaaren – unmittelbar nach der Probe direkt von der Kirche aus in den *Weinkorken* gegangen seien. Das haben uns diese vier Personen auch bestätigt. Allerdings stellt sich nun, wenn man alle vier Protokolle miteinander vergleicht, heraus, dass es so nicht war. Aufgrund dieser Diskrepanzen haben wir noch einmal Vernehmungen durchgeführt und sind zu folgendem Ergebnis gekommen: Die Männer haben letztendlich überhaupt nicht auf die Frauen geachtet, Ihre eine weibliche Bekannte glaubt nur, dass Sie gemeinsam unterwegs waren – und die andere sagt jetzt, Sie seien erst etwas später in der Gaststätte zu dem Kreis gestoßen. Wie war es denn nun?"

Susanne Antlitz ging zur Schrankwand, öffnete ein Fach und holte eine Flasche Wodka heraus. Sie trank rasch, heftig und routiniert.

„Ich muss doch nichts sagen", behauptete sie dann.

„Was meinen Sie damit?"

„Ich muss doch meinen Mann nicht belasten. Stimmt's?"

„Das ist richtig."

„Eben", meinte Susanne Antlitz. „Drum sag ich auch nichts."

*

Der schwarze Rolls-Royce stand abfahrbereit im Unteren Schlosshof. James, der Butler, war Amalia Renoldi und Smilla Hallgrimmson beim Einsteigen behilflich. Lord Hugo Earl of Henmountain saß auf dem Beifahrersitz und trug einen grünen Lodenanzug.

„Willst du doch auf die Jagd gehen?", fragte Amalia Renoldi spitz.

„In gewisser Weise", sagte der Lord. „Vielleicht nennen wir es lieber eine Expedition in die Vergangenheit."

Smilla Hallgrimmson wirkte geistesabwesend. Sie sprach kein Wort, ihre meerblauen Augen schienen sich in einer unendlichen Ferne zu verlieren.

James setzte den Wagen mit Würde in Bewegung. Er glitt die kurvige Straße hinab ins Dorf.

„Wo fahren wir hin, mein Lieber?"

Lord Hugo wandte sich halb zu Amalia Renoldi um.

„Zur Quelle meiner Erkenntnisse", sagte er. „Dorthin, wo sie schlafen."

Als sie eine gute halbe Stunde später nördlich von Bad Kissingen durch das Saaletal und an Schloss Aschach vorbeifuhren, begann Amalia Renoldi zu ahnen, was ihr Ziel war.

„Frauenroth", sagte sie. „Natürlich. Wie naheliegend. Jetzt sehe ich die Zusammenhänge."

James parkte das Auto vor der Kirche des einstigen Zisterzienserinnenklosters. Sie stiegen aus, genossen einen Augenblick lang die leuchtende Morgensonne und betraten das Innere des schlichten, altehrwürdigen Bauwerks. Lord Hugo führte sie zielstrebig durch das Längsschiff am Altar vorbei in den Ostchor. Smilla Hallgrimmson stieß einen Ruf des Entzückens aus.

„Sie sehen dieses Wunderwerk zum ersten Mal?“, fragte Amalia Renoldi.

„O ja“, erwiderte die Dänin. Sie näherte sich dem Grabmal mit einer Mischung von naiver Begeisterung und professionellem Blick. Amalia Renoldi beobachtete sie argwöhnisch wie immer.

Ein mystisches Licht lag über dem ewigen Schlaf von Otto von Botenlauben und seiner Gemahlin Beatrix von Courtenay. Sie schienen wirklich nur zu schlafen, und es war vorstellbar, dass sie an diesem Frühlingsmorgen gleich die Augen öffnen würden, um einen staunenden Blick über die Jahrhunderte hinweg in die Gegenwart zu werfen. Wobei ihr erster Eindruck Lord Hugo Earl of Henmountain gewesen wäre, der direkt vor ihnen stand und vernehmlich seine Stimme erhob.

„Diese beiden“, sagte er, „hat immer ein Geheimnis umgeben. Es hat etwas gefehlt, um das Rätsel ihres Lebens erklären zu können: Graf Otto von Botenlauben, der berühmte Kreuzritter und Minnesänger, und Prinzessin Beatrix, Tochter Joscelins von Courtenay, dem Seneschall des Königs von Jerusalem. Sie ziehen sich auf dem Höhepunkt ihres Lebens völlig aus der Welt zurück, veräußern ihren gesamten Besitz einschließlich ihrer Stammburg Botenlaube, gründen das Kloster Frauenroth und führen für den Rest ihrer Erdentage ein geistliches Leben. Das gilt auch für ihren Sohn, ihre Schwiegertochter und den Enkel. Eine ganze Familie beendet radikal das adelige Leben und gibt freiwillig Vermögen und Macht aus den Händen. Ein unerhörter, beispielloser Vorgang. Warum?“

Lord Hugo sah seine beiden Zuhörerinnen mit glühenden Augen an.

„Nun“, rief er, „ich habe die Antwort auf diese Frage gefunden. Ich habe das Rätsel gelöst, das Geheimnis gelüftet.“

„Mein Lieber“, sagte Amalia Renoldi. „Mach's nicht so spannend. Komm zur Sache!“

*

Olaf Röder war an diesem Gründonnerstag nicht zur Redaktionskonferenz von Main-Radio erschienen. Patricia teilte lapidar mit, er sei bereits in den Skiurlaub nach Österreich gefahren. Alle waren erleichtert und verteilten die Aufgaben für die bevorstehenden Feiertage. Sören erklärte sich bereit, bis Ostersonntag Dienst zu schieben, Patricia wollte den Montag übernehmen. Blacky hatte vier Tage am Stück frei. Überraschenderweise riss sich Viktoria geradezu darum, an den beiden Kartagen in die Redaktion kommen zu können.

„Ich hab keinen Bock, daheim rumzusitzen“, erklärte sie. „Meine Mutter gestaltet künstlerische Ostereier, und mein Vater hat immer schlechte Laune, wenn er nicht arbeitet. Diese Familie ist ätzend.“

„Ist okay“, sagte Sören. „Dann bringen wir beide den Sender die nächsten Tage über die Runden. Wird ein Spaß.“

„Aber nicht auf Plattdeutsch“, warnte Patricia.

„Ach, übrigens“, meinte Sören, „in dem Mordfall Chiara Gabrieli scheint sich was zu tun. Ich habe läuten hören, dass die Nachrichtensperre heute noch aufgehoben wird. Eventuell gibt es sogar eine Pressekonferenz. Es könnte sogar sein, dass eine Verhaftung bevorsteht.“

„Wo hast du denn das läuten hören?“, fragte Blacky sehr verblüfft.

„Ich habe auch so meine Quellen“, sagte Sören stolz. „Und ich denke nicht daran, sie preiszugeben.“

„Red keinen Quatsch. Wo hast du das her?“

„Sag ich nicht.“

„Sören, wenn du nicht sofort den Mund aufmachst, zieh ich dir deine ostfriesischen Plattfischohren so lang, dass dich danach Viktorias Vater wieder schönoperieren muss.“

„Ich lege ein gutes Wort für Sören bei ihm ein“, grinste Viktoria. „Vielleicht kann er ja noch mehr retten.“

Sören wurde vor Verlegenheit rot und rang sichtlich mit sich. „Ich trinke ab und zu einen Kaffee mit Saskia“, murmelte er schließlich.

„Wer zum Teufel ist Saskia?“

„Sie ist Sekretärin bei der Polizeiinspektion und schreibt manchmal auch Sachen für die Pressesprecherin Kerstin Weiß. Solche Verbindungen sind sehr nützlich.“

„In der Tat“, sagte Blacky. Sören schien mittlerweile in Schweinfurt ja recht gut Fuß gefasst zu haben. „Dann wünsche ich fröhliches Ostereiersuchen, und wenn sich in dem Mordfall wirklich noch etwas Neues ergibt, rufst du mich an. Ist das klar?“

„Natürlich“, sagte Sören. „Ich halte dich auf dem Laufenden.“

*

Lord Hugo Earl of Henmountain deutete theatralisch auf die Sandsteinfigur Ottos von Botenlauben, die hinter ihm auf ein steinernes Kissen gebettet lag.

„Über zwanzig Jahre lebte der edle Spross aus dem Geschlecht derer von Henneberg im Heiligen Land, in das er nach dem dritten Kreuzzug als junger Mann gekommen war. Er vermählte sich dort mit Beatrix von Courtenay, deren Familie zur adeligen Elite im Königreich Jerusalem gehörte, reich und von großem Einfluss. Man hat immer übersehen, in welche Kreise dieser Henneberger damals aufgestiegen ist. Ein junger Ritter aus Franken hatte unmittelbaren Zugang zur höchsten Führungsschicht im Heiligen Land und damit auch zu den vielen Geheimnissen, die in den Kreuzritterburgen gehütet wurden."

„Wie zum Beispiel der Heilige Gral", hauchte Smilla Hallgrimmson ehrfürchtig.

„Natürlich", bestätigte Lord Hugo. „Daran besteht kein Zweifel. Und damit kommen wir zum Wesentlichen. Zwei Heiligtümer waren in die Hände der Kreuzritter gelangt: Der Heilige Gral – der Kelch des Letzten Abendmahles und gleichzeitig das Gefäß, mit dem Josef von Arimathäa unter dem Kreuz das Blut Jesu auffing – und die Heilige Lanze. Also die Waffe des römischen Soldaten Longinus, mit der er nach dem Tod Jesu dessen Seite öffnete – worauf Blut und Wasser herausflossen, wie es der Evangelist Johannes berichtet hat. Diese Heilige Lanze galt fortan als eine der großen Reliquien der Christenheit, und sie war so wichtig, dass es gleich mehrere davon gab."

„Wobei zwei leider falsch sind", sagte Amalia Renoldi sarkastisch.

„Richtig. Die Lanzenspitze, die im Petersdom in Rom aufbewahrt wird, ist nicht mehr als ein obsoleter Gegenstand. Und die sagenhafte Heilige Lanze der deutschen Kaiser, eines der Insignien des Heiligen Römischen Reiches Deutscher Nation, die in der Wiener Hofburg gezeigt wird, ist eine der vielen plumpen Fälschungen des Mittelalters."

„Worauf aber noch Adolf Hitler und Heinrich Himmler hereingefallen sind", merkte Amalia Renoldi an. „Ihre Gier, dieses Ding zu besitzen, war bemerkenswert."

„In der Tat“, stimmte der Lord bei. „Und ihre Dummheit auch. Nun, wie dem auch sei, ich habe euch bereits wissen lassen, dass es mir gelungen ist, die wirkliche Heilige Lanze ausfindig zu machen.“

„Du sagtest es schon mehrfach, Hugo“, drängte ihn Amalia Renoldi ungehalten. „Wo ist sie denn nun, verflixt noch mal? Hier in der Kirche?“

„Nein, aber in dieser Kirche liegt in Stein gehauen der Beweis für meine Hypothese. Hier, direkt vor euch!“

*

Ole Brocken war zweifelsohne ein Kauz. Klein, gedrungen, misstrauisch und redselig zugleich. Sein Haus am Ortsrand von Kronungen schien ein einziges Museum zu sein. Schon der Flur quoll über von Masken, Stabpuppen und Marionetten aus aller Herren Länder. Und in dem Raum, den man vielleicht Wohnzimmer hätte nennen können, wurde es Blacky fast schwindlig: Da tanzten im wahrsten Sinn des Wortes die Puppen, denn Ole Brocken hatte hier ein echtes buntes Jahrmarktskinderkarussell aufgestellt, an dem Hunderte von Figuren aufgereiht und befestigt waren. Vom simplen Holzkasperle bis hin zu exotischen Schattenspielpuppen drehte sich ihr unüberschaubarer Reigen – das Karussell war nämlich in Bewegung gesetzt, dazu ertönte aus einem altmodischen Leierkasten grelle Musik.

„Das ist gerade der Valse triste von Sibelius“, erklärte der Herr über dieses phantastische Reich, wobei er Blacky kritisch beäugte. „Wenn Sie so wollen, ein grotesker Totentanz.“

Am Telefon hatte er völlig normal geklungen und sich sofort bereit erklärt, Blacky am späten Vormittag zu empfangen. Ob das hier alles ingesamt noch in den Bereich von

Normalität fiel, hätte man als berechtigte Frage zwar gelten lassen können, aber Ole Brocken schien vor allem eines zu sein: kompetent. Nachdem er sich offenbar davon überzeugt hatte, dass der Besucher auf seine Puppenwelt gefasst reagierte, gab er souverän einen kurzen Überblick über seine Schätze.

„Sie können davon ausgehen, dass dies die größte Privatsammlung in Europa ist", sagte er mit dem selbstbewussten Stolz des fanatischen Sammlers. „Aber Sie hatten ja eine Frage an mich ..."

Blacky beschrieb ihm, so gut er konnte, die eigenartige Maske, die der schwarzgekleidete Angreifer in den Wehranlagen getragen hatte, ohne den Vorfall selbst zu erwähnen. Ole Brocken hörte mit geschlossenen Augen und zurückgelegtem Kopf zu. Dann ging er, ohne ein Wort zu sagen, aus dem Zimmer.

Es dauerte eine ganze Weile, bis er zurückkam. Er hatte einen flachen schwarzen Karton bei sich, den er umständlich öffnete. Vorsichtig nahm er ein in Seidenpapier eingeschlagenes Objekt heraus. Als er das Papier entfernt hatte, sagte Blacky sofort: „Ja, das ist es!"

Aus der Nähe sah er nun, dass es Holz, Metall und Leder waren, aus denen die Maske bestand. Die großen, kreisrunden, düsteren Augen, die grimmige Fratze und eine Art höhnisches Lächeln, ihre merkwürdige Zweifarbigkeit: teils wie menschliches Fleisch, teils schwarz wie Pech.

„Äußerst selten", erklärte Ole Brocken. „Um nicht zu sagen, fast einmalig. Hel, die Tochter Lokis, die Totengöttin der nordischen Mythologie. Herrin über Niflheim, selbst halb tot und halb lebendig. Deshalb die Farbe des Fleisches und das Schwarz des Todes. Sie empfängt in der Unterwelt alle diejenigen, die nicht auf dem Schlachtfeld gestorben sind."

„Woher stammt diese Maske?", fragte Blacky.

„Tja, das ist eine spannende Frage. Es gibt nur einen einzigen Ort auf der Welt, wo sie Verwendung findet. Das ist Ísafjörður auf der Halbinsel Vestfirðir im äußersten Nordwesten Islands. Dort wird ein sehr altes und ganz spezielles Mysterienspiel aufgeführt, in dem Hel, die Totengöttin, auftritt und dabei diese Maske trägt."

„Island", sagte Blacky. „Das ist ja sehr interessant. Wer außer Ihnen hat denn eventuell noch so eine seltene Maske?"

„Niemand", antwortete Ole Brocken. „Die Leute von Ísafjörður sind sehr eigen, was ihre Tradition angeht. Eine solche Maske bekommt kein Uneingeweihter."

„Aber Sie haben doch auch eine."

„Ja, ich schon. Ich habe so meine eigenen Verbindungen. Aber darüber werde ich Ihnen nichts verraten. Nur was ich bisher überhaupt nicht verstehe: Wo haben Sie eigentlich eine solche Maske schon einmal gesehen?"

„Ich glaube, das werde ich Ihnen jetzt nicht verraten", sagte Blacky. Und fügte rasch hinzu: „Kennen Sie einen Professor Baldur Hallgrimmson?"

„Nie gehört."

„Es könnte sein, dass Sie mir sehr geholfen haben", sagte Blacky. „Vielen Dank."

Ole Brocken begleitete ihn zur Tür. Der Leierkasten neben dem Karussell spielte schon wieder dieselbe Melodie wie vorhin: den Totentanz.

Über Kronungen lag die Ruhe der Abgeschiedenheit. Blacky sah auf die Uhr und verwünschte Lothars Prinzip, nie ans Handy zu gehen. Er musste dringend mit ihm sprechen.

*

„Du sprichst von Hypothese. Und ich sehe keinen Beweis", rief Amalia Renoldi zornig. „Hugo, du fängst an, mir auf die Nerven zu gehen."

Lord Hugo ließ sich nicht aus der Ruhe bringen und schien keineswegs beleidigt.

„Nun, meine Lieben, ich bitte um etwas mehr Geduld. Ich habe schließlich Jahre für meine Forschungen gebraucht. Jetzt gönnt mir wenigstens die Genugtuung, einmal die Kette meiner Deduktionen ausführlich darlegen zu können. Begebt euch noch einmal mit mir ins Heilige Land, wo ich auf ein weiteres großes Rätsel gestoßen bin. Es geht um die Geschehnisse des Ersten Kreuzzugs. Auf dem Marsch nach Jerusalem war das Heer der Kreuzritter in der Stadt Antiochia von den Sarazenen eingeschlossen worden. Die Lage schien hoffnungslos. Da erhob ein einfacher Mann namens Peter Bartholomäus seine Stimme und behauptete, der heilige Andreas sei ihm erschienen und habe ihm offenbart, dass in einer Kapelle der Kathedrale von Antiochia die wahre Lanze des Longinus verborgen liege. Er fand Gehör bei den adeligen Rittern, man ließ an der genannten Stelle graben und stieß tatsächlich auf eine Lanze. Es erhob sich großer Jubel, man lobte Gott und wagte schließlich einen Befreiungsschlag. Die Lanze wurde dem Heer vorangetragen, es gelang, die Sarazenen zu überrumpeln und in die Flucht zu schlagen. Der Weg nach Jerusalem war damit frei, ein Jahr später wurde die Heilige Stadt erobert, das Ziel des Kreuzzuges war erreicht."

„Schön", sagte Amalia Renoldi. „Und dann? Wo ist das Ding jetzt? Warum hat man nie davon gehört?"

„Ja, meine Liebe", rief Lord Hugo begeistert, „das ist das Rätsel, das ich gelöst habe. Die Geschichte ist noch nicht zu

Ende. Ein Jahr später bezichtigte man den armen Peter Bartholomäus des Betrugs. Er habe das alles nur erfunden, die Lanze sei nicht echt. Am Karfreitag stellte er sich einem Gottesgericht und nahm die Feuerprobe auf sich. Mit der Lanze in der Hand sollte er durchs Feuer gehen. Gelang ihm das unbeschadet, galt die Echtheit der Reliquie als bewiesen. Die Chronisten sind sich in ihren Berichten uneinig, aber das Ganze scheint schiefgegangen zu sein. Jedenfalls wird überliefert, dass Peter Bartholomäus nach zwölftägigem Leiden an seinen schweren Verbrennungen gestorben sei. Von der Lanze hat man angeblich nie mehr etwas gehört."

„Das ist tragisch", sagte Smilla Hallgrimmson.

„Allerdings", stimmte ihr Amalia Renoldi trocken zu. „Tragisch für uns alle, weil Lord Hugo viele Geschichten erzählt, aber nicht auf den Punkt kommt. Wo ist die blöde Lanze? Und was hat das alles mit Otto von Botenlauben zu tun?"

„Nun, mir war es vergönnt, in der Bodleian Library in Oxford ein Dokument zu finden, mit dem bewiesen werden kann, dass Peter Bartholomäus damals keineswegs gestorben ist. Im Gegenteil, er hat die Feuerprobe bestanden und wurde noch viele Jahre im Königreich Jerusalem als Visionär und Wundertäter verehrt. Die Chronisten des Ersten Kreuzzugs haben absichtlich etwas verschleiert. Und in der Vatikanischen Bibliothek habe ich einen bisher geheimgehaltenen Bericht des Armeniers Matthäus von Edessa entdeckt. Er schreibt, einer der Anführer der Kreuzritter, Graf Raimund von Toulouse, habe die Lanze von Antiochia nach dem Gottesurteil an sich genommen und sorgfältig verwahrt. Auf Umwegen sei sie schließlich in den Besitz der Familie de Courtenay gekommen. Und hier schließt sich der Kreis.

Otto von Botenlauben, der fränkische Ritter, hat Beatrix von Courtenay geheiratet, die Alleinerbin aller Besitztümer ihrer Familie. Und Otto von Botenlauben hat die Heilige Lanze des Longinus vom Morgen- ins Abendland gebracht. Er und das Geschlecht der Henneberger waren die Hüter dieses großen Schatzes."

„Zum letzten Mal, Hugo", schrie Amalia Renoldi. „Wo ist die Lanze?"

„Nun, natürlich auf Schloss Mainberg, der fränkischen Gralsburg", sagte Lord Hugo Earl von Henmountain feierlich.

*

Blacky gab der Barchetta die Sporen, brauste durch Schweinfurt, beschleunigte nach der Abzweigung zum Höllental, raste auf der B 26 nach Mainberg und fuhr kaum langsamer zum Schloss hinauf. Der livrierte Portier am Eingang hob die Augenbrauen, als er ihn sah.

„Kommen Sie eigentlich jeden Tag?", rügte er pikiert.

Blacky überhörte den Tonfall und fragte, ob Lothar noch anwesend sei.

„Der Herr aus Irland ist in der Abreise begriffen", sagte der Portier.

„Ja, das weiß ich. Hauptsache, er ist noch da. Ich muss ihn dringend sprechen."

Immerhin gestattete ihm der Portier diesmal, in der Diele zu warten. Lothar kam mit eiligen Schritten die Treppe herunter.

„Ich muss zum Flughafen", rief er. „Wie ich dir gestern schon sagte, muss ich morgen unbedingt in Dublin sein. Die irischen Schriftsteller treffen sich traditionell am Karfreitag in der Bibliothek des Trinity College. Schön, dass du dich von mir noch verabschieden willst."

„Was weißt du über Professor Baldur Hallgrimmson?", fragte Blacky leise und sah sich vorsichtig um.

„Wieso?"

In knappen Sätzen gab ihm Blacky die Informationen weiter, die er von Ole Brocken über die isländische Maske erhalten hatte. Lothar schüttelte den Kopf.

„Baldur? Nie im Leben. Er ist ein echter Gelehrter, war zwar immer ein Weiberheld, kann aber keiner Fliege was zuleide tun. Glaub ich wenigstens."

„Wie gut kennst du ihn?"

„Na ja, wie gut kennt man einen Menschen schon? Jetzt, wo du mich fragst … Ich bin ihm oft begegnet. Aber kennen …?"

„Okay", sagte Blacky. „Ich werde ihm auf die Finger schauen müssen."

„Ja, vielleicht. Es mag sein, dass du das wirklich tun solltest. Spiel ruhig wieder den Detektiv. Die Rolle steht dir gut."

„Aber wie? Das hier ist doch eine geschlossene Gesellschaft."

„Lass mich überlegen … Genau, mein Zimmer wird ja frei. Du könntest die nächsten Tage hier wohnen. Ich werde das für dich noch arrangieren."

„Ich kann doch hier nicht einfach so einziehen. Ich gehöre schließlich nicht zu eurem Club."

„Doch, doch. Ich rede mit Baldur. Du machst einen auf Presse. Er ist immer ganz wild auf Publicity. Man wird dich hier gerne sehen. Warte eine Sekunde."

Lothar wirbelte von dannen. Einige Minuten später erschien der livrierte Portier.

„Ist es dem Herrn recht, das Minnesängerzimmer am späten Nachmittag zu beziehen?", fragte er.

„Minnesängerzimmer?", sagte Blacky. „Ich glaube, genau das ist mir angemessen."

*

Auf der Rückfahrt schwieg Amalia Renoldi beharrlich. Kühl sortierte und kalkulierte sie im Stillen die Fakten. Es würde völlig unerheblich sein, ob diese Lanze nun echt war oder nicht. Wichtig war allein, dass sie existierte und halbwegs den Anstrich von Authentizität besaß. Der Kundenkreis, dem sie dieses Artefakt anzubieten gedachte, bestand aus wohlhabenden und reichen Spinnern. Intelligenten Spinnern allerdings, die alle von einem besessen waren: auf hohem und höchstem Niveau höchstpersönlich etwas vom Kulturerbe der Menschheit zu besitzen, um damit am Strom der Geschichte teilzuhaben.

Da gab es die Asien-Fraktion, deren ganzes Streben darauf gerichtet war, wenigstens eine jener tanzenden Himmelsnymphen der Khmer-Kunst ihr Eigen zu nennen, die ursprünglich den Tempel von Angkor Vat bevölkert hatten – oder eine der wundervollen javanischen Buddhastatuen des Borobudur. Dann war da die disparate Welt der Öl- und Leinwandfreaks, in der es darauf ankam, je nach Gusto originale Werke von Rubens, Rembrandt, van Gogh, Renoir, Picasso, Dalí zu horten – oder meisterhafte Fälschungen, was für manche auf das Gleiche herauskam. Exzentrischer waren die Ägypten-Junkies, die alles sammelten, was der Wüstensand so freigab – wobei einige von ihnen für den Besitz einer Pharaonenmumie aus dem Tal der Könige ihr Leben hergegeben hätten.

Eine eigene Spezies bildeten die religiösen Fanatiker. Sie gierten nach Reliquien und maßen den Überbleibseln des vermeintlich Heiligen insgeheim übernatürliche Kräfte zu. Das machte sie gefährlich, denn sie fühlten sich mit einem Gott im Bunde. Aber sie waren auch leichter als andere zufriedenzustellen, weil sie gerne glaubten, was sie unbedingt glauben wollten. Sie unterschieden nicht zwischen echt und falsch, sondern zwischen ihrer Wahrheit und dem, was sie nicht wahrhaben wollten.

All diesen Sammlern und Spinnern war eines gemeinsam: Sie waren bereit, jeden Preis für das Objekt ihrer Begierde zu zahlen, und manche von ihnen waren auch bereit, dafür über Leichen zu gehen. Neben dem ganz simplen Handel mit Antiquitäten und Kunsthandwerk war die Firma Renoldi seit zwei langen Generationen darauf spezialisiert, für Kunden dieser Art diskret und weltweit auf den diversen Märkten vermittelnd tätig zu sein. Wobei Diskretion an erster Stelle stand, weil es beim Erwerb von antiken Kunstwerken, echten und falschen Bildern und obskuren Reliquien selten um das Renommee nach außen ging, sondern darum, eine verzehrende innere Leidenschaft zu stillen.

Als sie am Palmsonntagmorgen das Fax von Lord Hugo erhalten hatte, hatte Amalia Renoldi sofort Kontakt zu drei Kunden aufgenommen, von denen sie wusste, dass sie an diesem Artefakt brennend interessiert sein würden: John Augustus, Milliardär in Houston, Texas, Mitglied der evangelikalen Bible Society, der alles sammelte, womit sich seiner Meinung nach das Alte und das Neue Testament empirisch beweisen ließen; Giulio Bernadotti aus Turin, der im Auftrag des Vatikans alles aufkaufte, was der katholischen Kirche brisant vorkam, und Zvi Katzelman, Großreeder und Hobbyarchäologe in Haifa, dessen Mission es war, das Christentum als Irrtum der Geschichte zu entlarven. Alle drei hatten sich höchst interessiert gezeigt, und es waren im Nu beachtliche Summen im Spiel gewesen. Aber für Amalia Renoldi waren sie nur Lockvögel, damit die wahren Spinner von der Sache Wind bekommen würden: die religiösen Reliquienjäger der harten Sorte einerseits und die vom Heiligen Gral Besessenen andererseits. Die potenzierte Gier aller würde den Preis in astronomische Höhen treiben. Und die Firma Renoldi würde davon in höchstem Maß profitieren.

Wenn nur dieses kleine blonde Biest nicht gewesen wäre, das neben Amalia Renoldi auf dem Fond des Rolls-Royce saß und ebenfalls in allzu durchsichtige Gedanken versunken war. Es war nach dem Gespräch, das sie belauscht hatte, nicht schwer zu erraten gewesen, für wen Smilla Hallgrimmson im Auftrag des altehrwürdigen Auktionshauses *Sotheby's* Lord Hugo um den Bart ging: Auch die *Artus-Gesellschaft* mit Sitz in Glastonbury hatte ihre Hände nach der heiligen Lanze ausgestreckt, eine illustre Ansammlung hochgradiger, aber schwerreicher Spinner, allesamt Freimaurer des Schottischen Ritus und als Konkurrent ein monolithischer Block. Ein nicht zu unterschätzender Konkurrent. Und dazu kam die Macht und Finanzkraft von *Sotheby's* …

Als James hinter Schweinfurt den Wagen am Main entlangsteuerte, sah Amalia Renoldi im bläulichen Wasser des Flusses ihre Felle langsam davonschwimmen.

*

In aller Eile verabschiedete sich Blacky von Lothar, versprach ihm, ihn mit allen Neuigkeiten und Erkenntnissen auf dem Laufenden zu halten, und bretterte nach Schweinfurt. Es war nicht weit zur *Grünen Ente,* trotzdem kam er viel zu spät. Kerstin Weiß saß in Uniform allein an einem Tisch und aß Spiegelei mit Spinat.

„Du meinst es aber ernst", sagte Blacky. „Spinat am Gründonnerstag."

„Ich bin so erzogen worden. Setz dich doch. Willst du auch was essen?"

„Nee, lieber nicht. Es war gestern Abend – wie soll ich es sagen? – etwas üppig."

„Schön für dich, wenn du einen netten Abend hattest."

„Lothar war zu Besuch. Du weißt schon, der Kriminalschriftsteller aus Irland. Er hat eine neue Romanfigur kreiert. Linda Morata, Profilerin bei der Kripo Schweinfurt. Sie ist brünett."

„Ja, jeder wie er's mag."

„Eben", sagte Blacky. „Jeder, wie er's mag. Oder wie sie es mag."

Kerstin Weiß sah ihn aufmerksam und ein klein wenig amüsiert an.

„Du hast neuerdings ein Faible für Untertöne", stellte sie fest. „So kenne ich dich gar nicht."

„Kennst du mich überhaupt?"

Sie schwieg einen Augenblick.

„Wahrscheinlich nicht", meinte sie. „Aber wen kennt man schon wirklich? Doch nicht einmal sich selbst."

Die Pause, die aus verlegenem Schweigen entstand, hing lange zwischen ihnen. Als es zu spät war, sie zum Reden zu nutzen, fragte Blacky harmlos: „Und was gibt es Neues?"

Kerstin Weiß vermischte gründlich das Gelb des Spiegeleis mit dem grünen Spinat.

„Na ja, du kannst dir vorstellen, was los ist. Ein Mord am

Sonntagabend, und am Donnerstagnachmittag immer noch kein Ergebnis."

„Ich habe läuten hören, ihr hebt die Nachrichtensperre auf?"

„Wer hat geläutet?"

„Du solltest Saskia mal auf die Finger klopfen."

Die Polizeisprecherin lachte.

„Oh, danke für den Tip. Ja, ich denke, Bayer geht heute noch vor die Presse. Vor den Feiertagen ein bisschen Optimismus verbreiten."

„Hast du nicht gerade gesagt, er hätte kein Ermittlungsergebnis?"

„Es deutet sich vielleicht eine kleine Wende an. Es gibt einen Verdächtigen, der von einer anderen Person belastet wird. Ob das zu einer Festnahme reicht, weiß ich nicht. Kann aber sein, dass Bayer handelt, um so den Rücken freizubekommen."

„Das muss ich jetzt aber nicht verstehen, oder?"

Kerstin Weiß starrte konzentriert auf ihren Teller.

„Ketchup", sagte sie plötzlich. „Man müsste Ketchup dazu essen."

„Wie bitte?"

„Rot, gelb, grün. Wie eine Verkehrsampel. Ketchup, Spiegelei, Spinat."

„Du, geht's dir gut?"

„Klar. Also rot wäre stopp, grün freie Fahrt, und gelb genau dazwischen. Sagen wir, es ist gerade gelb, okay? Langes Gelb. Ich sehe kein Verbot, und du hast keine freie Fahrt. Ein schöner Zwischenzustand für uns beide. Also, wie es ausschaut, braucht Bayer einen Täter, um in Ruhe wirklich ermitteln zu können."

„Ich kann dir nur sehr bedingt folgen."

„Er hat nicht viel rausgelassen, aber ich sehe es so: Der Leiter unserer Mordkommission ist davon überzeugt, dass der Mann, der Chiara Gabrieli in deiner Gegenwart angegriffen hat, auch ihr Mörder ist. Doch anscheinend sehen es höhere Kreise anders und bremsen Bayer aus. Wenn er nun einen Verdächtigen aus dem Umkreis des Kirchenchores vorweisen kann, hat Bayer den Rücken frei und kann unter der Hand anderweitig ermitteln."

„Und warum sollten …?"

„Christian, ich weiß es nicht", sagte Kerstin Weiß ernst. „Wolfram Bayer ist ein sehr verschlossener Mann. Aber ich sehe, dass er leidet. Seit Wochen stimmt bei uns etwas nicht. Seitdem in diesem See die Leiche von Laura Gabrieli gefunden wurde, wird Sand ins Getriebe gestreut. Mehr kann ich dir nicht sagen, und viel mehr weiß ich auch nicht."

Aber ich, hätte Blacky am liebsten gesagt. Teile mit merkwürdigen Mustern fügten sich eigenartig zusammen, ohne ein Bild auch nur ahnen zu lassen.

„Ich will ganz ehrlich sein", fuhr Kerstin Weiß fort. „Wolfram Bayer hat mich gebeten, mir dir zu reden."

„Ach, daher weht der Wind." Beleidigter Tonfall.

„Auch. Wobei wir beide sowieso miteinander reden müssten. Aber das ist ein anderes Thema. Nicht wenn ich Uniform trage. Jetzt mach nicht so ein beleidigtes Gesicht. Es geht schließlich um einen Mord. Einen Mord an einer schönen jungen Frau. Sei so nett und hilf ihm, wenn du kannst."

„Was sollst du mich fragen? Was will er wissen?"

„Ob dir noch irgendetwas eingefallen ist. Das kleinste Detail. Hast du irgendeine Idee, was das für eine Maske gewesen sein könnte?"

Blacky schüttelte abweisend den Kopf.

„Nein, keine Ahnung. Ich habe alles gesagt, was ich weiß."

Es hatte Zeiten gegeben, in denen er sich unter keinen Umständen hätte vorstellen können, Kerstin Weiß zu belügen. Jetzt hatte er nicht einmal ein schlechtes Gewissen dabei.

Sie schien zu spüren, dass sie nicht weiterkommen würde.

„Na gut", meinte sie. „Hätte ja sein können."

„Ich denke noch mal nach", sagte er. „Vielleicht fällt mir was ein."

„Wäre toll."

Er beschloss, einen kleinen Handel zu beginnen.

„Ich hätte noch was anderes", sagte er. „Weißt du etwas über einen Bill Jenkins? Amerikaner. Eventuell aus eurer Branche."

„Nein", antwortete Kerstin Weiß und zögerte. Er konnte sehen, wie es in ihrem Kopf arbeitete – normalerweise verbarg sie das besser.

„Das heißt, der Name ist bei den Ermittlungen aufgetaucht. Er singt im Kirchenchor von Sankt Johannis. Ich glaube, Wolfram Bayer weiß mehr über ihn. Er hat gestern auf diesen Namen seltsam reagiert. Vielleicht bekomme ich etwas heraus."

„Wäre toll", sagte Blacky. „Vielleicht fällt mir dann ja auch noch etwas sein."

Kerstin Weiß schaute von ihrem Teller hoch. Er sah aus wie nach einer Schlacht mit grünem Schlamm.

„Du Idiot", sagte sie. „Du ziehst hier eine Show ab. Du weißt mehr, als ich mir offenbar vorstellen kann."

„Mag sein", erwiderte Blacky. „Vielleicht weiß ich tatsächlich einiges mehr, als du dir vorstellen kannst."

Nervig laut klingelte das Handy von Kerstin Weiß. Sie nahm das Gespräch sofort an und hörte mit ausdruckslosem Gesicht zu.

„Tut mir leid", sagte sie dann. „Ich muss weg. Frag bitte nicht, ich darf dir nichts sagen. Falls du noch einen Kaffee trinken willst, lass ihn auf meinen Namen schreiben. Ich habe hier unbegrenzt Kredit. Wäre schön, wenn wir uns bald wiedersehen würden."

„An mir soll's nicht liegen", meinte Blacky. „Ich residiere allerdings die nächsten Tage auf einem Schloss."

„Auf welchem Schloss denn?"

„Schloss Mainberg. Ein Traum, sag ich dir."

„Auf Schloss Mainberg?" Kerstin Weiß sah ihn völlig entgeistert an.

*

Die Probe am Vorabend war eine Katastrophe gewesen. Thomas Antlitz wusste, dass es an ihm gelegen hatte. So fahrig, unkonzentriert und uninspiriert hatte er Bach noch nie dirigiert. Wütend auf sich selber war er nach Schloss Mainberg zurückgefahren. Seine Hoffnung, dort Smilla zu treffen und mit ihr ein Gläschen Wein zu trinken, hatte sich nicht erfüllt. Die *Kundry-Gesellschaft* hatte ein besonders ausuferndes Dinner abgehalten, das in ein noch ausuferndere Gelage übergegangen war. Smilla sei früh zu Bett gegangen, hatte ihm ein sehr betrunkener Baldur Hallgrimmson entgegengelallt, als er eine Stunde vor Mitternacht auf die Festgesellschaft gestoßen war. Er hatte sich breitschlagen lassen, mitzutrinken, und schließlich war ihm die Kontrolle entglitten. Wie schon lange nicht mehr hatte er seinen Kummer, seine Angst, seine Verzweiflung und seine wachsende Erregung in bestem Riesling ertränkt. Am Morgen hatte er keine Erinnerung mehr, wie und wann er in das Turmzimmer gekommen war.

Der Vormittagsvortrag über neueste Forschungserkenntnisse zu den Rosenkreuzern von Prälat Umberto Ecco hatte ohne ihn stattgefunden; währenddessen war er durch das Schloss getigert und hatte letztendlich Smilla gesucht. Weshalb, wusste er nicht. Oder besser, er wusste es schon, aber er hatte keine plausible Vorstellung davon, welchen Sinn eine Begegnung haben konnte. Er jagte schon wieder einer Chimäre hinterher, geboren aus seiner erhitzten Phantasie. Ein einziger Satz von ihr, gestern an der Orgel, hatte genügt, ihn zu erregen und die Gier zu wecken.

„Ich habe dich so vermisst", hatte sie gesagt, und ihre meerblauen Augen waren unergründlich tief gewesen wie früher.

Heute war sie nun wie vom Erdboden verschluckt. Er traute sich beim Mittagessen nicht, Baldur nach seiner Frau zu fragen, um keinen Verdacht in ihm zu wecken. Lustlos hörte er am Nachmittag zu, wie Helène Koeppell aus Lausanne über das letzte Geheimnis der Katharer referierte; schließlich setzte er sich mit der Partitur der *Matthäus-Passion* in die Loggia, um für die abendliche Hauptprobe mit den Solisten die Arien noch einmal durchzugehen.

Dann war sie plötzlich da. Sie stand neben ihm und lächelte.

„Wo bist du gewesen?", fragte er.

„Auf Exkursion", sagte sie. „Mit Frau Renoldi und Lord Hugo. Ich habe etwas Wundervolles gesehen. Ein Paar, in Liebe und im Tod vereint."

Sie erzählte ihm von Frauenroth, so unbefangen und

fröhlich, als sei es nie anders zwischen ihnen gewesen. Ihr blondes Haar schimmerte in der Sonne, und Thomas Antlitz dachte an Kopenhagen und daran, wie zart Smillas helle Haut war und wie aufregend ihr Geruch und wie sie ihn erregt und geliebt hatte. Dann dachte er an Chiara, und ein maßloser Schmerz durchdrang ihn und eine schneidende Sehnsucht nach Jugend und Liebe und Lust.

Er spürte, wie ihm der Mund trocken wurde, der Puls zu rasen begann, sein Herz wie wild schlug. Langsam stand er auf und ging auf sie zu.

„Smilla", sagte er. Dann sah er zu seinem Erstaunen, wie in der Tür der hünenhafte Kriminalbeamte mit der speckigen Lederjacke auftauchte, mit dem er schon einige zermürbende Stunden verbracht hatte.

„Grüß Gott, Herr Antlitz", sagte Kriminalhauptkommissar Wolfram Bayer. „Entschuldigung, dass ich störe, aber ich muss sehr dringend noch einmal mit Ihnen sprechen."

*

Blacky war nach Hause gefahren, hatte der sehr heftigen Versuchung widerstanden, sich eine Stunde aufs Sofa zu legen, und stattdessen seine Sachen gepackt. Vielleicht war das Ganze ja eine Schnapsidee, aber was konnte sie schaden? Bestenfalls gelang es ihm, ein wenig herumzuschnüffeln und diesen isländischen Professor genauer unter die Lupe zu nehmen. Schlimmstenfalls würde er die Kartage in Gesellschaft merkwürdiger Menschen verbringen und die Gelegenheit nutzen, in romantischem Ambiente ausgiebig zu chillen. Die Alternative war, hier in Schweinfurt rumzuhängen und sich trüben Gedanken hinzugeben. So gesehen war Lothars Idee glänzend gewesen, und während des

Packens kam sogar etwas wie Urlaubsstimmung in ihm auf.

Als er schon unter der Tür war, fiel ihm noch etwas ein. Er kehrte in die Wohnung zurück und holte seine Gitarre. Wenn schon Minnesängerzimmer, dann richtig.

In der Frauengasse stellte er überrascht fest, dass das Wetter umschlug. Ein kalter Wind war aufgekommen, der Himmel nahm eine blaugraue Färbung an. Der Frühling schien zu Ostern Pause machen zu wollen.

Er verstaute Reisetasche und Gitarre in der Barchetta und machte sich auf den Weg nach Mainberg. Gut zehn Minuten später nahm er die letzte Kurve zum Schloss hinauf und trat verdutzt auf die Bremse. Vor der Toreinfahrt parkten zwei Streifenwagen der Polizei und das kleine Dienstauto von Main-Radio.

Blacky stieg aus und ging durch die Torhalle in den Unteren Schlosshof. Am Eingang zur *Hölle* standen zwei Polizeibeamte in Uniform, zwischen ihnen hatte sich wie Zerberus der Portier in Livree postiert. Vor ihnen marschierten Sören Eckenstade und Viktoria auf und ab.

„Was treibt ihr hier?", fragte Blacky verblüfft die Praktikanten.

„Wir wohnen einer Verhaftung bei", erklärte Sören. „Wir haben den Mörder ermittelt."

„Und was genau heißt ‚wir'?"

„Viktoria und ich haben den ganzen Fall analysiert und sind zu dem Ergebnis gekommen, dass der Mörder nur der Dirigent des Kirchenchores sein kann. Ich habe dann zufällig mit Saskia telefoniert und ihr von unserem Verdacht berichtet, und sie hat gesagt … also mehr angedeutet, dass der Leiter der Mordkommission witzigerweise gerade auf dem Weg nach Schloss Mainberg sei, um genau unseren Täter zu verhaften. Sie haben in der Polizeiinspektion den ganzen Tag gebraucht, bis sie herausgefunden haben, wo er sich aufhält. Jetzt sind wir bei der Festnahme dabei, und danach gehen wir zur Pressekonferenz. Echter Stress vor den Feiertagen."

„Okay", sagte Blacky, „dann will ich mal reingehen und schauen, was los ist."

„Hier darf keiner rein", klärte ihn Sören mit wichtiger Miene auf.

Blacky gab ihm keine Antwort und ging auf seinen alten Freund, den Portier zu. Der Livrierte begrüßte ihn mit einem kaum wahrnehmbaren Willkommenslächeln, wechselte einige Worte mit den Polizisten und öffnete das Tor zur *Hölle.*

„Mein Gepäck hole ich später", sagte Blacky.

„Hey, was soll das?", schrie Sören aufgebracht.

„Wir sehen uns", sagte Blacky freundlich zu ihm und betrat das Schloss.

*

„Ein Traum", sagte Kerstin Weiß. „Ein echter Traum."

Sie stand mit Kriminalkommissarin Marion Werner in der Diele von Schloss Mainberg und hatte eben einen Blick in den Rittersaal geworfen. Marion Werner verzog das Gesicht.

„Kitsch und Pomp", meinte sie. „Das erdrückt einen ja."

„Ich find's toll", schwärmte Kerstin Weiß weiter. „Hier könnte ich glatt wohnen."

„Und dich fotografieren lassen", meinte ihre Kollegin harmlos.

Kerstin Weiß gab keine Antwort. Es war ja klar gewesen, dass das irgendwann kommen musste. Und auch, dass es von Marion Werner kommen würde. Die brave, biedere

Kriminalbeamtin mit ihrem ausgeprägten Sinn für das Gewöhnliche war gleichzeitig ein übles Tratschweib mit einer ausgeprägten Abneigung gegen alles Ungewöhnliche. Kerstin Weiß' Lebenswandel war für sie seit jeher Stein des Anstoßes und Ziel ihrer kleinen Giftpfeile. Die Polizeisprecherin hatte es allerdings längst aufgegeben, sich darüber Gedanken zu machen, welche Frivolitäten, Gerüchte und Gemeinheiten Marion Werner hinter ihrem Rücken verbreitete. Wie immer ließ sie eine solche Bemerkung schweigend ins Leere laufen.

Zu ihrer Überraschung trat Kriminalhauptkommissar Bayer allein aus dem Zimmer im neugotischen Stil, in das er sich mit Thomas Antlitz vor einer halben Stunde zurückgezogen hatte.

„Wir rücken ab", sagte er knapp.

„Ohne ihn?", fragte Marion Werner ihren Chef.

„Ich erkläre es euch draußen."

Auf der Treppe hinunter in den ersten Stock kam ihnen Blacky entgegen. Wolfram Bayer zog ein Gesicht, als würde ihm Jack the Ripper höchstpersönlich gegenüberstehen. Es war ein Mix aus echter Verblüffung, versteckter Bewunderung und angewiderter Verachtung.

„Was tut der hier?", donnerte er Kerstin Weiß an, ohne Blacky eines weiteren Blickes zu würdigen.

„Ich wohne hier."

Jetzt wandte sich Kriminalhauptkommissar Bayer ihm mit ganzer Breitseite zu. Er maß ihn mit einem Basiliskenblick ausführlich von oben bis unten. Dann sagte er gefährlich leise: „Pass auf, Junge! Wenn du denkst, ich lass mich von dir verarschen, hast du dich geschnitten. Und jetzt nimm deinen Arsch in die Hand und mach die Mücke."

Primitives Vokabular, dachte Blacky, abgedroschene Phrasen. Wenn Bayer so richtig wütend war, blieb er rhetorisch immer weit unter seinem eigentlichen Niveau.

„Mal ganz ruhig", erwiderte er. „Ich bin von der Kundry-Gesellschaft eingeladen worden, die Kartage hier zu verbringen. Und deshalb wohne ich ab jetzt im Schloss. Privileg der Presse. Schönen Tag noch."

Bayer glotzte ihn mit zusammengekniffenen Augen an und stürmte, ohne ein weiteres Wort zu verlieren, die Treppe hinunter. Kriminalkommissarin Werner folgte ihm eilig.

„Wie lange bist du hier?", fragte Kerstin Weiß.

„Wahrscheinlich bis Ostern. Hat sich zufällig so ergeben."

„Glückspilz. Würd ich auch gern mal. Das ist ein Traum hier."

„Ich wusste gar nicht, dass du so romantisch veranlagt bist."

„Du weißt manches nicht."

„Das mag sein. Du verbirgst ja auch viel vor mir."

„Nicht schon wieder", sagte sie. „Nicht im Dienst. Aber wir werden reden, okay?"

„Das sagst du schon ziemlich lange. Ich meine, du …"

„Ich weiß. Wann hast du Zeit?"

„Jetzt jede Menge."

„Morgen Abend?"

„Morgen Abend? Ja, schon … Warum eigentlich nicht? Komm hierher."

„Meinst du wirklich?"

„Klar, warum nicht? Wir werden bestimmt ein romantisches Plätzchen und eine Flasche Rotwein finden."

„Karfreitag", sagte sie. „Da trinke ich keinen Alkohol."

„Dann eben Traubensaft."

„Okay, ich muss los. Nur zu deiner Information: Bayer hat von einer Verhaftung abgesehen. Warum, weiß ich noch nicht. Vielleicht kann ich dir morgen mehr sagen. Also dann, ich freu mich."

Kerstin Weiß rannte die Treppe hinab, und Blacky blieb mit der nicht ganz neuen Erkenntnis zurück, dass diese Frau es immer wieder verstand, ihn zu überraschen.

*

Kriminalhauptkommissar Bayer raste an Sören vorbei, der versuchte, ihm ein Mikrofon hinzuhalten und zu einer Frage anzusetzen. Kriminalkommissarin Werner, die ihm dicht auf den Fersen war, nuschelte im Vorbeirauschen: „Wir geben keine Auskunft. Die Pressekonferenz fällt flach."

Dann waren sie weg. Sören stampfte ärgerlich mit dem Fuß auf.

„Scheiße!", fluchte er. Und fügte, weil Viktoria ihn erschrocken ansah, etwas abgeklärter hinzu: „So ist das Reporterleben. Musst du dich dran gewöhnen. Wir machen Feierabend."

Der Leiter der Mordkommission blieb schweratmend neben dem Dienst-BMW auf dem Schlossparkplatz stehen.

„Wo bleibt die Weiß, verflucht noch mal? Schäkert mit dem Radiofuzzi. Dem polier ich irgendwann gewaltig die Fresse."

„Chef", sagte Marion Werner sanft, „Sie sollten sich nicht immer so aufregen. Das haben Sie doch gar nicht nötig."

„Meinen Sie?", brummte Wolfram Bayer. „Na, wenn Sie das sagen."

Er regte sich dann aber doch wieder auf, weil Kerstin Weiß weiter auf sich warten ließ. Als sie endlich ankam, war seine Laune nahe dem Siedepunkt. Die Polizeisprecherin, die ihn besser kannte als Marion Werner, nahm den Anschiss nicht persönlich. Sie wusste, das Wolfram Bayer gewaltig unter Stress stand – wenn ihm ein Fall über den Kopf wuchs.

„Wir hätten das nicht tun sollen", schnauzte er auf der Fahrt zurück nach Schweinfurt. „Bloß weil diese Schnapsdrossel ein paar Andeutungen in Bezug auf ihren Mann gemacht hat. Das reicht nicht. Und dieser Antlitz weiß das auch. Er ist überhaupt nicht dumm, hat sofort mit seinem Anwalt gedroht. Außerdem – es würde zu viel Aufsehens machen, wenn wir ihn jetzt festnehmen. Er dirigiert morgen die Matthäus-Passion in der Johanniskirche. Das Ereignis des Jahres. Stellt euch mal vor, wir buchten ihn ein, das Konzert fällt aus – und müssen ihn am Ende laufen lassen, weil die Beweise nicht reichen. Nee, auf das Geschrei, das die Schweinfurter dann veranstalten, hab ich keinen Bock."

„Ist mir auch lieber so", sagte Marion Werner. „Weil ich nämlich eine Karte für die Matthäus-Passion habe."

*

Professor Baldur Hallgrimmson eilte auf Blacky zu, der verloren in der Diele herumstand und darauf wartete, dass ihm jemand sein Zimmer zeigte.

„Mein lieber Herr Schwarz, welche Freude, Sie noch einmal bei uns zu sehen. Lothar hat sie mir ja wärmstens empfohlen. Verschaffen Sie sich einen Eindruck, sprechen Sie mit unseren Mitgliedern, es wird Sie bereichern. Und ich stehe Ihnen selbstverständlich jederzeit für Fragen zur Verfügung. Ich habe ja bei unserem Interview etwas Skepsis Ihrerseits herausgehört – umso schöner, dass Sie sich nun umfassend aus erster Hand informieren wollen. Das nenne ich Qualitätsjournalismus, wie man ihn selten trifft. Sie haben natürlich Zugang zu allen unseren Vorträgen und Veranstaltungen, das gedruckte Programm habe ich Ihnen bereits auf Ihr Zimmer legen lassen. Es gibt eine Ausnahme – und dafür muss ich Sie um Verständnis bitten: Morgen Nachmittag findet unser traditioneller Karfreitagszauber statt, und daran können nur Mitglieder der Kundry-Gesellschaft teilnehmen. Während dieser Zeit werden dann für Sie auch bestimmte Bereiche des Schlosses nicht zugänglich sein."

„Karfreitagszauber?", fragte Blacky. „Was muss ich mir darunter vorstellen?"

„Ich bedaure", sagte der Professor. „Darüber geben wir an Außenstehende keine Auskunft."

„Also doch ein Geheimbund?"

„Natürlich nicht. Es ist nur so … Sie würden nicht verstehen, was es ist, weil Ihnen bestimmte Hintergründe fehlen. Es ist eine Art Ritual, für das man innerlich bereit sein muss."

„Ritual?" Blackys Interesse wuchs von Satz zu Satz.

„Ach, ihr Journalisten." Baldur Hallgrimmson seufzte. „Gibt man euch den kleinen Finger, wollt ihr gleich die ganze Hand. Ich mache mir ein paar Gedanken dazu, einverstanden? Vielleicht können wir morgen in aller Ruhe noch einmal darüber sprechen. Gutes Kompromissangebot?"

„Gutes Kompromissangebot", sagte Blacky. „Was mich übrigens völlig fasziniert, ist, dass Sie aus Island kommen."

„Ursprünglich, aber das ist eigentlich nur noch ein Teil von mir. Ich bin so deutsch geworden. Wie Sie vielleicht wissen, habe ich in Würzburg studiert. Dann war ich lange in Kopenhagen. Jetzt pendle ich zwischen Hamburg und Reykjavik."

„Sind Sie oft dort?"

„Natürlich. Ich unterrichte ja an der Universität. Deutsche Sprache und Literatur."

„Die nordische Mythologie interessiert mich sehr", sagte Blacky. Er wusste, dass das ein riskanter Satz war. Glatze und Ohrringe. Schon mancher hatte ihn völlig falsch eingeschätzt. Er spürte, dass ihn auch Baldur Hallgrimmson mit einem skeptischen Blick bedachte.

„Ein weites Feld", wich der Professor aus. „Aber vielleicht finden wir die Zeit, uns näher auszutauschen."

Er deutete eine leichte Verbeugung an und ging. Blacky hatte keine Ahnung, wie er ihm näherkommen sollte.

*

Das Minnesängerzimmer, in das ihn endlich eine Hausangestellte führte, stellte sich als gemütlicher Raum in einem entlegenen Winkel des Schlosses heraus. Es war so ruhig hier, dass die Stille zu hören war. Der Nachmittag hatte sich schwer geneigt, der Himmel war noch düsterer und grauer geworden. Das Bett war frisch bezogen und strahlte ihn an. Jetzt konnte Blacky der Versuchung nicht mehr widerstehen. Eine Minute später lag er bereits in einem komatösen Schlaf.

KARFREITAG

Blacky wachte auf und wusste nicht, wo er war. Es war sehr dunkel und unerhört still. Grabesstille – der erste Gedanke, mit dem er ins Leben zurückfand. Dann fiel ihm Schloss ein. Schließlich Minnesängerzimmer. Er hielt sich die Armbanduhr dicht vors Gesicht. Die Leuchtzahlen glommen schwach. Es war kurz nach zwölf. Das hieß: kurz nach Mitternacht. Er hatte stundenlang geschlafen. So lange, dass er sich fast ausgeschlafen fühlte. Er hatte seine Klamotten noch an und musste aufs Klo; er fand keine Nachttischlampe, also tastete er sich aus dem Bett und tappte auf der Suche nach einem Lichtschalter durch das stockdunkle Zimmer. An einem Stuhlbein stieß er sich den Zeh an, dann prallte er gegen eine Tischkante, schließlich lief er gegen die Wand. Irgendwo war die Tür, daneben endlich ein Schalter – das Zimmer füllte sich mit mildem, gelblichem Licht. Blacky ging ins Bad, machte sich frisch und fragte sich dann, was er mit dem Rest der Nacht anfangen sollte.

Sein Gepäck war noch in der Barchetta. Er hatte nur eine ungefähre Vorstellung davon, welchen Weg er durch das gesamte Schloss hinunter zum Eingangstor einschlagen musste. Der Flur vor seiner Zimmertür war spärlich erleuchtet; aus Winkeln und Ecken gähnten schwarze Schatten. Auch hier Totenstille. Es war, als ob dieser abgelegene Teil des Schlosses von der Welt abgetrennt wäre und die Nacht außerhalb von Raum und Zeit stattfände. Blacky schlich durch den langen Gang, und seine Phantasie, konditioniert durch tausend Horrorfilme, begann Purzelbäume zu schlagen.

Am Ende des Flurs stand die obligatorische Ritterrüstung. Ihr dunkel angelaufenes Blech schimmerte matt und bedrohlich. Das Visier des Helms war geschlossen, es war nur zu ahnen, dass sich dahinter etwas verbarg. Als er vorüberging, meinte er ein Zucken der gepanzerten Hand wahrzunehmen. Unhörbar leise schien das Blech zu klirren. Gegenüber an der Wand hing eine Hellebarde. Die Rostflecke auf ihrer rauhen Eisenspitze konnten genauso gut auch Blut sein.

Der Flur zweigte nach zwei Richtungen ab. Blacky versuchte sich zu erinnern und ging nach rechts. Es war eine Sackgasse, die in einer finsteren Nische endete. Zurück zur Ritterrüstung. Wieder zuckte die Hand. War das Visier einen Spalt geöffnet worden? Die Hellebarde sah martialisch aus.

Andere Richtung. Nach einigen Metern eine rechtwinklige Biegung. Der Gang schien enger zu werden. Große, uralte Ölbilder in schweren Rahmen beidseits an den Wänden. Alles Porträts. Ernste, starre Gesichter von Männern, die längst tot waren, beobachteten ihn. Vor ihm in einer diffusen Düsternis schien etwas zu flackern. Als er näherkam, sah er, dass eine Glühbirne dabei war, ihren Geist aufzugeben. Oder hatte das mehr zu bedeuten? Die Düsternis war ein fast unbeleuchteter Durchgang. Blacky übersah fast die zwei Stufen, die abwärtsführten. Ein neuer, breiter Flur tat sich auf, schwere Türen links und rechts. War er hier wirklich schon einmal gewesen?

Dieses Knarren jetzt, hinter ihm … Nur Einbildung? Er

drehte sich langsam um. Hatte sich eben eine der Türen einen Spalt geöffnet? War das Knarren von dort gekommen? Arbeitete das Holz der uralten Balken an der Decke? Dieser Flur war sehr lang, und an seinem Ende sah er nun für Sekundenbruchteile einen Geist. Es konnte natürlich auch nur eine Frau in einem weißen Kleid gewesen sein, die dort vorbeigehuscht war. Dann hörte er, wie sich tatsächlich eine Tür öffnete und wieder schloss. Als Blacky um die nächste Ecke bog, stand er plötzlich vor Amalia Renoldi. Sie trug kein weißes Kleid, sondern einen blumenbestickten Morgenmantel.

„Ich kenne Sie doch", sagte sie nach einem Moment des Erschrockenseins. „Richtig, der unfreiwillige Todesbote. Haben Sie meinen Schlüssel noch?"

„O Gott, der Schlüssel", sagte Blacky. „Ich wusste doch, dass ich an etwas denken wollte. Er ist unten im Auto. Ich bin sowieso auf dem Weg dahin."

„Keine Eile, junger Mann, das hat Zeit bis morgen. Was machen Sie hier mitten in der Nacht?"

„Na ja, ich wohne jetzt auch hier. Professor Hallgrimmson hat mich eingeladen."

„Wie schön. Dann sehen wir uns beim Frühstück. Morgen früh schon um acht Uhr. Roter Saal."

Blacky nickte ihr zu und ging weiter. Der Gang wurde nun von Neonleuchten erhellt. Das Schloss hatte jeden Schrecken und seinen Zauber verloren. Er kam an einer kleinen Küche vorbei, deren Tür offenstand. Ein ziemlich bleicher Mann öffnete gerade eine Flasche Rotwein. Er kam Blacky bekannt vor.

„Hallo", grüßte er ihn. „Christian Schwarz. Irgendwoher kenne ich Sie."

„Thomas Antlitz“, sagte der Mann. „Ich bin aus Schweinfurt.“

„Ja, genau. Der Dirigent des Kirchenchores von Sankt Johannis. Ich habe Sie mal bei irgendeiner Veranstaltung gesehen.“

Das also war der Typ, mit dem Chiara … Blacky maß ihn mit verächtlichem Blick. Gut, er wirkte intellektuell, mit den recht langen grauen Haaren künstlerhaft, eine Mischung aus Manager und Bohémien. Ein Mann, der langsam ins Alter kam und bei dem das Leben Spuren hinterlassen hatte. Aber sonst …? War dieser Mann ein guter Liebhaber gewesen? Konnte dieser Mann ein Mörder sein?

Thomas Antlitz schien den Blick zu spüren.

„Wollen Sie einen Schluck Rotwein?“, fragte er und wirkte verlegen.

„Nein, danke, ich bin auf dem Weg zu meinem Auto“, sagte Blacky.

„Müssen Sie jetzt noch fahren?“

„Ich will nur mein Gepäck holen.“

„Dann können Sie mit mir auch ein Glas trinken.“

„Vielleicht auf dem Rückweg“, sagte Blacky. „Ich muss erst mal an die frische Luft.“

Um nichts in der Welt würde er mit diesem Mann ein Glas Wein trinken. Er winkte lässig mit der Hand und machte sich auf die Suche nach dem Treppenhaus.

*

Es gab, wie sich herausstellte, einen Nachtportier, der in einem Kämmerchen neben dem Hauptportal vor sich hindöste. Er gab Blacky nach längerem Verhandeln den Schlüsselbund einfach mit, weil er offensichtlich keine Lust verspürte, noch einmal in die Nacht hinauszugehen. Der Obere Schlosshof war schwach beleuchtet, in der *Hölle,* dem tunnelartigen Durchgang in den Unteren Hof, funzelten zwei trübe Laternen vor sich hin. Hier hätte man wieder Horrorvisionen entwickeln können, aber Blacky beeilte sich, dass er zum Auto kam. Ihn fror es richtiggehend; die Luft war empfindlich kalt geworden, es schien, als wollte der Winter zurückkehren. Er nahm seine Tasche und die Gitarre und machte sich vollbepackt auf den Weg zurück; der Portier schlief schon wieder, er legte ihm den Schlüsselbund hin und stieg die Treppen zum zweiten Obergeschoss empor.

Die Tür zu der kleinen Küche stand immer noch offen, es brannte Licht, aber Thomas Antlitz war verschwunden. Die Flasche Rotwein stand halb voll auf dem Tisch. Blacky kämpfte die Versuchung nieder, sich ein Glas einzuschenken, und betrat den Gang mit dem hellen Neonlicht. Nach der Hälfte kam ihm eine junge Frau in weißem Kleid entgegen. Sie machte einen leicht verstörten Eindruck, ihre langen blonden Haare wirkten etwas derangiert und ihr hübsches Gesicht war angespannt.

„Hallo", sagte sie knapp mit fremdem Akzent, und Blacky, der ein Gehör für Stimmen hatte, wusste sofort, dass sie aus Skandinavien stammte. Sie zwängte sich an ihm und seiner Gitarre vorbei und eilte den Flur entlang Richtung Küche. Er sah ihr unauffällig nach, aber sie drehte sich nicht mehr um.

An der nächsten Ecke war er sich nicht sicher, ob er noch richtig war. Wo hatte er Amalia Renoldi getroffen? In diesem oder jenem Gang? Er entschied sich für links und wusste nach ein paar Metern, dass es falsch war. Da hörte er Stimmen, eine davon klang sehr heftig. Erst wollte er zurückgehen, dann packte ihn die Neugier. Er setzte das Gepäck leise ab und schlich weiter. Der Flur mündete in einer Art Vorraum, der zu einer großen zweiflügeligen Tür führte. *Henneberger-Suite* stand in geschwungenen Buchstaben auf einem dekorativen Schild daneben. Der eine Türflügel war leicht geöffnet; jetzt erkannte Blacky die heftige Stimme: Es war die von Amalia Renoldi.

„Es ist unerhört, Hugo, was du dir leistest", keifte sie. „Unerhört. Wolltest du dieses Flittchen jetzt auch noch bespringen? Oder was habe ich mir vorzustellen?"

„Wie kommst du dazu, hier mitten in der Nacht herumzuschleichen und Menschen zu bespitzeln?", antwortete eine Männerstimme mit britischem Akzent.

„Ich schleiche nicht herum, ich konnte nicht schlafen. Und da sehe ich doch tatsächlich dieses Weib in einer Art Nachthemd durch die Tür dieser Suite schlüpfen."

„Was dich dazu bringt, diese Tür fast einzuschlagen."

„Ich habe nur geklopft."

„Nun gut, jetzt bist du da, und sie ist weg. Was willst du also?"

„Mein Vorrecht, Hugo. So wie es unserer langjährigen Freundschaft, der Sitte und dem Anstand entspricht."

Eine ganze Weile hörte Blacky nur das leise Klirren von Gläsern. Der Mann schien mit Getränken zu hantieren.

„Sitte und Anstand, meine Liebe, sind keine Wörter für jemand, dem das Wasser bis zum Hals steht. Ich brauche Geld. Viel Geld. Und ich fürchte, Sotheby's wird mehr Geld für mich herauszuschlagen im Stande sein als du."

„Du hast mich nur benutzt, um von Anfang an den Preis in die Höhe zu treiben, stimmt's? Und ich alte Eselin war auch noch so dumm, dir die Angebote von Augustus, Bernadotti und Katzelman zu faxen. Ich könnte mich ohrfeigen."

„Es geht nicht nur um Geld, meine Liebe. Es geht auch darum, dass die Heilige Lanze endlich an den Ort gelangt, an dem sie der Legende nach schon einmal gewesen ist. An den Hof von König Artus in Camelot. Und das kannst du mit deinen Verbindungen nicht bewerkstelligen. Wohl aber Misses Hallgrimmson."

„Dann hast du dich also bereits entschieden?"

„Ich fürchte, ja, meine Liebe."

Blacky hörte, wie ein Glas am Boden zerschellte. Dann Schritte. Eilig trat er den Rückzug an.

*

Er verlief sich noch zweimal, bis er endlich sein Zimmer fand. Dort ließ er sich in einen der pseudoantiken Sessel fallen. Ihm schwirrte der Kopf. Was war das gerade gewesen? Heilige Lanze. König Artus. Camelot. Dazu kamen dann noch Kundry und der Heilige Gral. Und gestern die Maske der Totengöttin Hel. Von der Totentaufe der Mormonen ganz zu schweigen. Laura Gabrieli geopfert. Chiara bestialisch erstochen. Wohin war er da geraten? Er musste dringend nachdenken und die Dinge gedanklich ordnen. Wenn er Lothar vorschlagen würde, das alles in einen einzigen Krimi hineinzupacken, würde der ihn für verrückt erklären. Aber wie immer schlug das wirkliche Leben alle Romane mühelos.

Blacky nahm die Gitarre zur Hand, stimmte sie neu und begann zu spielen. Von Minnesängern und dem Minnegesang hatte er nur eine ungefähre Ahnung. Aber da war doch etwas gewesen … *Dû bist min, ich bin dîn … Du bist mein, ich bin dein, dessen sollst du gewiss sein. Du bist verschlossen in meinem Herzen. Verloren ist das Schlüsselein, du musst für immer drinnen sein* … Manches vergaß man im Leben wohl nie … Er suchte Akkorde dazu, summte eine Melodie. Es ließ sich singen, auch wenn der Rhythmus vertrackt war. Wie mochte es früher wohl geklungen haben?

Und an wen war es gerichtet? An eine Unbekannte? Oder an die große Liebe des Sängers vor langer Zeit?

Schließlich legte er die Gitarre zur Seite. Er sah auf die Uhr. Kurz vor zwei. Müde war er nicht. Was konnte er mit der Nacht nun anfangen? Das Minnesängerzimmer entsprach in einer Beziehung durchaus der Lebensweise des Mittelalters: Es gab keinen Fernseher. Da gierte er wochen- und monatelang nach Freizeit, und nun war er plötzlich damit überfordert. Die kleinen Paradoxien des Lebens …

Dann fiel ihm der Rotwein ein. Der Weg in die Küche war zwar lang, aber er hatte ja Zeit. Der Flur erschien ihm düsterer als vorher. Blacky nickte der Ritterrüstung zu, sie schien sich nicht an ihn zu erinnern. Die Stille der Nacht lag jetzt noch schwerer über dem Schloss. Als er den Gang mit den schweren Türen erreicht hatte, blieb er stehen. Dieses Geräusch kannte er. Ein Kichern und Keuchen und Stöhnen. Grinsend ging er weiter. Schon ein netter Haufen, diese *Kundry-Gesellschaft* …

Die Weinflasche war glücklicherweise noch da, und sie war auch noch gut halb gefüllt. Aus einem Schrank nahm er ein Glas und trat den Rückweg an.

Keine erheiternden Geräusche mehr. Doch in dem engen Flur mit den Ölschinken kam es urplötzlich von irgendwoher – etwas, das sich erst nach einem Schrei anhörte; und dann erkannte Blacky, dass es ein Lachen war, ein lautes, gellendes, hämisches Lachen.

Es schien Wände durchdringen zu können, es war das spitze, kreischende Lachen einer Frau. Abrupt brach es ab, und dann kehrte eine Ruhe ein, die Blacky einen leisen Schauer über den Rücken jagte.

*

Das Fiepen des Handys drang langsam in sein Bewusstsein. Irgendwie bekam er es zwischen die Finger und drückte die Rufannahmetaste.

„Schwarz", murmelte Blacky mit kratziger Stimme.

„Oh ... hallo, guten Morgen. Ich habe dich geweckt."

Kerstin Weiß war zu jeder Tages- und Nachtzeit ausgeschlafen und klang immer nervtötend wach.

„Wieviel Uhr ist es denn?", fragte er genauso kratzig.

„Schon fast halb zehn."

„Scheiße."

„Ich kann nichts dafür. Ich mache die Uhrzeiten nicht."

„Hab verschlafen. Um acht gab's Frühstück. Und ich bin hier Gast."

„Sag halt, du bist auf Diät. Was dir übrigens gut bekommen würde."

„Ich mach schon wochenlang Diät. Aber das ist jetzt auch wurscht. Was kann ich für dich tun?"

„Ich habe etwas für dich getan", sagte Kerstin Weiß. „Dieser Bill Jenkins – also, ich habe bei Wolfram Bayer mal nachgebohrt. Viel weiß er anscheinend auch nicht, aber der Typ gehört wohl zum Militärischen Nachrichtendienst der Army. Keine große Nummer, na ja, wie du weißt, sind die Amis seit Nine-Eleven ziemlich hysterisch, was die Sicherheit ihrer Stützpunkte anbelangt. Er soll Spezialist sein für religiöse Fundamentalisten aller Art. Und jetzt bist du dran."

„Okay, ich sage dir heute Abend, was ich weiß. Ist das ein Angebot?“

„Einverstanden. Und jetzt schlaf nicht wieder ein.“

Davon konnte keine Rede sein. Blacky sprang aus dem Bett und stürzte sich in den Tag.

*

Es gab heute nur einen Vortrag im Programm der *Kundry-Gesellschaft.* Die junge Leiterin der Bayreuther Festspiele, eine leibhaftige Urenkelin Richard Wagners, war angereist und sprach über das Bühnenweihfestspiel *Parsifal,* die letzte Oper ihres Urgroßvaters. In jugendlicher Unbekümmertheit stieß sie mit ihren schrillen Thesen einige der Mitglieder gehörig vor den Kopf; lautstarke Missfallensbekundungen quittierte sie mit einem Grinsen, das ihre Lust an der Provokation überdeutlich zeigte.

„Der Gral ist Krampf, aber Kundry ist ein geiles Weib“, war einer ihrer Sätze. „Klar, mein Urgroßvater lässt sie am Schluss der Oper abkratzen, damit sie endlich ihren Frieden findet. Aber viele Regisseure heute lassen sie am Leben, damit sie die Gralsritter, diese bigotten, heuchlerischen Böcke, mal so richtig aufmischt. Denn eines darf man ja nicht vergessen: Der Speer, den Parsifal in die Gralsburg zurückbringt, ist nicht nur die Heilige Lanze aus der Legende – er ist auch ein Phallussymbol.“

An dieser Stelle verließ eine Reihe von Mitgliedern protestierend den Vortrag, andere applaudierten heftig.

Blacky saß mit knurrendem Magen in der letzten Reihe des Waffensaals und verstand weitgehend nur Bahnhof. Das Frühstück war längst abgeräumt gewesen, als er in den Roten Saal gestürmt kam. Er ergatterte mit Müh und Not noch eine Tasse Kaffee, dann wurde ihm bedeutet, dass um zehn Uhr der Vortrag der Wagnerurenkelin begann. Es war ihm aber nicht entgangen, dass offenbar im Hintergrund der ganzen Veranstaltung eine gewisse Aufregung herrschte.

*

„Ich weiß nicht, wo sie ist“, sagte Professor Baldur Hallgrimmson, und die Nervosität war ihm anzumerken. Er stand mit Amalia Renoldi und Lord Hugo in der Diele und rauchte eine Zigarillo.

„Soll man die Polizei verständigen?“, fragte der Engländer.

„O nein, das wäre mit Kanonen auf Spatzen geschossen. Smilla ist ja kein kleines Kind, aber sie hat ihren eigenen Kopf. Sie wird schon irgendwo sein, und sie wird auch ihren Grund dafür haben. Ich finde es nur merkwürdig, dass sie mir nichts gesagt hat. Und dass ihr Mietwagen, den sie die letzten Tage benutzte, unten auf dem Parkplatz steht. Also kann sie das Schloss eigentlich nicht verlassen haben. Aber niemand hat sie gesehen.“

„Und sie war die ganze Nacht nicht bei dir im Zimmer?“ Amalia Renoldi bedachte Lord Hugo mit einem kecken Seitenblick.

„Ich weiß es nicht genau. Ich habe sehr tief geschlafen. Smilla ist nachts immer ein extrem unruhiger Geist. Sie schläft schlecht und steht häufig auf, um zu arbeiten. Ich registriere das schon gar nicht mehr.“

„Nun, immerhin war ich um neun Uhr an diesem Morgen mit ihr verabredet“, sagte Lord Hugo.

„Ach“, erwiderte Amalia Renoldi spitz. „Davon weiß ich ja gar nichts.“

„Bitte entschuldigt mich", sagte Baldur Hallgrimmson. „Ich muss mich trotz allem um die Vorbereitung unseres großen Ereignisses kümmern."

„Und wir, mein Lieber", sagte Amalia Renoldi zu Lord Hugo, „reden mal wieder ein Wörtchen miteinander."

*

Als die Urenkelin von Richard Wagner damit begann, in allen Details die psychologischen, erotischen, theologischen und philosophischen Komponenten der Beziehung zwischen dem jungen Parsifal und der durch Jahrhunderte gegangenen Kundry zu analysieren, reichte es Blacky. Leise stand er auf und schlich aus dem Saal. Er brauchte etwas zu essen. Heute war zwar ein strenger Fasttag, aber er hatte nie behauptet, ein heiligmäßiges Leben führen zu wollen. Außerdem meinte er sich dunkel daran zu erinnern, dass auch am Karfreitag mindestens eine Sättigung erlaubt war.

Auf dem Weg zur Küche kam ihm Thomas Antlitz entgegen. Er war noch bleicher als in der Nacht und trug ein großes, dickes Buch unter dem Arm.

„Hallo, Herr Antlitz", sagte Blacky. „Wir haben uns heute Nacht dann doch nicht mehr getroffen. Übrigens, ich habe mir erlaubt, den Wein zu holen. Ich hoffe, das war in Ordnung. Ich hatte irgendwie einfach Durst."

„Jaja, natürlich", sagte Thomas Antlitz zerstreut.

Blacky hatte den Eindruck, der Dirigent wusste gar nicht mehr, wovon er redete. „Und Sie schwänzen auch den Wagnervortrag?", versuchte er leger auf Smalltalk zu machen.

„Ich hasse Wagner. Diese dumpfe, wabernde Musik. Schlimmer als das Gegurre von Tauben. Verstehen Sie, was ich meine?"

„Nicht wirklich“, gab Blacky zu.

„Ist ja auch egal. Ich muss weiter.“ Er hob das große Buch in die Höhe. „Die Matthäus-Passion. Das ist Musik. Klare, reine Musik, in der sich die Ordnung des Universums widerspiegelt. Im Himmel wird die Musik Johann Sebastian Bachs gespielt. Wissen Sie das? Im Himmel. Im Paradies.“

Er ließ Blacky grußlos stehen.

*

Amalia Renoldi hatte Lord Hugo in den Rittersaal gezogen und die Tür geschlossen.

„Am Morgen des Karfreitag“, sagte sie, „bringt in Richard Wagners Oper Parsifal die Heilige Lanze auf die Gralsburg zurück. Welch ein symbolischer Zeitpunkt, an dem du dich mit Smilla Hallgrimmson treffen wolltest, nicht wahr?“

„Was willst du damit sagen?“

„Halte mich nicht für blöd, Lord! Ich habe euch neulich belauscht. Nun hat sie ja leider diesen wichtigen Termin offenbar versäumt. Willst du nicht doch dein Glück mit mir versuchen?“

Lord Hugo Earl of Henmountain ging mit weitausgreifenden Schritten im Saal auf und ab. Endlich blieb er vor Amalia Renoldi stehen.

„Nun gut“, sagte er. „Dann komm mit und sei dir der Größe des Augenblicks bewusst.“

Amalia Renoldi folgte ihm durch den Rittersaal zur nördlichen Seite. Vor den Fenstern dort wirbelten dicke Schneeflocken, getrieben von einem heftigen Wind.

„Was für ein grässlicher Tag“, murmelte sie.

Drei fast mannshohe Kamine waren in die Nordwand eingelassen. Der mittlere sah unbenutzt aus. Lord Hugo öffnete das Gitter, und zu Amalia Renoldis größtem Erstaunen bückte er sich und verschwand im Kamin.

„Folge mir, meine Liebe“, rief er. „Du wirst dich nicht schmutzig machen. Es ist nur eine Attrappe.“

Sie tat, wie ihr geheißen und sah, dass Lord Hugo an der Rückwand eine schwarzgestrichene Schiebetür zur Seite schob, hinter der eine komfortabel große Öffnung zum Vorschein kam. Er zwängte sich hindurch und hielt ihr dann galant die Hand hin.

Links tat sich ein enger, aber hoher Gang auf. Lord Hugo betätigte einen altmodischen Lichtschalter, schwach glomm eine Glühbirne auf. Der Engländer rückte die Verschlussplatte wieder an ihren Platz.

„Beeindruckend“, sagte Amalia Renoldi. „Ein Geheimgang. Wie hast du ihn gefunden?“

„Ein Kinderspiel. Wie du weißt, sind wir Henmountains eine englische Seitenlinie des ausgestorbenen Geschlechts der Henneberger. Auf unseren Schlössern gibt es überall solche Geheimgänge. Der Mechanismus ist überall derselbe.“

„Aber das elektrische Licht …“

„Hat wahrscheinlich Konsul Sachs installieren lassen. Die Herren von Mainberg wollten die Geheimgänge stets zu ihren Zwecken nutzen. Ich könnte dir Geschichten erzählen …“

Lord Hugo geleitete Amalia Renoldi durch den Gang zu einer Wendeltreppe, die nach unten führte. Sie stiegen hinab und gelangten in einen kleinen, kreisrunden Raum. Er schien völlig leer, nur an den gemauerten Wänden waren äußerst kunstvolle antike Glaslampen angebracht, die Amalia Renoldi sofort in Entzücken versetzten.

„Da hat jede einzelne ihren Wert“, rief sie. „Jede einzelne. Und es sind zwölf.“

„Es sind zwölf, wie die Stunden des Tages, die Tierkreiszeichen, die Monate des Jahres, die Zahl der Apostel", bestätigte Lord Hugo. „Womit wir bei der Symbolik dieses Raumes wären. Ich gestehe, es war die schwerste Nuss, die ich bei meinen Nachforschungen zu knacken hatte. Alles andere war einfach. Akribisches Quellenstudium in verschiedenen Bibliotheken, die Auswertung hennebergischer Archivalien und ein wenig Kombinationsgabe. Schon Otto von Botenlauben hat in seinen Dichtungen Andeutungen gemacht – es gelang mir recht schnell, nachzuweisen, dass er und Beatrix die Heilige Lanze in seine fränkische Heimat gebracht hatten. Der Rückzug aus der Welt, die Veräußerung ihrer materiellen Güter, die Klostergründung – alles diente nur der Verehrung der hochheiligen Reliquie. Es lag auf der Hand, dass das Kloster Frauenroth auf Dauer kein sicherer Aufenthaltsort für sie war. Man spricht ja immer von Schloss Mainberg, aber das ist falsch. Es handelt sich um eine befestigte, wehrhafte Burg – und in dieser Burg hat Otto von Botenlauben kurz vor seinem Tod die Heilige Lanze verborgen."

„Wo du sie entdeckt hast." Amalia Renoldis schnoddrige Skepsis war nun einer fast ehrfürchtigen Bewunderung gewichen.

„Endlich, ja. Alle Herren auf Schloss Mainberg haben sie im Lauf der Jahrhunderte gesucht. Die Würzburger Fürstbischöfe, Sattler, Ernst und Willy Sachs – und nicht zu vergessen Göring und Himmler. Gefunden hat sie keiner von ihnen. Und auch ich wäre fast gescheitert. Wie alle habe ich diesem Raum zwar Bedeutung beigemessen, weil er direkt über dem Chor der Kapelle liegt und nur durch einen Geheimgang zu erreichen ist. Schon Ernst Sachs hat die

Glaslampen hier anbringen lassen. Aber niemand hat das Geheimnis verstanden."

„Hugo, du hast ein ungeheures Talent, nicht auf den Punkt zu kommen", sagte Amalia Renoldi.

„Wie heißt es in Richard Wagners ‚Parsifal'? *Zum Raum wird hier die Zeit.* Ein rätselhafter Satz, nicht? Dabei beschreibt er das Geheimnis des Grals. Nur zu bestimmten Zeiten wird der Gral, der Kelch des Letzten Abendmahls, sichtbar und greifbar, und nur einmal im Jahr bringt eine weiße Taube die heilige Hostie vom Himmel und legt sie in den Gralskelch. Und wann? Am Karfreitag! Weil an diesem Tag das Blut Jesu Christi in diesem Kelch aufgefangen wurde. Meine Liebe, es ist so einfach. Auch die Heilige Lanze wird nur einmal im Jahr sichtbar. Und wann? Natürlich am Karfreitag, zur Todesstunde Jesu. Genau zu der Zeit, als er am Kreuz starb und der römische Soldat Longinus mit der Lanze in seine Seite stach."

„Willst du damit etwa sagen …"

„Aber ja, meine Liebe. Das ist das große Geheimnis, das ich entdeckt habe. Heute ist Karfreitag, und heute Nachmittag um drei Uhr, zur Todesstunde Jesu, wird die Heilige Lanze sichtbar werden. Und wer dann hier ist, wird sie sehen und ergreifen können."

Lord Hugo Earl of Henmountain stand in der Mitte des runden Raumes und hob die Hände empor, als könne er schon jetzt etwas Unsichtbares berühren.

„Hugo", sagte Amalia Renoldi völlig fassungslos, „du bist ein solcher Wirrkopf, wie ich in meinem ganzen Leben noch keinen gesehen habe!"

*

Blacky war durchs Schloss gestrichen, hatte, wo es ging, seine Nase hineingesteckt und das Mittagessen herbeigesehnt. Endlich wurde im Roten Saal serviert. Zu seinem Entsetzen gab es Linsensuppe. Schlimmer hätte es nicht kommen können. Sehr rasch nahm die Idee in seinem Kopf Gestalt an, nach Schweinfurt zu fahren und bei McDonald's vorbeizuschauen. Das Ende des Essens musste er aus Höflichkeit allerdings abwarten.

Schließlich erhob sich Professor Baldur Hallgrimmson von seinem Platz und bat kurz um Aufmerksamkeit.

„Zunächst, meine Freunde, eine persönliche Frage: Hat jemand meine Frau gesehen? Ich bin in leichter Sorge, dass ihr etwas zugestoßen sein könnte."

Viele Köpfe wurden geschüttelt, und ein leises Geraune ging durch die Reihen.

„Niemand hat sie gesehen? Das erhöht meine Sorge, aber ich hoffe, es wird sich aufklären. Dann möchte ich unserem Freund Thomas Antlitz fürs Erste Lebewohl sagen. Er kehrt nach Schweinfurt zurück, um dort heute mit seinem Chor die Matthäus-Passion aufzuführen. Dafür wünschen wir ihm gutes Gelingen. Es ist seine Art, den Karfreitag zu begehen. Wir hier werden das auf unsere Weise tun. Der Rittersaal wird soeben für die Zeremonie hergerichtet, und ich bitte euch, dort pünktlich um fünfzehn Uhr anwesend zu sein. Die wenigen Gäste im Schloss, die nicht unserer Gesellschaft angehören, sind davon unterrichtet, dass für sie eine Teilnahme am Karfreitagszauber nicht möglich ist. Ich bitte die Betreffenden herzlich um Verständnis."

Die Mittagstafel löste sich auf, und Blacky machte sich hungrig auf den Weg in sein Zimmer, um Jacke und Tasche zu holen. Auf der Treppe traf er Amalia Renoldi, die bedächtigen Schritts nach oben ging.

„Ich habe das Frühstück verpasst", sagte Blacky mit zerknirschter Miene. „Wenn Sie einen Augenblick Zeit haben, kann ich Ihnen den Schlüssel gleich bringen."

„Ach ja, der Schlüssel", sagte sie. Sie schien mit ihren Gedanken in völlig anderen Sphären zu sein. „Haben Sie eigentlich etwas gefunden?"

„Leider nicht. Es lag nur Zeug herum, das Chiara für ihr Studium brauchte. Nichts, was auf die Nachforschungen über den Tod ihrer Schwester hingedeutet hätte."

„Sie hat mir etwas gegeben", meinte Amalia Renoldi. „So ein kleines silbriges Ding. Für alle Fälle, sagte sie. Keine Ahnung, was das ist."

„Ein USB-Stick?", fragte Blacky wie elektrisiert.

„Was weiß ich? Ich verstehe von dem neumodischen Kram ja nichts. Das kann aber nicht furchtbar wichtig sein, oder? Was soll in so einem kleinen Ding schon groß stecken?"

„Alles. Es ist wichtig, glauben Sie mir. Wo haben Sie das Ding denn?"

„Zuhause, in meiner Zuckerdose. Wenn Sie wollen, können Sie es sich holen."

„Und wann?"

„Nächste Woche. Ich bin bis Ostermontag auf Schloss Mainberg, dann fahre ich wieder nach Würzburg."

„Früher geht das nicht? Ich meine, ich könnte ja vielleicht …"

„Junger Mann, wie stellen Sie sich das vor? Glauben Sie, ich lasse jemanden in meine Wohnung? Was schon allein wegen der Alarmanlage völlig unmöglich ist. Jetzt machen Sie nicht so eine Eile wegen dieses Dingelchens da."

„Frau Renoldi, ich könnte Ihnen erklären, wie wichtig das ist."

„Papperlapapp! Es ist nichts drin in dem kleinen Ding. Ich habe es doch aufgemacht."

„O Gott, Frau Renoldi …"

„Jetzt lassen Sie mich aber! Ich habe so viele andere Sachen im Kopf. Wann wird Chiara eigentlich beigesetzt? Auch da muss ich mich kümmern … Holen Sie es sich meinetwegen am Dienstag bei mir ab. Und jetzt muss ich Mittagsschlaf halten. Den habe ich heute besonders nötig."

Sie nickte Blacky freundlich zu und stieg mit einschüchterndem Elan die Treppe weiter empor. Er ballte die buchstäbliche Faust in der Hosentasche und hätte am liebsten laut geschrien.

*

Bei McDonald's in der Niederwerrner Straße gegenüber den Ledward Barracks war es brechend voll. Dass Karfreitag traditionell ein Fasttag war, schien in Schweinfurt auf wenig Interesse zu stoßen. Blacky stand in einer langen Schlange vor der Theke und meditierte wieder einmal über den Sinn des Wortes Fast Food: Das bedeutete ja eigentlich nicht, dass man schnell essen sollte, sondern dass man schnell etwas zu essen bekam. Wie so oft war es aber auch an diesem Tag völlig anders. Endlich balancierte er sein Tablett die Treppe hinauf und fand mit Mühe einen freien, nicht gerade sauberen Tisch. Mit wohligem Seufzer wickelte er den Burger aus und versank in jenem ersten Gefühl elementarer Zufriedenheit, weil nun das Überleben gesichert war. Nach jedem weiteren Bissen und jedem ketchupgesättigten Pommesstäbchen wuchs wie immer die Reue über diese atavistische Tat, und schließlich fragte er sich, ob er es nicht bei der Linsensuppe hätte belassen sollen.

Dann sah er, wie Bill Jenkins mit einem Tablett in den Händen auf ihn zusteuerte.

„Hi Blacky, nett, dich zu sehen", sagte er und setzte sich ungefragt zu ihm an den Tisch. „Und was machst du so?"

„Eigentlich Urlaub", sagte Blacky. Er hatte keine Ahnung, wie er mit Bill Jenkins umgehen sollte. War er ein Verbündeter oder ein Gegner? „Und du?"

„Ich habe heute auch frei."

Der Amerikaner ging mit professioneller Routine an den Verzehr seines Burgers heran, trainiert darin seit Kindertagen. Blacky sah mit Interesse, dass er das Essen geradezu zelebrierte. Es herrschte ein gespanntes Schweigen zwischen ihnen.

„Und bist du vorangekommen?", fragte Bill Jenkins nach der Hälfte des Burgers.

„Womit?"

„Mit deinen Nachforschungen."

„Nein", sagte Blacky. „Ich weiß leider immer noch nicht, wer Chiara auf dem Gewissen hat."

„Ich habe dir schon einmal gesagt, das ist nicht mehr wichtig. Aber ich habe nachgedacht, weißt du? Vielleicht sollten wir zwei uns verbünden. Sagt man so: verbünden?"

„Ja, sagt man. Vielleicht sollten wir das tun."

Blacky lächelte in sich hinein. Er hatte also doch gewonnen. Bill Jenkins brauchte ihn. Weil er nichts mehr in der Hand hatte. Und er war ihm einen gewaltigen Schritt voraus: Denn er wusste, wo sich Chiaras USB-Stick befand.

„Wie kann ich dich denn erreichen?"

Blacky zögerte. Mit seiner Handynummer war er nicht

freigiebig. Und die Adresse würde er schon gar nicht preisgeben.

„Am besten über Main-Radio", sagte er. „Da bin ich immer zu erreichen."

„Okay. Sehr gut. Aber jetzt hast du Urlaub."

„Nur über Ostern. Am Dienstag bin ich wieder im Sender."

„Das ist lange", meinte Bill Jenkins. „Vielleicht muss ich dir bald etwas mitteilen. Vielleicht schon morgen."

Blacky spürte wieder ein leichtes Misstrauen.

„Warum erst morgen?"

„Heute ist es noch zu früh. Es ist kein guter Tag dafür."

„Du machst es gern geheimnisvoll, Bill. Aber gut, ich bin in Schloss Mainberg. Dort kannst du nach mir fragen."

„Schloss Mainberg? Oh, sehr schön. Kann man dort wohnen?"

„Manchmal. Zu besonderen Anlässen. Ich besuche eine Art Tagung."

„Natürlich, die Kundry-Gesellschaft", sagte der Amerikaner.

„Oh … du weißt doch ziemlich viel, muss ich sagen."

„Gehört zu meinem Beruf", meinte Bill Jenkins und lächelte breit. „Aber jetzt muss ich los. Ich muss mich einsingen. Wir haben doch heute Matthäus-Passion in der Johanniskirche. Warum kommst du nicht auch?"

„Ach, das ist nicht so mein Ding. Außerdem bin ich schon verabredet."

Als Blacky zum Auto ging, war ihm nicht wohl in seiner Haut. James Bond war die eine Sache, ein echter Geheimdienstmann eine ganz andere.

*

Auf Schloss Mainberg ging es still, aber geschäftig zu. Die Mitglieder der *Kundry-Gesellschaft* waren dabei, sich im Rittersaal zu versammeln. Schweigend flanierten sie an Blacky vorbei, mit ernsten Gesichtern. Die Damen trugen ausnahmslos lange, schwarze Abendkleider, die Herren entweder Smoking oder Frack und – was Blacky noch nie im Leben gesehen hatte – schwarzglänzende Zylinderhüte. Wie hieß der schöne Spruch nochmal? Genau: Ein Bild für die Götter.

Blacky drückte sich möglichst unauffällig im Treppenhaus herum, von wo er einen guten Blick über die Diele zum Eingang des Rittersaales hatte. Die Höflichkeit hätte es geboten, der Bitte Professor Hallgrimmsons nachzukommen und sich diskret zurückzuziehen – die Neugier eines Journalisten musste aber manchmal größer sein als jede Höflichkeit. Als etwa zehn Minuten vor drei die meisten Mitglieder im Rittersaal verschwunden waren, sah er sich prüfend nach einer Möglichkeit um, wenigstens akustisch etwas mitzubekommen.

Da rauschte ein Mann die Treppe herab, der völlig anders gekleidet war als die übrigen Herren. Blacky hatte ihn schon mehrfach gesehen, wusste aber nicht, wer es war. Er trug schwarze Reitstiefel mit Sporen, eine merkwürdige Lederhose, ein martialisches Kettenhemd, darüber einen langen weißen Umhang mit rotem Templerkreuz. Er hatte ein Schwert am Gürtel, auf dem Kopf eine Kettenhaube und sah insgesamt so aus, als käme er geradewegs aus Monty Pythons *Die Ritter der Kokosnuss.* Zu Blackys Überraschung ging er nicht in den Saal, sondern hinüber ins neogotische Herrenzimmer, wo das Dinner mit Lothar stattgefunden hatte.

Belustigt folgte ihm Blacky in einigem Abstand.

*

Lord Hugo Earl of Henmountain schob im Herrenzimmer eine der Paneele aus Zirbelholz beiseite und schlüpfte durch die entstandene Öffnung. Er merkte nicht, dass er beobachtet wurde, schaltete die flackrige Beleuchtung an und eilte durch den langen Geheimgang, der an dieser Seite des Schlosses hinter dem Roten Saal und dem Haupttreppenhaus zum runden Raum über dem Chor der Kapelle führte. Dort zog er seine Taschenuhr aus dem Umhang: Es war fünf Minuten vor drei Uhr am Nachmittag des Karfreitags.

„Zum Raum wird hier die Zeit", murmelte Lord Hugo.

*

Blacky ging zu dem Paneel aus Zirbelholz, legte die Hände so an, wie er es gerade gesehen hatte, und schob es mühelos zur Seite. Ein enger Gang mit wenig vertrauenerweckender Beleuchtung. Er schlich vorsichtig hinein, bog nach ein paar Metern rechts um die Ecke und sah weit vor sich den Ritter im weißen Umhang. Als er außer Sichtweite war, schob sich Blacky langsam vorwärts. Der Gang endete an einer Wendeltreppe abwärts. Er zog die Schuhe aus und tappte auf Socken die Treppe behutsam hinab. Kurz vor dem Ende blieb er stehen und presste sich an das Mauerwerk. Wenn er den Hals etwas reckte, konnte er einen ziemlich kleinen, kreisrunden Raum überblicken, der von vielen Glaslampen in mystisches Licht getaucht war.

In der Mitte des Raumes stand der Ritter. Das Schwert hatte er vor sich auf den Boden gelegt und die Kettenhaube abgenommen. Er stand mit hoch erhobenen Armen da, hielt die Augen geschlossen und schien ein Gebet zu sprechen. Blacky verstand undeutlich englische Worte. So vergingen einige Minuten. Schließlich öffnete der Mann die Augen und schaute sich suchend um.

Auf seinem Gesicht erschien ein Ausdruck tiefer Ratlosigkeit und Enttäuschung.

*

Schwere, dunkle Klänge, unter denen eine zarte, süße Melodie lag, durchzogen den Rittersaal auf Schloss Mainberg. Der bekannte niederländische Organist Jakob van Dam spielte auf der Orgel eine von ihm höchstpersönlich erstellte Fassung des *Karfreitagszaubers* aus dem Bühnenweihfestspiel *Parsifal* von Richard Wagner. Viele der Mitglieder der *Kundry-Gesellschaft* wie Amalia Renoldi kannten den Text, der zu dieser Musik auf der Bühne gesungen wird, und summten ihn andächtig mit.

Dann erhob sich Professor Baldur Hallgrimmson, der auf einem erhöhten Podium an der Stirnseite des Saales Platz genommen hatte. Er trug als Einziger ein schlichtes weißes Gewand.

„Liebe Freunde", sagte er mit sehr feierlicher Stimme, „unserer Tradition entsprechend haben wir den Karfreitagszauber mit jener Musik begonnen, die unserer Zeremonie den Namen gegeben hat. Und wie ihr alle wisst, ist diese Musik schillernd und vieldeutig. Zum einen beschwört der große Meister Richard Wagner hier das christliche Mysterium des Kreuzes: Die Erlösungstat des Gottessohnes hat angeblich die Welt verwandelt. Doch Wagner geht weiter: Er setzt, weil Natur und Kreatur Gott nicht schauen können, den erlösten Menschen an dessen Stelle. Der Mensch an der Stelle Gottes … Das ist doch bemerkenswert, nicht wahr …?"

Nun begann Baldur Hallgrimmson wie immer mit einer

langwierigen philosophischen Betrachtung über den Menschen und seine Rolle im Universum. Er zitierte Voltaire, Goethe, Nietzsche und sich selbst und verlor zwischendurch den Faden. Wie immer dösten die Mitglieder der *Kundry-Gesellschaft* dabei vor sich hin und warteten darauf, dass endlich Jakob van Dam wieder in die Tasten griff, um nun das sehr beliebte Vorspiel zu *Lohengrin* von Richard Wagner zu Gehör zu bringen.

Danach stand das unvermeidliche Mysterienspiel bevor.

*

Mit einem obszönen Fluch auf Englisch hatte der Ritter sein Schwert an sich gerafft, die Kettenhaube vergessen und den runden Raum zu Blackys Erleichterung auf der gegenüberliegenden Seite verlassen. Erst wollte er den Gang, den er gekommen war, zurückgehen, dann siegte die Neugierde. Wenn er schon die Gelegenheit hatte, die verborgenen Geheimnisse von Schloss Mainberg kennenzulernen, sollte er sie nutzen. Er durchquerte ebenfalls den Raum, fand eine weitere Wendeltreppe, stieg sie hinauf und sah, wie der Ritter einen neuen Geheimgang entlangstapfte. Plötzlich blieb er stehen, machte sich an der Wand zu schaffen und verschwand. Wieder folgte Blacky dem Gang so leise wie möglich. Dann hörte er plötzlich eine silbrige, überirdisch schöne Musik.

*

An der Stelle, in der im Vorspiel zur Oper *Lohengrin* das plötzliche Erscheinen des Schwanenritters musikalisch geschildert wird, öffnete sich von innen das Gitter des mittleren der drei Kamine im Rittersaal von Schloss Mainberg, und Lord Hugo Earl of Henmountain tauchte im Kostüm eines Tempelritters daraus empor. Er nickte den ungläubigen Gesichtern, die ihn anstarrten, grimmig zu und setzte sich auf den nächsten freien Stuhl. Professor Baldur Hallgrimmson auf seinem Podium wahrte mit Mühe die Fassung, Amalia Renoldi schlug sich entsetzt die Hand vor den Mund. Jakob van Dam an der Orgel kam kurz aus dem Takt, fand aber schnell den Weg zurück. Als er geendet hatte, erhob sich Baldur Hallgrimmson erneut.

„Wie immer folgt an dieser Stelle nun unser Mysterienspiel“, sagte er. „Zu der Zeit, in der die katholische Kirche ihre Karfreitagsliturgie begeht, werfen wir einen Blick auf Geheimnisse anderer Religionen, anderer Kulturen, anderer Rituale. In der Vergangenheit haben wir uns schon den Geheimnissen der Isis gewidmet, den Mithraskult nachempfunden, die Eleusinischen Mysterien begangen und sogar ein Ritual der Schwarzen Göttin Kali kennenlernen dürfen. Heute möchte ich euch mit der ursprünglichen Religion meiner Heimat Island vertraut machen. Es ist die Religion der alten Götter, die auch einst hier von euren Vorfahren verehrt wurden, bevor sie dem Christengott weichen mussten. Das solltet ihr dabei nicht vergessen. Odin und Frigg, Freyja und Thor – auf der Feuerinsel Island sind sie noch lebendig. Da, wo ich herkomme, ganz im Nordwesten, feiert man ein besonderes Ritual, das an einem Karfreitag, wo es um das Mysterium des Todes geht, auch eure Herzen berühren kann. Es ist das Ritual der Hel, der Totengöttin und Herrin über die Unterwelt.“

*

Die Musik kam durch einen Spalt in der Wand an der Stelle, wo der Ritter verschwunden war. Blacky bückte sich und tastete den Spalt mit den Fingern ab. Hier musste eine Art Tür sein, und er fand sofort heraus, dass es sich um einen Schiebemechanismus handelte. Vorsichtig vergrößerte er den Spalt, dann warf er einen Blick hindurch. Er hatte freie Sicht auf den Rittersaal und auf Baldur Hallgrimmson in einem weißen Gewand.

Alter Druide, dachte Blacky. Die Musik endete, und Baldur Hallgrimmson setzte zu einem langen Vortrag an. Dann hörte Blacky den Satz, der ihn wie eine Keule traf: „… das Ritual der Hel, der Totengöttin und Herrin über die Unterwelt."

Er sah, wie Baldur Hallgrimmson sich erhob und zu einer Art Altar schritt, der hinter dem Podium errichtet worden war. Er sah, wie der Isländer ein Tuch auseinanderschlug, das dort lag, und ihm etwas entnahm. Und er sah, wie Baldur Hallgrimmson sich etwas über das Gesicht streifte und langsam zurück auf das Podium ging. Er trug nun die Maske der Totengöttin Hel. Die Maske, die Blacky schon einmal gesehen hatte.

Dann hörten alle den langanhaltenden, grässlichen Schrei, der von außerhalb des Rittersaales kam.

*

Nach diesem Schrei saßen alle im Rittersaal wie erstarrt da. Baldur Hallgrimmson stand reglos auf dem Podium und trug die Maske der Hel vor dem Gesicht. Eine der Türen wurde aufgerissen, der Portier in Livree stürzte herein und rief: „Herr Professor Hallgrimmson, kommen Sie schnell!"

Baldur Hallgrimmson nahm die Maske ab und rannte hinaus. Die ganze Gesellschaft folgte ihm in wilder Unordnung, keiner der Herren setzte mehr seinen Zylinder auf. Blacky wartete, bis der Saal weitgehend leer war, dann schob er die Tür zur Seite und kroch aus dem Kamin. Langsam ging er hinter den Hinausdrängenden her. Auch der Ritter war unter ihnen. Blacky sah, wie sich Amalia Renoldi ihm näherte. Und er hörte, wie sie ihm zuzischte: „Hugo, du bist ein solcher Idiot!"

Alle standen ratlos in der Diele und den umliegenden Räumen. Die ersten Gerüchte kamen auf: Eine Angestellte habe eine Leiche gefunden. Der herbeigerufene Portier habe sie erkannt. Sie sei schrecklich zugerichtet.

Blacky machte sich auf die Suche. Er ging die Treppe hinunter und sah, dass die Angestellten und der Portier vor der Kapelle standen. Niemand hinderte ihn daran, hineinzugehen.

*

Die Kapelle, in der im Sommer manchmal Hochzeiten stattfanden, war ein wenig betretener Ort im Schloss. Während des Karfreitagszaubers hatte eine der polnischen Küchenhilfen den Gedanken gehabt, zur Leidensstunde Jesu ein Vaterunser zu beten. Ihr Schrei war es gewesen, den man im ganzen Schloss gehört hatte.

Smilla Hallgrimmson lag vor dem Gralsfenster an der Westseite der Schlosskapelle auf dem Boden. Ihre blonden Haare umgaben ihren Kopf wie ein Heiligenschein. Sie war nackt, Brust und Bauch voller Wunden. Auf der linken Seite des Körpers war ihre blasse Haut zu sehen, auf der rechten Seite war sie mit schwarzer Farbe überschmiert.

Baldur Hallgrimmson kniete in seinem weißen Gewand vor der Leiche seiner Frau und weinte hemmungslos. Als er spürte, dass jemand hinter ihm stand, wandte er sich um.

„Wir müssen sie zudecken“, sagte er. „So kann sie hier nicht liegen.“

„Wir dürfen nichts verändern“, sagte Blacky. „Die Kripo muss alles so vorfinden, wie es war.“

Mitleidslos betrachtete er den Mann, der vor ihm kniete. Die Maske der Totengöttin lag neben ihm, fleischfarben und todschwarz zugleich. Er war es also gewesen, der Chiara überfallen und verletzt hatte. Und er hatte sie auch ermordet. So wie er Laura, Chiaras kleine unschuldige Schwester, ermordet hatte. Geopfert. Er war ein Wahnsinniger. Besessen von irgendwelchen alten Göttern und Ritualen. Am liebsten hätte Blacky ihn gepackt und auf ihn eingeschlagen, einfach nur auf ihn eingeschlagen.

Und was war das mit seiner Frau? Sie lag hier, tot, ermordet, und sie hatte, soweit er das beurteilen konnte, die gleichen Verletzungen wie Chiara. Hatte er das auch getan? War das Teil seines wahnwitzigen Rituals, das er Karfreitagszauber nannte? Hatte er die Maske der Totengöttin getragen, weil er seine Frau abgeschlachtet hatte?

Blacky zog sich zur Tür zurück. Er würde ihn hier nicht herauslassen, bis die Polizei kam. Und ihn dann Kriminalhauptkommissar Bayer als Mörder präsentieren.

*

Die Streifenwagenbesatzung, die Schloss Mainberg als erste erreichte, informierte sofort den Kriminaldauerdienst. Da es sich eindeutig um Mord zu handeln schien, wurde Kriminalhauptkommissar Bayer unmittelbar darauf in Kenntnis gesetzt. Er wuchtete sich knurrend vom Sofa hoch und machte sich auf den Weg nach Mainberg. Während der Fahrt telefonierte er mit Kriminalkommissarin Marion Werner, die dienstfrei hatte. Sie war unterwegs zur Aufführung der Matthäus-Passion in der St.-Johannis-Kirche, erklärte sich aber bereit, darauf zu verzichten und an den Tatort zu kommen.

„Wenigstens wissen wir diesmal, wer die Leiche ist", sagte Bayer zu seiner Kollegin. „Aber wir haben es schon wieder mit einem Sack voller Flöhe zu tun. Das ganze Schloss soll vor Leuten nur so wimmeln."

In Mainberg angekommen, verfügte er, dass niemand das Schloss verlassen dürfe, und begab sich in die Kapelle im ersten Obergeschoss. Er warf einen Blick auf die Leiche und seufzte. Das hier machte jetzt alles endgültig kompliziert. Dann sah er Christian „Blacky" Schwarz von Main-Radio. Und das brachte ihn zum Explodieren.

*

Kerstin Weiß stand unter der Dusche, als ihr Telefon klingelte. Sie ignorierte es und begann, sich die Haare zu waschen. Dann hörte sie das Diensthandy. Fluchend, eingeseift und vor Shampoo triefend kletterte sie aus der Wanne und rannte in den Flur. Als sie *Marion Werner ruft an* sah, fluchte sie noch einmal.

Nach dem Gespräch sah sie das Handy wütend an und schrie: „Verdammte Scheiße!"

Sie kehrte ins Bad zurück, beendete die Haarwäsche zügig, warf den Schminkutensilien auf der Spiegelkonsole einen bedauernden Blick zu, ignorierte ihre Parfumflakons und ging ins Schlafzimmer. Auf dem Bett lag das neue rote Kleid, das sie trotz des dämlichen Wintereinbruchs an diesem Abend hatte tragen wollen – in der Hoffnung, dass Schloss Mainberg über eine gutfunktionierende Heizung verfügte. Darüber brauchte sie sich jetzt keine Gedanken mehr zu machen; ärgerlich schlüpfte sie in die Uniform und band die flachsblonden Haare zu ihrem obligatorischen Zopf. Immer noch leise fluchend verließ sie die Wohnung.

*

„Ich will nichts hören! Kein Wort!", schrie Kriminalhauptkommissar Wolfram Bayer. Blacky stand vor ihm und wartete, dass er trotzdem zu Wort kam.

Vor drei Minuten hatte Bayer ihn am Arm gepackt und aus der Kapelle gezerrt, wo Baldur Hallgrimmson immer noch reglos an der Wand lehnte. Nur der Umstand, dass es eine Amtsperson war, die ihn zerrte, hinderte Blacky daran, sich bestimmter Handbewegungen zu erinnern – blitzschnelle Handbewegungen, die er in seiner Zeit als Türsteher vor unterfränkischen Diskotheken im Repertoire gehabt hatte. Bayer hatte ihn in ein Zimmer geschubst und die Tür zugeknallt.

Blacky hatte versucht, eine Erklärung abzugeben, um dem Leiter der Mordkommission die Arbeit zu erleichtern. Das war vor zwei Minuten gewesen. Jetzt schrie Bayer immer noch. Erklärungen wollte er nicht hören.

„Ich habe Sie gewarnt. Ich habe Ihnen gesagt, Sie sollen Ihre Nase nicht mehr in polizeiliche Angelegenheiten stecken. Und was jetzt? Kaum haben wir eine Leiche in Schweinfurt und Umgebung – schon stehen Sie daneben und wollen irgendwelchen Scheiß erzählen."

„Apropos Scheiß …" Blacky platzte jetzt der Kragen.

„Dann machen Sie eben Ihren Scheiß allein, okay? Kennen Sie eigentlich Inspektor Lestrade? Das ist der Trottel von Scotland Yard, der immer klüger sein will als Sherlock Holmes. Sehr zu seinem Schaden übrigens."

Wolfram Bayer schaute ihn ungläubig an.

„Das gibt's doch nicht, oder? Sherlock Holmes? So, mein Freund, ich lasse Sie jetzt von einem Beamten in Ihr Zimmer eskortieren. Sie wohnen ja hier im Schloss, nicht wahr? Dort halten Sie sich zu unserer Verfügung. Es kann eine Weile dauern, hier rennen fünfzig Zeugen herum. Die müssen alle vernommen werden. Irgendwann wird jemand bei Ihnen klopfen, Sie machen Ihre Aussage, und dann können Sie ins Heiabett. So läuft das, verstanden? Abmarsch!"

Der Kriminalhauptkommissar öffnete die Tür und winkte einen uniformierten Polizisten herbei.

„Herr Kollege, bringen Sie diesen Mann auf sein Zimmer. Sorgen Sie dafür, dass er in den nächsten Stunden nirgends herumschnüffelt. Detektiv spielen – so weit kommt's noch."

Bayer stürmte wieder in die Kapelle, und Blacky zeigte dem Polizisten, wie weit der Weg zum Minnesängerzimmer war. Er dankte ihm freundlich für die Eskorte, dann ließ er sich mit Wucht aufs Bett fallen. Er zerknüllte das Kopfkissen und warf es wütend an die Wand.

So hatte er sich den Abend nicht vorgestellt.

*

Es war ein Ding der Unmöglichkeit, alle Mitglieder der *Kundry-Gesellschaft* in den kommenden Stunden zu vernehmen. Schon allein deshalb, weil wegen der Feiertage die Kripo Schweinfurt nur spärlich besetzt war. Im Moment standen

Kriminalhauptkommissar Bayer und Kriminalkommissarin Werner sogar ganz allein auf weiter Flur. Sie ließen daher die Gäste und das Personal zusammenkommen und stellten an alle die Frage, ob jemand irgendetwas zur Erhellung der Umstände des Verbrechens zu sagen habe. Als sie nur Kopfschütteln ernteten, traf Bayer die Entscheidung, dass die in Schweinfurt untergebrachten Personen zu ihren Hotels befördert werden sollten und sich dort aufzuhalten hatten.

Das Team der Spurensicherung war angesichts der Größe des Schlosses mit seinen unzähligen Räumen, Sälen, Gängen, Treppen, Kellern und Wirtschaftsgebäuden in helle Verzweiflung ausgebrochen. Der Gerichtsmediziner hatte nach der ersten Untersuchung immerhin eine Reihe von wertvollen Informationen für Wolfram Bayer parat: „Als die Leiche gegen sechzehn Uhr aufgefunden wurde, dürfte sie schon etwa zwölf Stunden tot gewesen sein. Tatzeitpunkt also in der vorherigen Nacht. Mit Sicherheit sind die Messerstiche in den Brust- und Bauchbereich post mortem erfolgt, sie können nicht die Todesursache gewesen sein."

„Sondern?"

„Die Frau wurde erwürgt. Und die Kapelle war nicht der Tatort. Die Leiche wurde über eine größere Strecke transportiert, besser gesagt: geschleift, über Steinböden und sogar Treppen hinab. An der Rückseite sind entsprechende Spuren in großer Zahl vorhanden."

„Interessant."

„Bemerkenswert ist natürlich auch die Farbe auf der rechten Körperhälfte. Aber dazu kann ich noch gar nichts sagen. Gesehen habe ich so etwas noch nie."

*

Er konnte Kerstin Weiß auf dem Handy nicht erreichen. Dreimal hinterließ er ihr eine Nachricht auf der Mobilbox. Endlich rief sie zurück. Sie klang niedergeschlagen, wütend und aufgekratzt zugleich.

„Eigentlich darf ich dich nicht anrufen“, sagte sie. „Wolfram Bayer hat mir jeden Kontakt zu dir untersagt.“

„Wo bist du?“

„Wieder zuhause. Ich war auf Schloss Mainberg, aber Bayer hat mich fortgeschickt. Kein Bedarf an irgendwelcher Pressearbeit, hat er gesagt. Ich weiß noch nicht einmal in allen Einzelheiten, was eigentlich passiert ist.“

„Ich schon“, sagte Blacky.

„Wo bist du jetzt?“

„Ich habe so ’ne Art Zimmerarrest auf Schloss Mainberg. Keine Ahnung, was das werden soll. Jedenfalls, es ist tödlich langweilig, und ich renne mit dem Kopf fast gegen die Wand.“

„Es hätte so ein schöner Abend werden können“, sagte Kerstin Weiß.

„Mit uns beiden wird es wohl nie etwas werden“, antwortete Blacky. Und legte eine ordentliche Portion Melancholie in seine Stimme.

KARSAMSTAG

Außerirdische. Das Schloss schien von Außerirdischen bevölkert zu sein. Über Nacht waren sie gekommen. Sie trugen monströse Anzüge in verschiedenen Farben. Ihre Gesichter waren kaum zu erkennen. Sie hantierten mit allerlei Geräten. Stumm und geschäftig waren sie dabei, Schloss Mainberg zu erobern. Sie waren überall.

Blacky musste auf dem Weg nach unten ständig einer der futuristisch vermummten Gestalten von der Spurensicherung ausweichen, die gerade das Schloss auseinandernahmen. Die Kripo bot offensichtlich auf, was sie hatte. Alle Zimmer wurden durchsucht, die Gänge abgeleuchtet, die Treppen im wortwörtlichen Sinn unter die Lupe genommen.

Die Sonne hatte ihn geweckt. Verblüfft hatte er auf die Uhr gesehen. Acht Uhr morgens. Am späten Abend war er vor lauter Langeweile eingeschlafen. Erst hatte er noch Gitarre gespielt und auf die Polizei gewartet. Niemand war gekommen. Dann hatte er sich ins Bett gelegt und war seinen Gedanken nachgehangen. Die Nacht schien ihm lang, schwer und traumlos gewesen zu sein. Jetzt verspürte er Hunger, und er hatte beschlossen, den Zimmerarrest so zu beenden, wie er es als Kind auch immer getan hatte: mit der unschuldigsten Miene der Welt.

Niemand beachtete ihn. In der Diele saßen uniformierte Polizeibeamte herum; sie nahmen keine Notiz von ihm. Er schaute in den Roten Saal, wo ein kleiner Tisch für das Frühstück gedeckt schien. Kaffee stand bereit, er schenkte sich eine Tasse ein und trat ans Fenster. Von hier aus konnte er in den Unteren Schlosshof blicken. Der Schnee des Karfreitags war verschwunden, die Sonne schien, der Frühling hatte sich behauptet.

Er drehte sich um und sah, dass Professor Baldur Hallgrimmson den Roten Saal betreten hatte. Gegen seine sonstige Gewohnheit war er leger gekleidet; er trug einen schwarzen Pullover und eine dunkle Cordhose. Er machte den Eindruck eines schwer gebrochenen Mannes. Das Gesicht war verdüstert, voller Trauer, er schien sehr weit neben sich zu stehen. Blacky nahm wahr, dass seine Hände zitterten, als er sich Kaffee eingoss.

Der Professor nahm, ohne ihn zu beachten, auf der Bank in einer der Fensternischen Platz und starrte hinaus. Nach einer Weile sagte er: „Herr Schwarz, Sie können sich gern zu mir setzen. Es ist mir lieber, jetzt nicht ganz allein zu sein."

Blacky zögerte. Es kostete ihn Überwindung, diesem Mann nahezukommen. Die Fensternische war eng, er musste ihm also sehr nahekommen. Behutsam stellte er die Tasse ab, dennoch schwappte der Kaffee über und zerfloss zu einer dunklen Lache auf dem Tisch. Baldur Hallgrimmson zog geistesabwesend ein Papiertaschentuch aus der Hosentasche und begann, den Kaffee aufzutupfen.

„Lassen Sie doch", sagte Blacky. „Ich hole eine Serviette."

„Ich muss mich wieder daran gewöhnen, verschütteten Kaffee selbst aufzuwischen", antwortete Baldur Hallgrimmson. „Es passiert mir nämlich oft, wissen Sie?"

Blacky zwängte sich auf die schmale Bank.

„Smilla hat ihn immer für mich aufgewischt. Komisch, dass das jetzt das Einzige ist, was mir zu ihr einfällt. Alles andere habe ich vergessen."

„Wie lange waren Sie verheiratet?" Blacky stellte ihm wie automatisch diese Frage, obwohl ihm die Konversation zuwider war.

„Fast zwei Jahre. Ein spätes Glück für mich, verstehen Sie? Eine so junge Frau heiratet einen verschrobenen Gelehrten."

Und ein so verschrobener Gelehrter ermordet eine junge Frau, dachte Blacky. Und ein kleines Mädchen. Und vielleicht sogar die eigene junge Frau. Er blickte Baldur Hallgrimmson an und sah nur Trauer. Wahnsinn sah er nicht.

„Ich muss mit Ihnen reden", sagte Blacky.

*

In der Kapelle des Schlosses instruierte Kriminalhauptkommissar Wolfram Bayer den Leitenden Oberstaatsanwalt über die Details des Falles. Dr. Leopold Wurzer hatte seinen Osterurlaub unterbrochen und war von seinem Wochenendhaus im Steigerwald direkt nach Mainberg gekommen.

„Verdächtige?", fragte er knapp.

„Eigentlich alle und letztlich keiner. Diese Kundry-Gesellschaft ist ein Haufen von esoterischen Spinnern. Aber wer von ihnen könnte ein Motiv haben?"

„Die Frau war nackt", sagte der Oberstaatsanwalt.

„Wir nehmen natürlich die Männer alle unter die Lupe. Die Frauen können wir weitgehend ausschließen. Die Leiche ist bewegt und transportiert worden. Dazu reicht die Kraft einer Frau kaum aus. Und Athletinnen habe ich hier keine gesehen."

„Erkenntnisse über den Tatort?“

„Dieses verdammte Schloss hat mehrere hundert Räume. Tausend Winkel. Wir konnten die Schleifspuren bisher noch nicht einmal über den ersten Treppenabsatz zurückverfolgen. Sie kann überall erwürgt worden sein.“

„Seit wann hat sie in der Kapelle gelegen?“

„Keine Ahnung. Stunden. Das polnische Küchenmädchen war wohl die Erste, die gestern die Kapelle betreten hat.“

„Sonst noch was?“, fragte Dr. Wurzer.

„Na ja, die Obduktion findet erst noch statt. Aber der Gerichtsmediziner meinte, es könnten ebenfalls sieben Messerstiche in den Brust- und Bauchbereich gewesen sein. Allerdings nach Eintritt des Todes.“

„Was heißt ebenfalls?“

„Sie erinnern sich schon noch an den Fall Chiara Gabrieli?“, fragte Wolfram Bayer sarkastisch.

„Sie wollen hier doch wohl keinen Zusammenhang konstruieren?“

„Eine junge Frau. Räumliche Nähe. Ähnliches Verletzungsmuster.“

„Aber bestimmt keine Verbindungen zwischen den beiden Opfern. Und hier ist unter Umständen ein sexueller Hintergrund vorhanden. Während bei Chiara Gabrieli …“

Dr. Leopold Wurzer brach den Satz unvermittelt ab.

„Ja, Herr Oberstaatsanwalt? Während bei Chiara Gabrieli …?“

Der Leitende Oberstaatsanwalt rieb ausdauernd die Hände aneinander.

„Hier ist es doch empfindlich kühl, Herr Kollege Bayer. Vielleicht könnten wir uns in einen etwas wärmeren Raum begeben?“

Kriminalhauptkommissar Wolfram Bayer wusste, dass er jetzt endlich ins Vertrauen gezogen werden würde.

*

„Wir sind uns schon einmal begegnet, Herr Hallgrimmson", sagte Blacky. „Und ich denke, das wissen Sie auch. Ich zumindest war ja gut erkennbar."

„Ich fürchte, ich verstehe Sie nicht", erwiderte der Isländer und tauchte mühsam aus seiner Versunkenheit auf. „Was meinen Sie?"

„Am Sonntagmorgen, also vor fast einer Woche. Frühmorgens in Schweinfurt. Sie trugen Ihre seltsame Maske und waren gerade dabei, auf eine junge Frau einzustechen. Wenn ich nicht aus Zufall vorbeigekommen wäre, hätten Sie sie wahrscheinlich schon da umgebracht. Aber am gleichen Abend haben Sie es dann ja geschafft."

„Welchen Unsinn reden Sie denn da?", fragte Baldur Hallgrimmson und schüttelte müde den Kopf. „Am Sonntagmorgen war ich noch in Hamburg."

„Was hatte Chiara schon alles über Sie herausgefunden? War es ein Ritual, bei dem ihre kleine Schwester geopfert wurde? Ein Ritual, das Sie geleitet haben? Waren noch andere daran beteiligt? So eine Art Karfreitagszauber? Nur blutiger?"

Blacky spürte, dass im Blick des Professors jetzt das lag, was er vorhin gesucht hatte: Wahnsinn. Aber es war eine Spiegelung.

„Sind Sie wahnsinnig geworden?", fragte Professor Hallgrimmson und stand auf. „Wovon reden Sie? Wollen Sie sich über mich lustig machen?"

„Die Maske", sagte Blacky. „Es war dieselbe Maske. Ich habe sie wiedererkannt."

„Die Maske?", wiederholte der Isländer. „Ach so, die Maske. Die hatte ich einem Freund geliehen. Schon vor langer Zeit. Er hat sie mir am Sonntagabend wiedergegeben. Ich hatte nämlich die Idee, sie für den diesjährigen Karfreitagszauber zu verwenden."

„Und das soll ich Ihnen jetzt glauben?"

„Glauben Sie doch, was sie wollen. Wie kommen Sie mir vor? Denken Sie, ich erzähle Ihnen Lügen?"

„Ja."

„Was ist das für eine Unverschämtheit? Passen Sie auf! Ich stamme aus dem Nordwesten Islands. In meiner Heimatstadt wird ein berühmtes Mysterienspiel aufgeführt, bei dem solche Masken verwendet werden. Normalerweise sind die Leute von Ísafördir sehr eigen, was diese Dinge angeht. Aber man hat mir als Zeichen der besonderen Wertschätzung vor vielen Jahren die Maske der Hel geschenkt."

„Und die haben Sie dann verliehen?"

„Allerdings. Ein guter Freund wollte ein musikalisches Werk über die isländische Mythologie schreiben, und ich habe ihm die Maske zu seiner Inspiration gegeben. Das war noch in Kopenhagen – es ist ewig her."

„Und wer ist dieser Freund, wenn ich fragen darf?"

„Sie dürfen es eigentlich nicht, aber es ist jetzt auch schon egal. Was Sie sich hier leisten, ist unfassbar. Also, dieser Freund – es ist Thomas Antlitz aus Schweinfurt. Der Musikprofessor und Dirigent. Ich glaube, Sie kennen ihn."

*

Der Leiter der Mordkommission und der Oberstaatsanwalt gingen die Treppe hinauf und zogen sich ins Gotische Zimmer zurück. Bayer hatte keinen Blick für die historische

Ausstattung des Raumes, aber Dr. Wurzer schritt mit der Miene des Kenners umher und würdigte bewundernd das, was Ernst Sachs einst von dem Münchener Architekten Franz Rank an künstlerischer Ausstattung hatte entwerfen lassen.

Obwohl Wolfram Bayer die Zeit auf den Nägeln brannte, hielt er sich dezent zurück, bis der Oberstaatsanwalt seine Besichtigung beendet hatte.

„Dumm, dass man hier nicht rauchen darf", sagte Leopold Wurzer. „Eine gemütliche Zigarre in diesem Ambiente – das wär's. Aber setzen wir uns wenigstens."

So jovial hatte der Kriminalbeamte den Chef der Anklagebehörde bisher nur bei der traditionellen Schlachtschüssel der Juristen, Kriminalisten und Pessimisten Schweinfurts am Faschingsdienstag erlebt. Sie nahmen auf den holzgeschnitzten Stühlen Platz; Dr. Wurzer schlug die Beine übereinander und sah Wolfram Bayer direkt ins Gesicht.

„Ich denke, ich muss nicht darauf hinweisen, dass alles, was ich Ihnen jetzt anvertraue, dem Siegel der absoluten Verschwiegenheit unterliegt. Dann möchte ich Sie um Verständnis dafür bitten, dass ich in dieser Angelegenheit bisher wenig kooperativ war."

Donnerwetter, dachte Wolfram Bayer. Das war ja schon einmal eine Granate.

„Das Wichtigste zuerst: Es darf auch weiterhin niemand erfahren, dass ich Kontakt zu Chiara Gabrieli hatte. Deshalb war es mir auch nicht möglich, ihre Leiche zu identifizieren. Ich kenne sie einfach nicht. Haben Sie das verstanden? Ich habe Chiara Gabrieli etwa eine Woche vor ihrem Tod zu mir gebeten, weil mir ein Gewährsmann mitgeteilt hatte, dass sie eventuell in Gefahr sein könnte. Sie hatte auf erstaunliche

Weise jede Menge Erkenntnisse über den Tod ihrer kleinen Schwester zusammengetragen. Brisante Erkenntnisse, Herr Bayer. Erkenntnisse, die in diesem Land zu einigen Erschütterungen führen könnten. Wie Sie ja wissen, hat die Obduktion von Lauras Leiche vor acht Wochen ergeben, dass das Mädchen noch eine ganze Zeit nach ihrem Verschwinden am Leben gewesen sein muss und erst vor etwa einem Vierteljahr getötet wurde."

„Das hat mir schon schlaflose Nächte bereitet", sagte Bayer. „Die Vorstellung …"

„Es könnte sogar sein, dass Laura nur deswegen getötet wurde, weil ihre Schwester Chiara den Tätern zu nahe gekommen ist. Was natürlich die beunruhigende Erkenntnis mit sich brächte, dass die Täter über Chiaras Ermittlungen Bescheid wussten – woher auch immer. Und deshalb war die Befürchtung meines Gewährsmannes, die junge Dame könnte in Gefahr sein, sehr ernst zu nehmen."

„Was sich dann ja leider offenbar auch bewahrheitet hat."

„Das ist ein Punkt, über den ich mir noch nicht schlüssig bin, Herr Kollege Bayer. Das habe ich Ihnen neulich auch schon gesagt. Aber es ist die Frage. Vielleicht haben sich auch nur unglückliche Ereignisse gekreuzt. Mein Gewährsmann ist im Übrigen dieser Meinung. Er glaubt, dass der Mord an Chiara nichts mit ihrem Wissen über die andere Sache zu tun hat."

„Darf ich fragen, wer dieser Gewährsmann ist?"

„Das kann ich Ihnen nicht sagen."

„Und der Überfall auf die junge Dame am Sonntagmorgen?"

„In der Tat ein merkwürdiger Vorfall. Er ist auch für meinen Gewährsmann ein Rätsel."

„Sehr auskunftsfreudig sind Sie ja nun doch nicht, Herr Oberstaatsanwalt. Wenn ich mir die Bemerkung erlauben darf."

Dr. Leopold Wurzer ging über diesen Einwand souverän hinweg. „Gut, Bayer, folgendes Problem stellt sich nun: Chiara Gabrieli hat mir einiges anvertraut, das – wie gesagt – sehr brisant ist. Wie ich von meinem Gewährsmann weiß, hat sie die Ergebnisse ihrer Nachforschungen akribisch dokumentiert. Offenbar sind sie auf einem USB-Stick gespeichert. Wo der sich allerdings befindet – das ist die große Frage. Meinem Gewährsmann ist nun bei seinen Nachforschungen jemand in die Quere gekommen. Sagt Ihnen der Name Christian ‚Blacky' Schwarz etwas?"

Kriminalhauptkommissar Wolfram Bayer starrte den Oberstaatsanwalt mit offenem Mund an. Das war nun die zweite Granate. Und sie traf präzise ein sowieso schon hochexplosives Gemisch.

„Himmel, Arsch und Wolkenbruch!", fluchte Wolfram Bayer. „Ich glaub es einfach nicht."

„Anscheinend kennen Sie ihn. Nun, mein Gewährsmann ist der Meinung, dass dieser Herr Schwarz eine Hilfe sein könnte."

„Eine Hilfe?", ächzte Bayer verwirrt.

„Durchaus. Er hat bereits versucht, ihn aus der Reserve zu locken und sein Vertrauen zu gewinnen. Er wird dies auch weiterhin tun. Aber wir sollten ein Auge auf Herrn Schwarz haben. Er kann uns nützlich sein, und er darf keinesfalls in Gefahr geraten. Ich möchte Sie bitten, sich darum zu kümmern."

„Was, ich soll diesen Radiofuzzi bemuttern und beschützen? Verstehe ich Sie da richtig?"

„Es ist noch ein langer Weg, das Verbrechen an Laura Gabrieli aufzuklären und die Täter zu überführen. Ein heikler Weg. Er bedarf einiges an List und unorthodoxen Ermittlungsmethoden. Mein Gewährsmann meint, Herr Schwarz hätte das Zeug dazu, uns zu unterstützen. Wir werden ihn unter Umständen benutzen. Aber wir müssen es ihm nicht auf die Nase binden."

„Ich fass es nicht", sagte Wolfram Bayer. „Und was ist eigentlich mit Chiara Gabrieli? Und Smilla Hallgrimmson? Meinen aktuellen Leichen?"

„Das sind eher Peanuts, würde ich sagen", meinte Oberstaatsanwalt Leopold Wurzer. „Das Geheimnis um Laura Gabrieli ist die eigentliche Herausforderung."

*

Blackys Scham und Bestürzung war groß. Er hätte im Erdboden versinken können. Bis hinab ins unterirdische Reich der Hel.

Er wusste nicht, was er sagen sollte. Professor Baldur Hallgrimmson machte es ihm einfach.

„Gehen Sie mir aus den Augen", murmelte er. „Sofort. Ich will mit Ihnen nicht weiter reden. Gehen Sie!"

Blacky nahm seine Kaffeetasse und schlich leise hinaus.

In der Diele sah er, wie sich zwei Männer voneinander verabschiedeten. Der eine war der Leitende Oberstaatsanwalt Dr. Wurzer. Er hatte sich bereits umgedreht und eilte die Treppe hinunter. Der andere war Kriminalhauptkommissar Wolfram Bayer. Und der marschierte jetzt auf ihn zu. Blacky atmete tief durch und wappnete sich für das, was nun kommen würde.

„Guten Morgen, Herr Schwarz", sagte Bayer aufgeräumt. „Gut geschlafen?"

„Ja", erwiderte Blacky vorsichtig. Was war los?

„Wunderbar. Ich denke, wir sollten Sie hier nicht länger unnötig festhalten. Sie haben ja sowieso nichts gesehen und gehört, oder?"

„Nichts", log Blacky. Er hatte sehr viel gesehen und gehört. Aber Bayer würde er das nun bestimmt nicht mehr auf die Nase binden.

„Eben. Also, Sie können dann gehen. Die Veranstaltung ist ja sowieso beendet. Wünsche Ihnen einen schönen Tag."

„Okay." Blacky sah ihn misstrauisch an. Das war nur die Ruhe vor dem Sturm, oder? Es musste noch etwas kommen.

Es kam noch etwas.

„Und übrigens, Herr Schwarz", sagte Wolfram Bayer, „bevor ich es vergesse … Wenn Sie was von uns brauchen, für Ihr Radioprogramm … einfach bei uns melden. Entweder direkt bei mir oder bei Oberkommissarin Weiß. Gute Frau übrigens – und noch zu haben …"

Er zwinkerte Blacky vielsagend zu und wollte davonstapfen.

Blacky reagierte blitzschnell.

„Ja, dann hätte ich doch gleich eine Bitte. Weiß die Presse schon von der Sache hier?"

„Natürlich nicht."

„Könnte Sie mein Kollege Sören Eckenstade nachher anrufen – und Sie geben Main-Radio Schweinfurt exklusiv als Erstes ein Interview über das Verbrechen auf Schloss Mainberg?"

„Können wir machen", brummte Bayer. „Aber nur ganz kurz."

Blacky sah ihm fassungslos hinterher. Manchmal geschahen auch in diesen Zeiten noch Zeichen und Wunder …

*

Er ging in das Minnesängerzimmer zurück, rief Sören in der Redaktion an, setzte ihn über den Sachverhalt kurz in Kenntnis und gab ihm die nötigen Instruktionen. Dann ließ er sich ins Studio verbinden, wo Brigitte Scheuble am Mikrofon saß und die Wochenendsendung moderierte. Noch bevor er überhaupt zu Wort kam, sagte sie: „Es war großartig und ergreifend."

„Was?"

„Unsere Matthäus-Passion gestern. Wir haben sie im Gedenken an Chiara gesungen. Beim Schlusschor ‚Wir setzen uns mit Tränen nieder' haben wir alle geweint. Und wir haben trotzdem gesungen. Tommy hat dirigiert wie ein Gott. Wir waren alle in einer anderen Welt."

Blacky merkte, dass sie wieder den Tränen nahe war.

„Apropos Thomas Antlitz", sagte er. „Du weißt doch sicher, wo er wohnt."

„Klar. Am Martin-Luther-Platz, direkt neben der Johanniskirche. Warum?"

„Ach, nur so. Schöne Ostern."

„Heute ist Karsamstag", sagte sie streng. „Frohe Ostern wünscht man sich erst nach der Auferstehungsfeier am Ostermorgen."

„Ich hab ja auch ‚Schöne Ostern' gesagt", meinte Blacky. „So sind wir halt, wir Kinder dieser Welt."

Er packte seine Sachen, nahm die Gitarre und machte sich auf den Weg nach unten. Die Spurensicherung hatte mittlerweile verschiedene Areale abgesperrt und arbeitete sich Zentimeter für Zentimeter voran. In der Diele sah er den Ritter von gestern, nun ganz zivil. Er stritt mit britischem Akzent heftig mit Amalia Renoldi.

„Ich werde aus dem Schloss meiner Väter ausziehen müssen, wenn du mir das Geld nicht beschaffst“, zeterte er.

„Dann kannst du ja nach Jerusalem wallfahren und dort den heiligen Sargnagel Jesu suchen“, antwortete die alte Dame resolut. Als sie Blacky erblickte, wandte sie sich von Lord Hugo Earl of Henmountain ab und kam auf ihn zu.

„Ich fahre nach Würzburg zurück“, verkündete sie. „Man hat mich als unverdächtig eingestuft. Offenbar traut man mir keinen Mord zu. Was an und für sich eine Unverschämtheit ist.“

„Ältere Damen wie Sie morden doch gewöhnlich nur mit Gift“, meinte Blacky lächelnd.

Sie sah ihn aufmerksam an.

„Das wäre natürlich auch eine Idee gewesen“, sagte sie. „Wenn Sie wollen, können Sie morgen zu mir nach Würzburg kommen und sich das kleine Ding abholen. Vielleicht wissen Sie ja etwas damit anzufangen.“

„Unbedingt“, erwiderte Blacky. „Wäre Ihnen der Nachmittag recht?“

„Aber ja, junger Mann. Den Osterspaziergang unternehme ich schon am Morgen. Sie wissen doch … ‚Vom Eise befreit sind Strom und Bäche durch des Frühlings holden, belebenden Blick; im Tale grünet Hoffnungsglück‘ …“

Blacky nickte nachdenklich. Fragte sich nur: Hoffnung und Glück für wen?

*

In Schweinfurt war die Hölle los. In der Tradition der christlichen Kirchen gilt der Karsamstag als stiller Tag, als Tag der Grabesruhe Jesu Christi, aufgeladen mit tiefer Symbolik und altem Brauchtum. *Hinabgestiegen in das Reich des Todes …* In der Tradition der modernen Welt war er nur der Samstag vor Ostern – die Geschäfte brechend voll, die Fußgängerzone eine Flaniermeile, Parkplätze rar.

Auf der Fahrt zurück nach Schweinfurt hatte Blacky respektvoll zur Kenntnis genommen, wie schnell Sören arbeiten konnte. Er hatte bereits ein kurzes Telefoninterview mit Kriminalhauptkommissar Wolfram Bayer zustande gebracht, in dem der Leiter der Mordkommission erstaunlich detailliert und für seine Verhältnisse freundlich über das Verbrechen auf Schloss Mainberg informierte. Sören kündigte dann noch an, er werde jetzt persönlich zum Schauplatz des Geschehens eilen und von dort live berichten.

Blacky stellte die Barchetta auf ihren angestammten Platz in der Garage unter dem Museum Schäfer. Er brachte Tasche und Gitarre in das Penthouse in der Frauengasse; dann machte er sich auf den Weg. Der Martin-Luther-Platz war fast wie eine Oase der Ruhe. Nur Tauben gurrten überall. Die Mauern der Kirche St. Johannis leuchteten grell in der Sonne des späten Vormittags.

Eine vom Leben gezeichnete Frau öffnete auf sein Klingeln hin. „Mein Mann spielt Klavier", sagte sie mit rauher Stimme. Schwacher Alkoholdunst schlug ihm entgegen.

„Er kennt mich nur flüchtig", sagte Blacky. „Könnten Sie ihn vielleicht fragen, ob er kurz Zeit hat? Ich weiß, ich komme unangemeldet."

„Gehn'se einfach die Treppe rauf", meinte die Frau desinteressiert. „Immer dem Geklimper nach."

Die Tür zum Arbeitszimmer stand halb offen. Thomas Antlitz saß am Flügel. Als er Blacky sah, brach er sein Spiel unvermittelt ab.

„Was wollen Sie denn hier?“, fragte er.

Blacky ging ins Zimmer und schloss die Tür hinter sich.

„Gerechtigkeit“, sagte er. „Diesmal will ich Gerechtigkeit. Antworten. Erklärungen. Und wenn ich Sie aus Ihnen herausprügeln muss.“

„Was geht Sie das alles an?“, fragte Thomas Antlitz nach einer langen Pause.

„Ja, merkwürdig, nicht wahr? Ein paar Minuten später oder früher, und es wäre mich tatsächlich nichts angegangen. Weil ich von nichts gewusst hätte. So aber habe ich Sie gesehen.“

„Ich weiß“, sagte Thomas Antlitz. „Besser gesagt, ich habe es befürchtet. Sie sind die halbe Nacht da herumgeschlichen, oder?“

„Die halbe Nacht?“

„Die Flasche mit dem Rotwein war plötzlich weg. Ich dachte mir, dass Sie es waren.“

Urplötzlich begriff Blacky. Er begriff alles. Und er hatte bisher nicht gewusst, wie schnell Gedanken in seinem Kopf rasen, rotieren und sich wenden konnten. Er musste jetzt blitzschnell umschalten.

Thomas Antlitz war dabei, ein Geständnis abzulegen. Aber es war nicht das Geständnis, das er von ihm haben wollte, das er von ihm erwartet hatte. Es war ein anderes Geständnis.

„Dumm gelaufen“, sagte Blacky. „Sie haben Smilla Hallgrimmson nackt durch das halbe Schloss geschleift.“

„Ich wollte, dass sie in der Kapelle liegt. Unter dem Gralsfenster. Kundry.“

„Kundry?“

Thomas Antlitz sprang auf und trat dicht vor Blacky hin. Er zitterte am ganzen Körper, und seine Augen flackerten.

„Sie hat mich verlacht. Ausgelacht. Verstehen Sie? Kundry hat Jesus verlacht. Verspottet. Und Smilla hat mich verspottet. Wieder hat sie mich verspottet. Wie früher. Aber diesmal war es schlimmer. Smilla hat mit mir gespielt. Sie hat so getan, als wäre sie geil auf mich. Erst hat sie rumgeflirtet. Dann hat sie gesagt, sie habe mich vermisst. Sie hat mich geküsst. In der Nacht ist sie mehrmals in mein Zimmer gekommen. Dann hat sie sich ausgezogen. Sie hat mich gereizt bis zum Äußersten. Und dann hat sie mich weggestoßen. ‚Ich wollte doch nur mal sehen, ob Tommy immer noch glaubt, er wäre Don Juan.‘ Das hat sie gesagt. Verstehen Sie?“

„Nein“, sagte Blacky.

„Und dann hat sie gelacht. Sie hatte mich schon einmal ausgelacht. In Kopenhagen. Wie Kundry konnte Smilla das Lachen nicht sein lassen. Diesmal war es noch gemeiner. So schrill, so hämisch, so unmenschlich, so verächtlich.“

„Ich habe es gehört.“

„Nicht wahr, Sie haben es gehört? Sie stimmen mir doch bei, oder? Ich habe sie zum Schweigen gebracht. Eine Frau darf einen Mann nicht verlachen. Niemals. Kundry hat ihren Erlöser verlacht. Immer wieder. Ich hätte der Erlöser Smillas sein können. Ich hätte der Erlöser aller Frauen sein können!“

Thomas Antlitz sprang zum Flügel zurück und schlug mit voller Kraft auf die Tasten. Trotzdem war es Musik, die er hervorbrachte. Wilde, ungestüme Musik.

„Don Giovannis Höllenfahrt“, brüllte er. „Das Ende des Don Juan. Che inferno! Che terror!“

Dann sank er über den Tasten zusammen. Ein Zucken schüttelte seinen Körper. Schließlich richtete er sich wieder auf und sagte ruhig, als wäre nichts geschehen: „Sie können jetzt die Polizei rufen."

„Herr Antlitz", sagte Blacky sanft, „Sie haben noch eine zweite Frau getötet. Hat Chiara Sie auch ausgelacht? Oder hatten Sie einen anderen idiotischen Grund dafür, sie bestialisch abzustechen?"

Thomas Antlitz sah ihn mit völlig klarem Blick an.

„Ich habe Chiara nicht umgebracht. Was denken Sie denn? Chiara war mein Engel. Sie ist immer noch mein Engel. Sie ist jetzt im Paradies. Aber vielleicht sind Paradies und Hölle doch nicht so weit voneinander entfernt. Vielleicht darf ich sie besuchen. Was meinen Sie? Darf ich sie besuchen?"

„Ich möchte wissen, weshalb Sie sie ermordet haben?"

„Hören Sie mir nicht zu? Ich habe sie nicht umgebracht. Niemals hätte ich das gekonnt. Sie wollte mich verlassen – aber ich habe immer gewusst, dass es so kommen würde. Und dafür hatte ich einen Plan. Ich hätte mich umgebracht, verstehen Sie? Ich hätte mich selbst in die Hölle katapultiert. Aber Chiara umbringen? Ich habe sie beschützt. Das habe ich getan."

„Passen Sie auf, ich habe ihnen vorhin gesagt, dass ich Sie gesehen hätte. Ich meinte, am Sonntagmorgen. Sie trugen eine Maske, die Ihnen Ihr Freund Baldur Hallgrimmson geliehen hatte. Also erzählen Sie mir jetzt keinen Quatsch, sonst weiß ich nicht, was hier noch passieren wird."

Thomas Antlitz musterte ihn mit einem aufmerksamen Blick.

„Richtig, Sie waren das. Ich hatte hinter der Maske nur eine sehr eingeschränkte Sicht, müssen Sie wissen."

„Na also, warum nicht gleich so? Und jetzt beantworten Sie meine Frage: Wieso musste Chiara sterben?"

„Dieser Überfall in den Wehranlagen war ein Manöver", sagte Thomas Antlitz. „Um Chiara zu beschützen."

„Das muss ich jetzt nicht verstehen, oder?"

„Chiara hatte sich in große Gefahr begeben. Die Nachforschungen über den Tod ihrer Schwester … Seit Tagen hatte sie Angst. Aber sie war nicht zu bewegen, damit aufzuhören. Ich habe sie angefleht, mir wenigstens mehr davon zu sagen. Aber Chiara war ein Sturkopf. Da bin ich auf die Idee gekommen, sie zu erschrecken. Ihr richtig Angst einzujagen. Damit sie sich mir endlich anvertraut. Aber das war natürlich eine dämliche Idee."

„Ach, und deshalb haben Sie auf sie eingestochen."

„Es sollte authentisch wirken. Dass ich sie mit dem Messer am Arm verletzt habe, war aber nur ein Versehen. Das müssen sie mir glauben, ja? Ich hätte Chiara nie wirklich etwas zuleide tun können. Smilla war ein Teufel, die Urteufelin. Deshalb habe ich sie auch mit der Farbe der Hel beschmiert. Sie wissen ja, dass unser Wort ‚Hölle' von Hel kommt, nicht wahr? Aber Chiara war ein Engel."

Seine Finger glitten wieder über die Tasten des Flügels. Eine zarte, überirdisch schöne Melodie erklang.

„In paradisum deducant angeli …", flüsterte Thomas Antlitz. Tränen liefen ihm über das Gesicht. „Chorus angelorum te suscipiat …"

Blacky verließ langsam und sehr leise das Zimmer.

*

Als er aus der Haustür auf den Martin-Luther-Platz trat, kamen ihm Kriminalhauptkommissar Wolfram Bayer, Kriminalkommissarin Marion Werner und zwei uniformierte Polizeibeamte entgegen.

„Was machen Sie denn hier?", fragte Bayer entgeistert.

„Thomas Antlitz ist oben in seinem Arbeitszimmer", sagte Blacky. „Er hat bereits gestanden."

In Wolfram Bayers Gesicht wechselten sich Verblüffung, Enttäuschung, Wut, Erheiterung und Ungläubigkeit so rasch miteinander ab, dass es Blacky fast schwindlig wurde.

„Schwarz", sagte er, „Sie überraschen mich immer wieder."

„Ist mir ein Vergnügen", meinte Blacky. „Man hilft, wo man kann."

Er hielt höflich die Tür auf, um die Beamten ins Haus zu lassen.

„Ich will ja nicht neugierig sein", sagte er noch. „Aber wie sind Sie schon darauf gekommen?"

Jetzt war der Blick von Kriminalhauptkommissar Bayer wieder seine gewohnte Gewitterwolke.

„Geht Sie nichts an", knurrte er. Dann schien er sich eines anderen zu besinnen. „Na gut, weil Sie's sind. Wir haben im Turmzimmer von Schloss Mainberg, das Antlitz bewohnt hat, lange blonde Haare gefunden. Sie dürften mit größter Wahrscheinlichkeit von Smilla Hallgrimmson stammen."

„Ich denke, er wird auch Ihnen alles sagen", meinte Blacky. „Viel Erfolg."

Ohne ein weiteres Wort stürmte Kriminalhauptkommissar Wolfram Bayer an ihm vorüber.

*

In Gedanken versunken ging Blacky zum Marktplatz hinunter, am Denkmal Friedrich Rückerts vorbei und durch die Metzgergasse in die Judengasse. Auch *Viva Porcellino* platzte heute aus allen Nähten. Der Oberbürgermeister samt Gattin war da; der Kulturchef, den Blacky bei der *Kundry-Gesellschaft* auf Schloss Mainberg nun doch nicht gesehen hatte; eine ehemalige Oberbürgermeisterin; der Theaterleiter und alle anderen, die immer da waren. Joe, der tätowierte Barista, hatte jedem Gast ein kaffeebraunes Osterei geschenkt. Als er Blacky sah, rief er: „Ich hab schon gedacht, du bist verscholl'n."

Blacky bestellte einen Cappuccino und zog sich in sein stilles Eckchen zurück. Es war der Platz in der ganzen weiten Welt, wo er am besten nachdenken konnte. Die Gedanken kamen und gingen. Hatte er etwas übersehen? Er neigte dazu, Thomas Antlitz letztlich zu glauben. Aber dann blieb die Frage: Wer hatte Chiara auf dem Gewissen? Und warum hatte Bill Jenkins immer wieder behauptet, diese Frage sei nicht mehr wichtig? Das konnte doch nur dann der Fall sein, wenn der Mord vom Palmsonntagabend nichts mit ihren Nachforschungen über Lauras Tod zu tun hatte. Aber warum wurde sie dann so grausam erstochen? Und von wem?

Sein Handy klingelte. Eine unbekannte Nummer. Zu seiner Überraschung war es Bill Jenkins, der ihn anrief.

„Wo hast du meine Nummer her?", fragte Blacky. Eigentlich eine dumme Frage, wenn der Amerikaner wirklich den Job machte, von dem Kerstin Weiß gesprochen hatte.

„Ich wollte dich auf Schloss Mainberg besuchen", sagte Bill Jenkins. „Aber du warst schon weg. Doch hier steht ein Kollege von deinem Radio. Ich konnte ihn überreden, mir deine Handynummer zu geben."

Blacky hatte eigentlich schon immer geahnt, dass die Tätigkeit von Geheimdienstleuten überschätzt wurde. Die meisten Informationen lagen oder standen sowieso auf der Straße herum.

„Ich habe etwas für dich", sagte Bill Jenkins. „Können wir uns sehen?"

„Klar. Kennst du Viva Porcellino?"

„Okay, ich bin in zehn Minuten da."

*

Bill Jenkins erfreute Joe, den Barista, damit, dass er seinen Kaffee verschmähte und eine Cola verlangte. Sie einigten sich schließlich auf eine Orangina.

„Schwer was los in Schweinfurt und Umgebung", meinte der Amerikaner. „Seit einiger Zeit scheint das Verbrechen hier zuzunehmen."

„Wir sind aber auch gut in der Aufklärung", sagte Blacky.

„Wir?"

„Die Polizei."

„Ach ja? Bisher hört man nur von Morden. Mörder sind noch keine überführt."

Blacky überlegte kurz. In ein paar Stunden würden die Spatzen sowieso alles von den Dächern pfeifen. Warum sollte er etwas verschweigen? Es konnte nichts schaden, Bill Jenkins zu demonstrieren, dass er auch nicht schlecht im Geschäft mit dabei war. In groben Zügen setzte er ihn von den Ereignissen der letzten Stunden in Kenntnis.

„Tommy und die Weiber", sagte der Amerikaner kopfschüttelnd. „War ja klar, dass das eines Tages kein gutes Ende nehmen würde. Und diese Idee, Chiara erschrecken zu wollen. Was für ein Idiot. Aber nun ist alles klar."

„Es ist längst nicht alles klar. Der Mörder von Chiara läuft immer noch herum."

„Nicht mehr lange. Deswegen bin ich hier."

Blacky sah ihn neugierig an. Was kam nun?

„Ich will dir einen Tip geben. Es gibt einen Zeugen."

„Einen Zeugen? Wofür?"

„Für den Mord an Chiara. Er hat alles gesehen."

„Woher willst du das wissen? Und warum meldet er sich nicht?"

„Weil er erst noch abwarten musste, wie die Dinge sich entwickeln. Aber jetzt kann er reden."

„Und wer ist dieser Zeuge?", fragte Blacky.

„Er sitzt vor dir", meinte Bill Jenkins.

„Wie bitte? Was? Kannst du mal halbwegs Klartext reden? Ich verstehe eigentlich im Augenblick gar nichts."

„Okay, pass auf. Was ich beruflich so mache, kannst du dir ja inzwischen ziemlich vorstellen, denke ich. Chiara hatte das auch zu Ohren gekriegt und mich ein bisschen ins Vertrauen gezogen. Sie hat einen Verdacht geäußert, was Lauras Tod angeht, der mir zu ungeheuerlich erschien. Ich habe ihr zur Vorsicht geraten. Als sie mir am Sonntag erzählt hat, sie sei überfallen worden, habe ich geglaubt, dass sie vielleicht doch recht haben könnte. Ich wollte besser auf sie aufpassen, aber am Abend nach der Probe bin ich zu spät gekommen. Ich konnte es nicht mehr verhindern. Es war schon geschehen. Doch ich habe gesehen, wer es getan hat. Ich hätte das natürlich gleich sagen müssen. Aber ich habe mich in Absprache mit der deutschen Justiz entschieden, es erst noch zu verschweigen. Ich wollte damit den Angreifer mit der Maske verunsichern und aus der Reserve locken. Vielleicht würde er sich durch irgendeine Aktion verraten. Als ich dich in Würzburg in Chiaras Wohnung erwischt habe, dachte ich schon, ich hätte gewonnen. Aber du warst natürlich der Falsche. Wenn Tommy nun dieser Angreifer war, haben sich die Dinge geändert. Außerdem hätten wir sowieso noch vor Ostern das Ganze abgeblasen und den Täter verhaften lassen."

„Du weißt also, wer Chiara getötet hat?", fragte Blacky. Ihm schwirrte der Kopf. „Und die Justiz weiß es auch?"

„Ein hoher Vertreter der Justiz. Er hat dieses Vorgehen verantwortet."

„Und die Kripo?"

„Ist nicht mit eingeweiht. Mister Bayer hat keine Ahnung davon."

„Und wer hat Chiara ermordet?"

„Susanne Antlitz", sagte Bill Jenkins. „Tommys Frau. Ich habe sie davonrennen sehen. Sie trug ihren blauen Joggingranzug und hatte das Messer noch in der Hand."

„Und du hast Chiara dann einfach liegenlassen?"

„Sie war tot, Blacky. Manchmal muss ich in meinem Beruf Dinge tun, die zum Kotzen sind. Ich weiß, dass du es nicht verstehst. Noch nicht."

*

Zum zweiten Mal an diesem Samstag klingelte Blacky an der Tür des Hauses am Martin-Luther-Platz. Wieder öffnete die vom Leben gezeichnete Frau.

„Was wollen Sie denn noch?", fragte sie. „Mein Mann ist nicht mehr da."

„Ich weiß", sagte Blacky. „Ich will mit Ihnen sprechen."

„Ich aber nicht mit Ihnen."

Bill Jenkins hatte ihn sehr ernst darum gebeten, diesen

Auftrag zu übernehmen. Susanne Antlitz müsse nun unbedingt der Gerechtigkeit überstellt werden, aber weder er noch der hohe Vertreter der Justiz seien in der Lage, entsprechend zu agieren. Niemand, auch nicht die Beamten der Kriminalpolizei, dürften erfahren, wie hinter den Kulissen dieses Falles gehandelt worden war.

„Bringe sie dazu, dass sie sich stellt", hatte Bill Jenkins gesagt. „Das ist für uns alle das Einfachste."

„Ich bin vom Radio", sagte Blacky rasch, bevor Susanne Antlitz die Tür zuschlug.

„Ja, und?"

„Jemand hat bei uns angerufen und gesagt, er wüsste, wer Chiara Gabrieli ermordet hat."

„Na toll. Das weiß ich auch. Mein Mann war's. Und jetzt haben sie ihn eingebuchtet."

„Der Anrufer sagte aber, er habe gesehen, dass Sie Chiara erstochen hätten."

„So ein Lügner. Wieso hat er das dann nicht längst der Polizei erzählt?"

„Vielleicht aus Mitleid?"

„Quatsch. Mit mir hat niemand Mitleid."

„Darf ich nicht doch mit hineinkommen?", fragte Blacky. „Das ist kein Thema für den halben Martin-Luther-Platz."

„Meinetwegen."

Sie ging voraus ins Wohnzimmer, nahm eine Flasche Wodka vom Tisch und setzte sie an. Ihre Schlucke waren lang und gierig.

„Er hatte Mitleid", sagte Blacky. „Weil er weiß, weshalb Sie Chiara getötet haben."

„Ach ja? Und warum hab ich sie getötet?"

„Weil Sie es nicht mehr ausgehalten haben. Die ständigen

Eskapaden und Liebschaften Ihres Mannes. Man kann Sie ja verstehen."

„Blödsinn. Ich hab den Bullen schon mal gesagt: Wenn ich jedes Flittchen hätte umbringen wollen, das mein Mann gevögelt hat, wär ich gar nicht mehr zum Trinken gekommen."

„Ja, aber jetzt war das Maß eben voll. Außerdem bot sich Ihnen eine ideale Gelegenheit."

„Was soll'n das nun heißen?"

„Chiara war an diesem Sonntag schon einmal überfallen worden. Sie nutzten diese Chance. Trittbrettfahren nennt man das. Jeder musste doch glauben, dass der Angreifer am Abend noch einmal zugeschlagen hatte. Wieso hätte man Sie verdächtigen sollen?"

„Totaler Schmarrn."

„Ich glaube nicht. Jedenfalls, der Zeuge meint, er hätte ja geschwiegen. Aber jetzt, wo Ihr Mann verhaftet worden ist … Es soll kein Unschuldiger büßen, meint er."

„Dann soll er halt zur Polizei gehen."

„Es wäre besser, wenn Sie sich stellen, Frau Antlitz."

„Einen Scheißdreck werde ich tun!"

Sie drehte sich blitzschnell um, öffnete eine Schublade und zog ein großes Messer heraus.

„Und dich stech ich ab", schrie sie.

Als sie auf ihn zukam, spürte er den gleichen Reflex wie neulich: Weglaufen. Dann sah er, wie sie schwankte. Sie war betrunken. Ihr Reaktionsvermögen war ziemlich beeinträchtigt. Jetzt war sie direkt vor ihm. Die Stoßbewegung war läppisch und kraftlos und ging ins Leere. Er packte sie am Handgelenk und drehte, bis sie das Messer fallenließ. Heftig stieß er sie aufs Sofa.

„Arschloch!", schrie sie und begann zu weinen.

„Warum Chiara?", fragte Blacky. „Und nicht schon früher eine der vielen anderen?"

„Weil er sie mir verheimlicht hat. Bei allen Schicksen vorher hat er es immer zugegeben, wenn ich ihm auf die Schliche gekommen bin. Diesmal hat er alles abgestritten. Ich glaube, es war ihm ernst mit ihr. Das hat mir zum ersten Mal Angst gemacht. Na ja, scheiß drauf. Rufst du die Bullen an, oder soll ich das selber machen?"

„Also, wenn ich Ihnen einen Rat geben soll – rufen Sie lieber selber an. Ich glaube, vor Gericht zählt das zu den mildernden Umständen."

Blacky wartete, bis sie das Telefonat beendet hatte. Sie saß mit der Wodkaflasche im Schoß auf dem Sofa, als er die Wohnung verließ.

*

Er ging noch einmal durch das Wenkheimer Gäßchen. Zu seiner Überraschung lag die weiße Rose noch genau da, wo er sie hingelegt hatte. Alle, die in dieser Woche daran vorbeigegangen waren, hatten ihre Schritte so gelenkt, dass die Rose keinen Schaden nahm. Das fand er tröstlich.

OSTERSONNTAG

Sie verfehlten sich an diesem Morgen um höchstens fünf Minuten. Und zwar deshalb, weil Blacky zum ersten Mal die Barchetta in der Garage stehenließ und zu Fuß über die Maxbrücke zum Joggingpfad in den Wehranlagen ging. Wenn er gefahren wäre, hätte er mit ziemlicher Sicherheit Kerstin Weiß getroffen, die nach ihren zwei großen Runden noch ziemlich lang auf dem Parkplatz herumtrödelte – um nicht zu sagen, dort wartete. Schließlich kam sie sich albern vor, zuckte bedauernd mit den Schultern und fuhr nach Hause.

Blacky quälte sich eisern über seine kurze Runde und spürte nach wie vor keine Fortschritte. Vielleicht sollte er noch einmal grundsätzlich über Joggen, Sport und Fitnesstraining nachdenken. Es war ja schließlich auch ein Leben ohne all das vorstellbar. Die Auswirkungen, die eine solche Entscheidung auf seine Chancen beim Bummel auf dem Boulevard des Lebens haben würden, waren allerdings schwer kalkulierbar. Vermutlich würde er sich deshalb doch weiterhin knechten.

Als er an die Stelle kam, wo vor einer Woche der Überfall stattgefunden hatte, blieb er stehen. Der Frühling hatte die Bäume und Sträucher viel üppiger werden lassen, so dass er den Ort kaum wiedererkannte. Die Natur war unsentimentaler als der Mensch, sie drängte auf Veränderung und Neuanfang. Und alles, was verging, war nur der Beginn von etwas anderem.

*

Kerstin Weiß verbrachte den Rest des Ostersonntags mit Murat Demir. Er erzählte ihr, dass sein Bruder Okan, ein bekannter türkischer Rechtsanwalt in Schweinfurt, wieder nach Dubai geflogen sei, um seine Tochter Hülya zu sehen. Nach wie vor weigerte sich Dilek, die Ehefrau Okans und Mutter von Hülya, das Mädchen zurück nach Deutschland zu schicken.

„Was ist damals eigentlich geschehen?", fragte Kerstin Weiß den Fotografen, als sie sich am späten Nachmittag im Bett in seinen Arm schmiegte. „Ich weiß nur, dass Okan am Faschingsdienstag bei meiner Kollegin anrief und ihr mitteilte, dass sich Hülya bei ihrem Großvater in der Türkei befinde. Warum hat er gelogen?"

„Weil er damals selbst noch nicht begriffen hat, was eigentlich los ist. Wir hatten ja nur über einen Mittelsmann Kenntnis davon, dass Hülya bei ihrer Mutter in Dubai war. Dilek galt seit Jahren als tot, und dann ist sie plötzlich wieder aufgetaucht. Mein Bruder war völlig durcheinander."

„Wie ist das alles passiert – mit Dilek?"

„Ich weiß nicht viel. Mein Bruder schämt sich, darüber zu sprechen. Dilek war ja eine bekannte Journalistin, und sie wurde vor ein paar Jahren in Tschetschenien entführt. Es hieß dann, sie sei von Rebellen ins Bergland verschleppt und bei einem Fluchtversuch erschossen worden. Nun, die Wahrheit ist wohl, dass sie sich in einen der Rebellenanführer verliebt hat und dortgeblieben ist. Als ihre Sehnsucht nach Hülya zu groß wurde, ist sie mit falschem Pass nach Deutschland zurückgekehrt, hat Hülya mit einer SMS von der Schule fortgelockt und ist mit ihr noch am gleichen Tag nach Dubai geflogen. Ob sie dort mit diesem Kerl lebt oder nicht – keine Ahnung, mein Bruder schweigt darüber. Er ist sehr in seiner Ehre verletzt."

„Ihr mit eurer Ehre", sagte Kerstin Weiß.

„Mach keine Scherze darüber. Du weißt, dass ich da empfindlich bin."

„Ja, ich weiß es", sagte sie.

Was sie längst auch wusste: Dass es keine gute Idee gewesen war, sich Murat Demir in die Arme zu werfen. Aus einem harmlosen Besuch in seinem Atelier und ein paar Fotos, die er von ihr gemacht hatte, war eine stürmische und gefährliche Beziehungskiste geworden. Nicht nur, dass Murat einige problematische Ansichten über Männer und Frauen hatte – er schien sich auch immer mehr für Details ihrer Arbeit zu interessieren, die ihn nichts angingen. Und das machte sie stutzig.

Aber er war auch ein wirklicher Mann – und das schätzte Kerstin Weiß sehr. So umschiffte sie Krisen und Zweifel und wusste doch längst, dass sie demnächst eine Entscheidung treffen musste.

Ostern erschien ihr allerdings kein guter Zeitpunkt dafür.

*

Am Nachmittag fuhr Blacky nach Würzburg, trank mit Amalia Renoldi Tee und aß von ihrem selbstgebackenen Osterzopf. Eine Stunde lang schaute er sich mit ihr zusammen die Antiquitäten im Laden an und ertrug geduldig ihre mehr als ellenlangen Ausführungen. Er begriff, wie einsam diese alte Dame war und mit welcher Zähigkeit sie das Familienunternehmen in eine Zukunft führen wollte, die es nicht mehr geben würde. Endlich öffnete sie ihre Zuckerdose und reichte ihm den USB-Stick.

„Ich kann mir doch gar nicht vorstellen, was Sie darin finden wollen“, sagte sie.

„Ich kann es mir auch noch nicht vorstellen“, antwortete Blacky. „Aber ich fürchte, es wird mich erschrecken.“

Zuhause in der Frauengasse in Schweinfurt steckte er den Stick in seinen Computer. Der Hauptordner trug die Bezeichnung *Eine Studie des Schreckens.* Blacky wusste, dass er sich ihr an diesem Tag noch nicht aussetzen wollte.

Sein Handy piepste leise. Eine SMS von Lothar aus Irland. *Frohe Ostern. Hast Du Deinen Fall gelöst? Oder brauchst Du meine Hilfe? Komme mit dem Krimi gut voran. Plane schon den nächsten. Tatort wieder Schweinfurt. Fortsetzung folgt.*

Lothar Reichel
Kindertotenlieder
Blacky tritt auf

237 Seiten · Broschur
ISBN 978-3-939103-35-6
10,90 Euro [D]

Schweinfurter Kriminalroman Band 1

KINDERTOTENLIEDER

Keine närrischen Tage in Schweinfurt … Die Faschingszeit von Altweiberfasching bis Aschermittwoch lähmt die Stadt. Ausgerechnet auf dem Rückert-Denkmal wird eine Leiche gefunden. Welche Feinde hatte der tote Faschingsprinz, ein angesehener Bürger Schweinfurts? Gleichzeitig beschäftigt ein verschwundenes türkisches Mädchen die Öffentlichkeit. Das Schlimmste ist denkbar, und der Vater beschuldigt die Schweinfurter Polizei schwer. Und wieso sammelt ein besessener Industriemanager alles, was mit den „Kindertotenliedern“ Friedrich Rückerts zu tun hat? Eigentlich hat Christian „Blacky“ Schwarz, Moderator bei Main-Radio Schweinfurt, anderes zu tun. Er probt fieberhaft für seinen ersten Auftritt mit eigenen Songs. Da er vielleicht der Letzte war, der das türkische Mädchen vor dem Verschwinden gesehen hat, läßt ihm ihr Schicksal keine Ruhe. Auf eigene Faust beginnt er zu ermitteln und sieht sich plötzlich mit zwei Fällen konfrontiert – Fälle, die scheinbar nichts miteinander zu tun haben und am Ende doch ineinander verwoben sind. Gute Ratschläge bekommt er aus dem fernen Irland, wo sein Freund Lothar, Kriminalschriftsteller, in einem Cottage an der Westküste sitzt und gerade über einem Schweinfurt-Krimi brütet.

Lothar Reichel
Karfreitagszauber

Gestaltet von Peter Hellmund
Titelbild fotografiert von Peter Hellmund
Gedruckt und gebunden von CPI – Clausen & Bosse, Leck

Zweite Auflage 2012
ISBN 978-3-939103-36-3

www.buchverlag.hellmund.de